REBELDE

Obras da autora publicadas pela Galera Record:

Reboot
Rebelde

AMY TINTERA

REBELDE

Tradução de
RODRIGO PEIXOTO

1ª edição

— **Galera** —
RIO DE JANEIRO

2016

CIP-BRASIL. CATALOGAÇÃO NA PUBLICAÇÃO
SINDICATO NACIONAL DOS EDITORES DE LIVROS, RJ

Tintera, Amy
T497r   Rebelde / Amy Tintera; tradução Rodrigo Peixoto. – 1ª ed. –
Rio de Janeiro: Galera Record, 2016.
(Reboot ; 2)

Tradução de: Rebel
ISBN 978-85-01-40110-6

1. Ficção americana. I. Peixoto, Rodrigo. II. Título. III. Série.

CDD: 028.5

15-27264

CDU: 087

Título Original:
REBEL

Copyright © 2014 by Amy Tintera

Texto revisado segundo o novo Acordo Ortográfico da Língua Portuguesa.

Adaptação de capa: Renata Vidal

Todos os direitos reservados. Proibida a reprodução, no todo ou em parte,
através de quaisquer meios. Os direitos morais do autor foram assegurados.

Direitos exclusivos de publicação em língua portuguesa somente para o
Brasil adquiridos pela
EDITORA RECORD LTDA.
Rua Argentina, 171 – Rio de Janeiro, RJ – 20921-380 – Tel.: (21) 2585-2000,
que se reserva a propriedade literária desta tradução.

Impresso no Brasil

ISBN: 978-85-01-40110-6

Seja um leitor preferencial Record.
Cadastre-se e receba informações sobre nossos
lançamentos e nossas promoções.

EDITORA AFILIADA

Atendimento e venda direta ao leitor:
mdireto@record.com.br ou (21) 2585-2002.

Para mamãe

UM

CALLUM

WREN ESTAVA EM SILÊNCIO.

Permanecia ao meu lado, completamente parada, olhando para a frente, com aquele mesmo olhar de tantas ocasiões, como se estivesse ou incrivelmente feliz, ou planejando matar alguém. De qualquer forma, eu adorava aquilo.

Os Reboots ao nosso redor começaram a saltar e gritar, festejando, mas Wren continuou apenas olhando. E eu olhei na mesma direção.

A placa de madeira devia estar bem fincada na terra laranja, pois não se movia apesar do vento brutal. Tinha pelo menos alguns anos, pois as palavras estavam um pouco gastas. Mas, ainda assim, eu conseguia ler tudo:

TERRITÓRIO REBOOT
HUMANOS, VÃO EMBORA

Mas o "Território Reboot" não parecia ser nada além de uma terra plana, seca e assolada por um vento forte. Era uma terra um pouco inútil, falando honestamente. O Texas que eu conhecia era luxuriante, cheio de colinas e verde. Mas aquele era plano e cor de laranja. Alguém já ouviu falar em poeira laranja?

— Estará alguns quilômetros naquela direção!

Girei o corpo ao ouvir a voz de Addie. Ela afastou os longos cabelos escuros do rosto enquanto estudava o mapa da reserva que os rebeldes nos indicaram. Olhou para trás, para as duas aeronaves destruídas que estavam por ali, depois virou a cabeça e apontou para o espaço vazio à sua frente. Ao longe, a terra plana abria espaço para uma pequena colina, e poderia haver algo por lá, algo que não conseguíamos enxergar. Certamente era isso o que eu esperava. Caso contrário, o território Reboot seria muito patético.

Wren esticou a mão, e entrelacei os dedos nos dela. Olhei para ela e sorri, e ela tentou sorrir de volta, como sempre fazia quando seus pensamentos estavam em outro lugar. Uma mecha de fios loiros escapou do seu rabo de cavalo, e ela a puxou para trás, como sempre, sem nunca se preocupar com onde os fios parariam ou quanto descabelada ficaria.

Começamos a andar, e os Reboot ao nosso redor davam olhadelas ocasionais em direção a Wren. Eles diminuíram o passo até ficarem ligeiramente atrás de nós, deixando que Wren os liderasse, mas não acredito que ela tenha notado. Eu tinha certeza de que Wren sentia orgulho do seu 178 (o impressionante número de minutos em que esteve morta antes do vírus KDH transformá-la em Reboot), mas ela costumava não perceber a maneira como as pessoas a tratavam por conta disso. Ou talvez ela estivesse tão acostumada que nem se importava.

Eu, particularmente, teria ficado louco se todos me olhassem daquele jeito.

Caminhamos em silêncio por quase meia hora enquanto os Reboots atrás de nós conversavam, embora não parecesse o momento ideal para isso. Meu estômago deu um nó, minha mente rodava, pensando no que faríamos se a reserva não ficasse naquela direção. Quanto combustível restaria nas aeronaves que tínhamos acabado de abandonar? A máquina de Wren continuaria funcionando após a desastrosa aterrissagem? Tinham se passado poucas horas após nossa fuga da CRAH... E se eles estivessem vindo ao nosso encontro?

Apertei ainda mais a mão de Wren quando nos aproximamos da colina. Não era muito inclinada, e subimos ao topo rapidamente.

Eu parei, com o coração na boca.

Se aquilo era a reserva, ninguém nos explicou direito. Alguém deveria tomar a dianteira e dizer: "Ah, isso não é uma reserva. Parece um enorme terreno cercado por uma poeira feia, alaranjada."

Havia uma cerca ao redor do terreno, não muito diferente das cercas CRAH ao redor das cidades do Texas. No entanto, aquela era feita de madeira e media quase 5 metros, impedindo que víssemos o que havia em seu interior. Torres ainda mais altas do que a cerca estavam postas em cada extremidade, e havia uma pessoa no topo de cada uma. As torres eram edifícios simples, de madeira, que pareciam funcionar apenas

9

como guaritas. Em cada uma delas, longas toras de madeira se entrecruzavam entre os quatro pilares, e uma escada subia por uma das laterais. No topo ficava uma tábua de madeira sem adornos, coberta por um teto, mas aberta dos quatro lados.

Além da reserva, havia um lago e grandes áreas repletas de árvores. Depois disso, mais terra plana cor de laranja. Eu não conseguia calcular o quão grande seria. *Aquilo* era uma cidade Reboot? Teria ao menos o mesmo tamanho que Rosa.

Wren respirou fundo e rapidamente soltou minha mão.

— Eles têm armas — disse ela, apontando. — Olhe para eles. Todos têm armas. — E olhou para os demais Reboots. — Coloquem seus capacetes caso os tenham tirado. E ergam as mãos!

Eu franzi os olhos na direção em que ela apontava, e respirei fundo. À frente do terreno, bem ao lado do portão, havia um exército. Poderiam ser 75 ou cem pessoas, e àquela distância seria impossível saber se eram Reboots ou humanos.

Prendi a correia do meu capacete e ergui as mãos.

— Podem ser humanos, certo?

Nós tínhamos uma centena de Reboots quase invencíveis. No entanto, se aquelas pessoas fossem humanos armados, poderíamos estar em grande perigo. Os Reboots só morrem com um tiro na cabeça, mas poucos de nós tínhamos capacete, e quase não tínhamos nenhuma arma. Engoli em seco quando voltei a olhar para eles.

— Podem. — Ela me respondeu, ao mesmo tempo em que erguia as mãos. — Mas estamos muito longe para saber.

Se, no final das contas, tivéssemos escapado da CRAH (a Corporação de Repovoamento e Avanço Humano, que escravizava Reboots e nos obrigava a fazer seu trabalho sujo) apenas para sermos mortos por um grupo de humanos que viviam no meio do nada, eu ficaria morto de raiva. Se eles me matassem, eu voltaria do mundo dos mortos (mais uma vez) para assombrar os rebeldes humanos que nos falaram sobre aquela reserva.

— Se eles forem humanos, vamos escolher agora um estado para morar — sugeri, tentando me manter calmo.

A expressão no rosto de Wren era de confusão.

— Um estado?

— Sim, você sabe. Essas coisas que eles têm no resto do país. Eu escolho a Califórnia, pois gostaria de ver o mar.

Ela piscou, parecendo dizer: *Você está falando sério, Callum? Nós estamos no meio de uma situação muito tensa.* Mas Wren acabou erguendo um canto da boca e respondeu:

— Eu escolho a Carolina do Norte. Nós poderíamos ir à cidade de Kill Devil Hills, para ver de onde o vírus se espalhou.

— Que ótimo, Wren. Eu escolho o mar, e você, o estado da morte.

— Na Carolina do Norte não tem mar? O vírus não estava na água?

Eu ri.

— Tudo bem. Vamos para o estado da morte.

Ela sorriu para mim, com seus olhos azuis buscando os meus por breves instantes. Eu sabia o que ela tentava enxergar. Eu fui curado das drogas que a CRAH nos dava para sermos Reboots melhores e mais submissos, mas que, em vez disso, nos deixavam loucos, como se fôssemos monstros correndo atrás de carne. Tinham se passado poucas horas desde que Wren me dera o antídoto, e ela estava observando se funcionara, ou se teria que me impedir de matar e comer alguém novamente.

Ela não foi rápida o suficiente em Austin.

Olhei para a frente.

Um dos homens se adiantou ao grupo e começou a caminhar através da poeira, os cabelos escuros brilhando ao sol da manhã. Uma arma pendia de uma de suas mãos, e havia outra presa na cintura de sua calça.

— É um Reboot — disse Wren, baixinho.

Olhei para ela, depois para o homem. Como Wren poderia saber, àquela distância? Eu mal conseguia ver os olhos dele.

— Pela maneira como ele caminha — esclareceu ela, vendo minha expressão de dúvida.

E olhei para o homem. Ele caminhava rapidamente, mas de maneira equilibrada, como se soubesse para onde ia, mas estivesse determinado a manter a calma. Eu não saberia dizer como isso fazia dele um Reboot, porém eu não era um Reboot poderoso, veterano, capaz de matar nove homens sozinho. Então, o que eu sabia?

Os Reboots ao nosso redor diminuíram a marcha quando o homem se aproximou, e vários deles olhavam para Wren.

Baixei as mãos, tocando as costas dela, que me olhou, enquanto fazia um gesto em direção ao homem.

— O que foi? — Ela deu uma olhada nos outros Reboots, depois me encarou, a expressão levemente exasperada. — Eu fui eleita para falar com ele ou algo parecido?

Tentei não sorrir, mas falhei. Wren não parecia perceber a maneira como as outras pessoas a viam, interagiam ou olhavam para ela. Tinha sido eleita para falar com ele há muito tempo, ainda antes que tivéssemos visto aquelas pessoas.

— Vá — disse eu, dando outro tapinha gentil em suas costas.

Ela suspirou, como quem diz: *O que mais vocês querem de mim?*, e eu reprimi uma risada.

Wren deu um passo à frente, e o homem parou, erguendo levemente sua arma. Devia ter 20 e poucos anos, mas seus olhos eram calmos e inabaláveis. Ele não demonstrava qualquer traço da loucura dos Reboots que eu vira em ação em Rosa, e isso indicava que teria sido transformado ainda criança ou adolescente.

Os adultos transformados em Reboot não aguentam a mudança, mas quem é transformado jovem consegue envelhecer normalmente, sem enlouquecer. No entanto, jamais confirmei essa teoria, pois nunca encontrei um Reboot prestes a fazer 20 anos. Todos desapareciam "misteriosamente" das instalações da CRAH antes dessa idade. Algo me dizia que a CRAH os matava ou fazia experiências com eles. Wren e eu tínhamos 17 anos. Portanto, nos restariam apenas três anos de vida se não tivéssemos escapado.

— Olá — disse o desconhecido.

Ele cruzou os braços sobre o peito e inclinou a cabeça para um lado. Depois deu uma olhada rápida no nosso pessoal e encarou Wren.

— Oi — disse ela, olhando brevemente para mim, antes de encará-lo. — Eu me chamo... Wren 178.

Ele teve a mesma reação que todo mundo. Seus olhos se arregalaram. Ele ficou paralisado. Até naquele lugar o número de Wren gerava um respeito extra. E essa reação sempre me surpreendia. Era como se ela não valesse nada sem aquele número.

Wren ergueu o pulso, e o homem se aproximou para examinar os números e o código de barras marcados ali. Fechei os dedos sobre meu número 22 e desejei apagar os números dos nossos braços. Um número mais alto supostamente significava um Reboot mais ágil, mais forte e menos emotivo. No entanto, algo me dizia que a CRAH plantara isso em nossas mentes, e que os Reboots aceitavam como verdade. Um dia, todos fomos humanos, antes de morrermos e voltarmos. E eu não entendia por que o número de minutos que passamos mortos importava tanto.

— Micah — disse ele. — 163.

O número 163 parecia bem alto para mim. Wren tinha o número mais alto em Rosa, e eu nunca imaginei que nenhum outro Reboot estaria tão perto dela. Um cara chamado Hugo era o mais próximo, e qual era o seu número mesmo? 150?

Micah ergueu o braço. Sua tinta estava mais esmaecida que a de Wren, e eu não conseguia ver os números a distância. Mas Wren tombou a cabeça e ficou olhando para ele, sem dizer nada. Ela sempre olhava dessa maneira para as pessoas quando não queria que soubessem em que estava pensando. E funcionava.

— Vejo que você trouxe alguns amigos — disse Micah, com um sorriso se abrindo no rosto.

— Nós... — Ela virou a cabeça, encontrou Addie no meio da multidão e apontou. — Eu e Addie entramos nas instalações de Austin e libertamos os Reboots.

Addie tirou o capacete. Seus cabelos escuros voavam ao vento. Ela inclinou a cabeça em direção ao Reboot mais alto à sua frente, como se não quisesse ser reconhecida por tal façanha. Eu a entendia. Ela não pedira para fazer nada daquilo. Wren a resgatou graças ao acordo feito com o pai de Addie, Leb (um dos oficiais da CRAH em Rosa), em troca de ajudar a nós dois em nossa fuga. Addie fora envolvida na história por obra do destino.

O sorriso de Micah desapareceu do rosto. Ele não demonstrava qualquer expressão, a boca estava ligeiramente aberta. Seus olhos voltavam a observar a multidão.

— Isso — ele apontou — é a instalação de Austin inteira?

— É.

— E você libertou todo mundo?

— Sim.

Ele continuou observando por alguns momentos antes de dar um passo em direção a Wren. Depois pousou as mãos no rosto dela e eu percebi seu corpo levar um choque. Resisti à tentação de lhe dizer que apenas um idiota tocaria Wren sem permissão. No entanto, ele descobriria isso sozinho se ela não estivesse gostando daquela história.

Suas mãos cobriam quase a totalidade das bochechas de Wren, enquanto ele a encarava.

— Você. É a minha mais nova pessoa favorita.

Pode entrar na fila, cara.

Wren riu e se afastou das mãos dele. Depois me olhou como quem pergunta: *Sério? Você está me obrigando a negociar com esse cara?* Eu sorri, dando um passo à frente e lhe oferecendo minha mão. Ela entrelaçou seus dedos nos meus.

Micah recuou um passo para trás e disse a todos nós:

— Sendo assim, vamos. Sejam bem-vindos.

Surgiram alguns gritos, e todos começaram a falar animadamente ao nosso redor.

— Nós já tiramos os rastreadores de todos — disse Wren,
— Fizemos isso ainda perto de Austin.

— Ah, tudo bem — disse ele, com uma risada.

Sério? Eu franzi a testa, confuso, e percebi uma expressão parecida no rosto de Wren, mas Micah já tinha se virado para conversar com um grupo animado de Reboots. Ele começou a guiar todos em direção à reserva, e eu o segui, mas senti um puxão quando Wren ficou parada, observando os Reboots que seguiam Micah.

Ela estava nervosa, mas eu demorei um pouco para entender a estranha expressão em seu rosto. Wren respirou fundo, lentamente, os olhos analisando a cena à nossa frente.

— Está tudo bem? — perguntei.

Eu também estava nervoso. Quando Wren ficava nervosa, eu também ficava.

— Está sim — respondeu ela, em um tom muito suave, como se não fosse verdade.

Eu sabia que Wren estava tão animada quanto eu para entrar naquela reserva. Ela me disse que se não fosse por mim, teria ficado na CRAH. Eu não conseguia entender e pela, primeira vez, pensei que Wren não tinha apenas se convencido de que era feliz sendo uma escrava da CRAH. Talvez ela fosse mesmo.

No entanto, eu preferia pensar que ela se ajustaria e seria feliz por ali, mas isso eu não poderia garantir. Eu não tinha muita certeza do que fazia Wren feliz, além de lutar, é claro. Aliás, se eu fosse tão bom quanto ela nesse assunto, também ficaria muito feliz.

Ela assentiu, muito levemente, como se quisesse se convencer de algo, e começou a caminhar em direção à reserva. Os Reboots ao lado do portão ficaram paralisados quando nos aproximamos, as armas apontadas na nossa direção.

Micah deu um passo à frente, erguendo uma das mãos para sua tropa.

— Abaixem as armas! Permaneçam em suas posições!

Assim que ele gritou as palavras de comando, todos os Reboots abaixaram suas armas. Seus olhos brilhantes estavam colados em nós, e eu respirei fundo ao olhar para eles. Eram muitos. Grande parte teria mais ou menos a minha idade, mas alguns pareciam mais próximos dos 30 ou 40 anos

Os Reboots da reserva vestiam roupas de algodão folgadas, em cores claras (bem diferentes dos uniformes escuros que a CRAH nos obrigava a vestir), mas mantinham os capacetes nas cabeças. Eram fortes e bem-alimentados. Mesmo posicionados para o que imaginavam ser um ataque, nenhum deles parecia assustado. Na verdade, pareciam... animados?

Micah aproximou uma caixa preta da boca, que se parecia com os comunicadores utilizados pela CRAH. Ele falou na tal caixa, olhando para a torre à nossa direita. Depois ficou um tempo escutando, assentiu e disse mais algumas palavras antes de guardá-la no bolso.

Micah deu um passo para trás e apontou em nossa direção, utilizando dois dedos:

— Wren.

Ela ficou paralisada ao meu lado, os ombros tensos. Micah fez um gesto com a cabeça, indicando que ela deveria se aproximar, e Wren deixou escapar um leve suspiro ao soltar seus dedos dos meus. As pessoas abriam caminho enquanto ela se aproximava de Micah, e eu me senti desconfortável por ela. Todo mundo a olhava.

Micah sorriu quando ela parou ao seu lado. Depois tomou a mão de Wren, o que a fez estremecer. A expressão no rosto dele era de pura adoração, tanto que eu teria ficado com ciúme se ela não o estivesse olhando como se ele fosse um alienígena.

Tudo bem, talvez eu estivesse com um pouco de ciúme. Em um primeiro momento, ela também tinha me olhado como se eu fosse um alienígena, mas passei a ter quase certeza de que Wren gostava de mim.

Na verdade, eu tinha mais do que quase certeza. Eu estava praticamente convencido. Estava o mais convencido possível, mesmo sem estar totalmente certo. Ela deixara sua "casa" (prisão) por mim, depois arriscou sua vida e assaltou uma instalação da CRAH para me salvar. Isso, para mim, seria a versão de Wren para "estou louca por você". Pelo menos eu entendia assim.

Wren soltou a mão de Micah, mas ele pareceu nem perceber, sorrindo ao encarar os Reboots da reserva.

— Pessoal, esta é Wren 178.

Alguns deles engoliram em seco, e eu suspirei, mas sem fazer barulho. Qualquer esperança que eu ainda nutrisse de que nossos números não valessem de nada por ali foi imediatamente destruída. Alguns Reboots olhavam para ela com tamanha reverência e animação que fiquei com vontade de dar um tapa neles e dizer que parassem de bancar os loucos.

— Ela trouxe todo mundo das instalações de Austin — disse Micah.

Mais gente engoliu em seco, mas pelo menos pareciam animados ao nos conhecer.

— Não fiz isso sozinha — disse Wren, olhando para a multidão, mas parecendo incapaz de localizar Addie. — Addie 39 e eu trabalhamos juntas.

Micah fez que sim, da maneira que costumamos fazer quando não estamos ouvindo o que se diz. Ele sorria para a multidão de Reboots da reserva. Eles murmuravam, suas expressões eram de otimismo cauteloso.

Wren me lançou um olhar confuso no momento em que Micah ergueu a mão. A multidão ficou em silêncio.

— Está tudo bem — disse ele. — Eu tenho boas notícias.

Menos mal. Eu precisava de boas notícias. E esperava ouvir algo no estilo *tenho cama e comida para todos vocês, e está tudo pronto.*

Micah fez um gesto em direção à torre.

— Acabaram de me avisar que novas aeronaves CRAH estão a caminho. E elas estão perto.

Espera. O quê?

— Estão a pouco mais de cem quilômetros — continuou Micah. — Pelo menos sete confirmadas.

E a boa notícia?

— Então — sorriu Micah, erguendo uma das mãos —, prontos?

Todos os Reboots da reserva responderam em uníssono, com um único grito:

— ATACAR!

DOIS

WREN

FIQUEI GELADA QUANDO CALLUM LANÇOU UM OLHAR horrorizado na minha direção.

Atacar?

— Wren — disse Micah, pousando uma das mãos no meu ombro. E eu me encolhi. — Vocês vieram em aeronaves CRAH, certo? Onde elas estão?

Pisquei os olhos. Como ele sabia disso? E como sabia haver mais aeronaves CRAH a caminho?

— Deixamos a alguns quilômetros daqui — respondi. — Não queríamos pousá-las muito perto para não assustar vocês.

— Mas nós ficamos assustados, obviamente — disse Micah, sorrindo e fazendo um gesto ao exército de Reboots às suas costas. Depois colocou dois dedos na boca e assobiou: — Jules!

Uma menina pouco mais velha que eu se aproximou Seus cabelos vermelhos estavam trançados, e ela carregava um código de barras CRAH estampado no pulso, mas não consegui ver o número.

— Vá buscar essas naves — disse Micah, erguendo uma das mãos e fazendo uma espécie de movimento circular com um dedo. Imediatamente, o enorme portão de madeira começou a abrir. Os Reboots à frente deles se afastaram.

Senti uns dedos pousados nas minhas costas e me virei, vendo Callum logo atrás de mim. Ele olhava para o portão que se abria.

— O que está acontecendo? — perguntou ele, baixinho.

— Não sei.

O portão estava completamente aberto, revelando cerca de dez Reboots sentados em geringonças que eu nunca vira. As máquinas tinham duas rodas grandes (uma na frente, outra atrás) e se pareciam com as motos que eu vira em fotografias, embora maiores. Três pessoas poderiam se sentar no comprido assento negro estendido entre as duas rodas, e aquelas máquinas não tinham sido construídas com a intenção de ser discretas, pois um barulho ensurdecedor saía de seus motores.

— Kyle! — gritou Micah, movendo as mãos, e um Reboot alto e descalço afastou sua moto das demais. — Pegue Jules e... — Ele parou e olhou para mim. — Quem pilotou até aqui?

— Eu e Addie

— A 39?

— Sim.

Ele fez que sim e olhou para Kyle.

— Leve Jules e a 39 às aeronaves. Rápido. Não demorem mais de vinte minutos para ir e voltar.

Kyle girou o guidão, e a motocicleta se movimentou, parando ao lado de Jules. Ela subiu na máquina e ficou olhando para a multidão de Reboots de Austin, com expectativa

— 39! — gritou Micah.

Addie saiu do meio da multidão, com os braços cruzados sobre o peito. Ela ignorou Micah completamente e ficou me encarando, como se estivesse esperando alguma coisa. Será que ela queria me perguntar se poderia ir?

Evitei o olhar de Micah ao caminhar pelo chão empoeirado e parar bem na frente dela.

— Eles querem que você os leve até as naves — expliquei. — E provavelmente que volte pilotando uma delas.

Seus olhos me encaravam, firmes.

— E você acha que deveríamos confiar neles?

Fiz uma pausa. Claro que eu não achava que deveríamos confiar neles. Eu tinha acabado de conhecer aquela gente, e até então eles pareciam estranhos. Mas nós nos dirigíamos à casa deles e estávamos sendo convidados a entrar. Portanto, talvez fosse tarde demais para pensar em confiança.

— Não — respondi, baixinho.

Ela pareceu assustada com a minha resposta.

— Não?

— Não.

Ela piscou os olhos, como se esperasse por mais, e um sorriso começou a aparecer no seu rosto.

— Tudo bem, já estou me sentindo melhor — disse ela, respirando fundo. — Combinado. Vou dar um passeio com esses desconhecidos. E vou torcer para que tudo dê certo. Já entendi.

Ela assentiu ao terminar de falar, e eu pisquei os olhos, percebendo o que estava pedindo que ela fizesse.

— Eu poderia ir...

Ela sorriu e deu um passo para trás.

— Tudo bem. Você está apenas sendo honesta.

Addie atravessou o chão poeirento e subiu na garupa de uma das motos, apontando na direção de onde tínhamos vindo. Kyle acelerou, e a moto levantou poeira ao desaparecer.

— Aqueles com números superiores a 120, comigo! — gritou Micah aos Reboots de Austin. — Vamos lá!

Ele praticamente dava saltos de tão agitado.

Eu não entendia.

Olhei para trás e percebi que os Reboots de Austin tinham expressões confusas e bem similares estampadas em seus rostos. Beth 142, duas meninas e dois meninos, que eu imaginava serem +120, saíram do grupo e lentamente caminharam em direção a Micah. Eles me olhavam com expressão de espanto. Havia menos Reboots +120 em Austin do que em Rosa, mas eu estava na cidade mais durona do Texas. Afinal, um maior número de atribuições significava que precisariam de Reboots mais habilidosos. Todos rondavam a minha idade, exceto um dos caras, que teria apenas 12 ou 13 anos.

— Micah! — gritei, seguindo-o em direção ao portão. — O que está acontecendo? Como você sabe que a CRAH está a caminho? Como descobriu que eles viriam?

Ele parou.

— Nós temos pessoal em locais estratégicos, ao redor das cidades, e equipamentos que monitoram o trânsito nessas áreas.

Ergui as sobrancelhas, surpresa. Nunca imaginei que eles fossem tão avançados.

Micah abriu bem os braços, gritando aos Reboots de Austin:

— Pessoal! Vamos nos divertir um pouco!

E ficamos observando.

Ele ergueu o punho.

— Urrá!

— Urrá! Urrá! — gritou uma centena de Reboots da reserva, em uníssono, e eu me assustei. O que diabos era aquilo?

— Vamos lá — disse ele, gargalhando. — Tem alguém aí louco para dar um chute na bunda dos CRAH?

Isso gerou algumas risadas. Alguém, bem no fundo da multidão de Reboots de Austin, ergueu a mão.

— Eu!

Na semana passada, eu tinha chutado a bunda de muitos CRAH e estava cansada. Aquilo tinha durado tempo demais. Olhei para Callum. Ele não queria voltar a lutar, com humanos ou com Reboots.

Micah gargalhou ao ver minha expressão.

— Sei que você deve estar cansada. E precisa me contar a história de como fugiu de Rosa, terminou em Austin e acabou roubando duas aeronaves com todos os Reboots daquelas instalações. — Ele deu um passo na minha direção. — No entanto, temos um bando de oficiais da CRAH vindo para cá, prontos para nos atacar. Portanto, não temos muita escolha.

Olhei para Callum, e ele ergueu os ombros. Ele não parecia saber o que fazer.

Mas eu sabia o que queria fazer: queria sumir dali antes que os CRAH chegassem. Não sabia para onde iríamos nem como chegar, mas sem dúvida não precisaríamos ficar por ali e lutar.

Ou talvez sim. Olhei para o grupo de Reboots que tínhamos levado até ali, e vi vários rostos voltados para mim, observando minha reação. Eu tinha entrado nas instalações de Austin, enfiado todos eles em aeronaves e os colocado naquela situação. Se perguntasse a Callum o que fazer, ele me diria que essas pessoas precisavam da minha ajuda. E estaria certo, infelizmente.

Mas aquela seria a última vez. Se surgisse a possibilidade de novos ataques da CRAH, eu pegaria Callum e sumiria dali. Não queria passar o resto da minha vida lutando para fugir dos humanos. Na verdade, eu ficaria muito feliz se nunca mais os visse.

Suspirei e fiz que sim para Micah. Ele deu um tapinha nas minhas costas, como se aprovasse.

— Menos de 60 comigo! — gritou um homem magro, que saiu do pelotão local.

Fiz que não com a cabeça na direção de Callum e estiquei uma das mãos. Nós não faríamos aquilo. Ele ergueu o canto da boca e caminhou na minha direção.

Micah olhou para o pulso de Callum.

— 122? — perguntou ele, semicerrando os olhos.

— 22 — corrigiu Callum.

Micah apontou para a multidão reunida ao redor do homem magro.

— Os -60 com Jeff.

— Callum vai ficar comigo — retruquei, apertando sua mão com força.

Micah abriu a boca, mas voltou a fechá-la, com um leve sorriso.

— Tudo bem.

E se virou para a entrada da reserva, fazendo um gesto para que o seguíssemos.

Caminhamos em direção à linha de motos que guardava a entrada, e eu olhei para trás, vendo os Reboots de Austin restantes separados em dois grupos: -60 de um lado, e todos os entre 60 e 120 do outro.

Ao passar pelas motos, olhei para a frente, mas ouvi Callum suspirando quando vimos o que havia atrás da cerca.

Lá dentro, havia mais Reboots. Deveria ser uma segunda leva, com cerca de metade do contingente da primeira. Havia uns cinquenta Reboots parados, em filas perfeitas, à frente de uma espécie de fogueira repleta de chamas. Eles carregavam armas nas mãos, mas com os canos voltados para o chão. Um Reboot passou correndo ao nosso lado e começou a conversar animadamente com um dos homens na primeira fila.

A reserva estava configurada em círculo, com caminhos empoeirados serpenteando entre tendas marrons bem curtidas. Eram poucas as estruturas permanentes por ali, e robustas tendas estilo indígena se sucediam ao longo dos caminhos. Eram muitas tendas. Cerca de cem, pelas minhas contas.

À minha direita, havia várias tendas bem maiores, retangulares. O tecido de que eram feitas parecia encardido e rasgado em algumas partes. Há quanto tempo estariam montadas por ali? Por que não construíam estruturas permanentes?

À esquerda, próximo à cerca, havia dois edifícios compridos de madeira. Pela aparência, poderiam ser vestiários. Canos percorriam um dos lados do edifício, e o terreno ao redor estava úmido. Pelo menos não teríamos que tomar banho no lago.

Dei uma olhada nas fileiras de Reboots. Quando descobri que os rebeldes estavam ajudando Reboots a escapar da CRAH, Leb me disse que meu treinador, Riley 157, escapara para a reserva e não estava morto, como me disseram. Mas eu não o via em meio à multidão.

Parei logo atrás de Micah quando nos aproximamos de uma tenda. Ele levantou o pano que cobria a entrada, fazendo um gesto para que entrássemos. Curvei a cabeça e entrei, seguida por Callum e pelos cinco Reboots 120 vindos de Austin.

Armas. Por todos os lados.

Eu nunca tinha visto tantas armas na vida. Armas de todos os tamanhos ocupavam todas as paredes, além das prateleiras espalhadas pela tenda. Havia granadas, machados, facas e espadas, além de outras coisas que eu não reconhecia. Eles tinham o suficiente para armar todos os cidadãos do Texas. Vi algumas prateleiras vazias, mas imaginei que as armas estariam com os Reboots enfileirados do lado de fora. Ainda assim, todos poderiam pegar uma segunda arma com o que restava por ali, ou mesmo uma terceira.

— Impressionante, certo? — perguntou Micah, com um sorriso.

Houve uma risada nervosa, e eu dei uma rápida olhada ao meu redor. Sim, era impressionante. E também um pouco reconfortante. Uma longa mesa de madeira fora posta no centro da tenda, os pés desaparecendo por conta da poeira. Uma cama, também grande, fora colocada na esquina interior direita, e me perguntei se Micah moraria ali. Em cada extremidade da tenda, havia mais duas fogueiras acesas, cercadas de pedras, e a fumaça das chamas tinha aberto buracos na lona da tenda, logo acima do fogo.

— Não temos muito tempo para apresentações por aqui — disse Micah. — A CRAH não vai demorar para chegar, e deve trazer armas pesadas desta vez.

— Urrá! Urrá!

Eu me assustei com aqueles gritos repentinos e girei o corpo. Havia vários Reboots da reserva logo atrás de nós. Eu demoraria para me acostumar com aquela disposição sem sentido para gritos.

— Vou pegar armas para cada um de vocês, depois deem uma volta e estabeleçam um local para cada pessoa.

Ele se virou e começou a pegar armas nas prateleiras.

— Desta vez... — disse Callum, baixinho.

— O quê? — perguntei, olhando para ele.

— Ele disse "desta vez", como se a CRAH já tivesse vindo aqui.

— E já vieram várias vezes — disse Micah, me entregando uma arma. — E nós sempre vencemos.

Eu peguei a arma e ergui as sobrancelhas.

— Sempre?

— Sempre — disse ele, oferecendo uma arma a Callum.

Callum olhou para a arma, depois para mim, e, por um segundo, imaginei que ele não a pegaria. Ele não era chegado a armas. Eu precisei fugir da CRAH com ele porque Callum se recusou a usar uma arma para matar um Reboot adulto. E a CRAH não via sentido em manter Reboots que não acatassem suas ordens.

Mas ele pegou a arma das mãos de Micah sem dizer uma palavra. No entanto, eu duvidava que ele estivesse disposto a usá-la.

— Por que eles voltam se vocês sempre ganham? — perguntei, enquanto ele distribuía as armas e os artefatos extras.

— Eles se reagrupam, estudam os pontos em que falharam e tentam novamente. E cada vez voltam melhores. Já faz quase um ano que não aparecem por aqui. — Micah saiu da tenda, e nós o seguimos. — Essa é uma das razões pelas quais não construímos muitos edifícios permanentes. — E fez um gesto em direção às tendas. — As bombas atingirão muitas coisas hoje.

— Bombas? — perguntou Callum.

— Sim. Nós vamos deter algumas aeronaves ainda no ar, mas bombas certamente cairão. — Micah parou ao lado da fogueira e olhou na nossa direção. — As aeronaves virão do

28

sul. Vocês ficarão aqui, com o segundo pelotão. Protejam a reserva. Não morram. Isso é tudo o que vocês devem fazer. Caso percam uma parte do corpo por conta das bombas, não entrem em pânico. Nós temos uma série de kits que podem colocar tudo de volta no seu devido lugar. Não se preocupem com as partes dos corpos de outras pessoas. A menos que elas estejam quase mortas, aí sim.

Callum estava vidrado.

— Sério? Nós podemos colocar partes do corpo de volta no lugar?

— Podemos — respondi. — E, se o trabalho for rápido, funciona como se tivéssemos quebrado um osso. Basta colocar tudo no lugar e as partes se reconectam.

— Isso é nojento — disse ele, me encarando, horrorizado. — Já aconteceu com você?

— Já. Eu perdi alguns dedos em um serviço. Mas isso não é nada. É uma sensação divertida a reconexão.

Callum se retraiu, examinando seus dedos.

Micah sorriu ao parar na minha frente.

— Novato?

— Sim — respondi.

Certas vezes, eu me esquecia que Callum só esteve algumas semanas na CRAH antes de escaparmos para salvar sua vida. E o último mês pareceu um ano inteiro.

— E esse novato quer ficar aqui com o segundo pelotão? Eu vou colocar todos os Reboots de Austin em um terceiro pelotão, nos fundos da reserva, exceto vocês — disse Micah. — Não quero atirá-los às chamas e ao horror logo no primeiro dia deles por aqui.

Hesitei, olhando para Callum. Ele estaria mais seguro no terceiro pelotão. Aliás, *eu* estaria mais segura no terceiro pelotão, mas acho que ninguém gostaria disso. Os Reboots fortes deveriam estar nas linhas de frente. Eu o encarei, e ele fez que sim, como se tivesse me entendido.

— Tudo bem — disse Callum para Micah. — Eu vou com os -60.

Callum começou a caminhar, e eu segurei sua mão, afastando-me de Micah.

— Se for preciso, use isso — sugeri, baixinho, olhando para sua arma.

Ele assentiu, mas nossas definições de "se for preciso" eram muito diferentes. Ele provavelmente nem chegaria a retirar a arma do coldre.

Ele apertou minha mão, com seus olhos escuros lacrimosos ao me encarar.

— Cuidado.

E fiquei observando Callum se afastar, desejando ter contado toda a ideia de fugirmos para ele. Talvez ele concordasse.

— Wren, você quer vir conosco? — perguntou Micah. Depois olhou para os demais Reboots 120. — Vocês ficarão por aqui.

Dei uma rápida olhada em Beth. Seu número era o mais alto das instalações de Austin, mas no caminho para a reserva ela me confessou que se tornara Reboot havia apenas cinco meses. Parecia confortável sendo a voz dos Reboots de Austin, mas eu não tinha tanta certeza sobre como se sentiria preparando-os para a batalha. Seu rosto era neutro, mas ela não parava de enrolar uma mecha de cabelo em um dedo.

— Você pode ficar aqui, com o segundo pelotão? — perguntei, em tom calmo.

Ela engoliu em seco, com expressão incerta.

— Posso.

Um homem com cabelos escuros deu um passo à frente. Sua expressão era calma e reconfortante.

— Nós vamos vencer o que surgir no caminho.

Beth fez que sim, depois fez um gesto dizendo que eu poderia ir embora. Voltei para perto de Micah, e atravessamos os portões da reserva, dando uma olhada no primeiro pelotão de Reboots. Eles estavam tranquilos naquele momento, recostados no portão de madeira, conversando. A atmosfera era calma, embora se pudesse notar certa tensão. Eu sempre adorei a sensação de perseguir e lutar, e entendia que alguns deles estivessem com vontade de partir para a guerra. Além do mais, um pouco de excitação ajuda a afastar o medo.

— Como você se saiu pilotando aquela aeronave? — perguntou Micah, parando e olhando a distância.

— Foi tudo bem, menos a aterrissagem. Minha nave bateu feio contra o chão.

— Sendo assim, vou pedir a outra pessoa que pilote. Eu e você vamos subir em uma aeronave e tentar apanhar várias delas no ar, no caminho para cá. — E me encarou. — Eis uma ideia incrível, roubar algumas aeronaves da CRAH para escapar. Como você fez isso?

— Nós tivemos ajuda dos rebeldes. Tony, Desmond e outros. Você conhece esse pessoal, certo?

Micah gargalhou, embora eu não tenha entendido muito bem por quê.

— Sim, eu conheço essa gente há tempos. É um grupo bem prestativo.

Dizer "grupo bem prestativo" foi um bom eufemismo. Eu não teria conseguido entrar nas instalações de Austin, para finalmente conseguir o antídoto de Callum, se não fosse por eles. E com certeza não teria sido capaz de libertar todos os

Reboots e escapar. Eu provavelmente devia algo a eles. E isso é uma desgraça.

Micah não parava de caminhar enquanto esperávamos pelas aeronaves. De tempos em tempos, ele conversava com uma das torres, utilizando seu comunicador. Quase fiquei com vontade de seguir os seus passos. Eu queria que aquilo tudo chegasse ao fim. Queria me arrastar para os braços de Callum, e dormir até a primavera.

Pouco depois, as aeronaves que tínhamos roubado apareceram no horizonte, aterrissando suavemente, não muito longe de nós. A que eu pilotei estava amassada dos dois lados, e com uma grande rachadura na janela dianteira, mas parecia voar direitinho.

A porta da outra aeronave se abriu, e Addie pulou para fora, movendo a cabeça, parecendo um pouco perdida ao avistar algo logo atrás de mim. Girei o corpo e vi dois rapazes correndo na nossa direção. Eles seguravam o que parecia ser uma arma gigante em cada mão. Havia dois outros Reboots perto deles, carregando as mesmas coisas.

— O que é isso? — perguntei, e eles pararam ao lado de Micah.

— Lançadores de granada — respondeu ele, apontando para os Reboots parados ao lado do portão. — Eles também têm lançadores por lá. É a melhor defesa contra ataques aéreos.

E onde eles conseguiram tudo aquilo?

— Bom trabalho — disse Micah a Addie. — Entre, e você conseguirá uma arma. Os -60 estão no terceiro pelotão, nos fundos.

Ela passou ao nosso lado e sequer olhou para mim. Parecia tão animada quanto eu, que estava a ponto de ser obrigada a participar daquele voo.

Micah enviou todos às aeronaves. Entrei na que Addie pilotara. Dois dos caras segurando lança-granadas me seguiram.

— Nunca atirei com uma dessas do ar, mas estou louco para experimentar — comentou Micah, me entregando um dos lançadores.

Era mais pesado que uma arma, uns 4 quilos e meio, aproximadamente, mas não se tratava de um objeto impossível de ser manejado. Na verdade, era mais ou menos como um revólver gigante, com um cano bem mais longo.

— Apoie no seu ombro — disse Micah. — Uma das mãos atrás, a outra na frente.

Agarrei firme em um ponto do cano e, com a outra mão, segurei o gatilho. Inclinei o corpo para a frente e olhei através de um cano preto. Vi um círculo menor dentro de outro maior, uma ajuda para mirar.

— Essa é a sua mira — disse Micah. — Sei que você nunca usou uma coisa dessas, mas basta mirar o melhor possível e apertar o gatilho. Você tem seis tiros. Depois, entregue a lançadora a um desses caras para que seja recarregada. Algo me diz que você se sairá muito bem.

E me deu um soco de leve no ombro, sorrindo.

Micah demonstrava muita fé em mim, baseada unicamente no meu número. Riley deve ter lhe falado sobre mim, e imagino que ele tenha gostado de eu ter libertado os Reboots de Austin. Porém, ainda assim, ele parecia tão obcecado com o meu 178 quanto a CRAH sempre esteve. E eu não sabia se ficava aliviada ou desapontada.

— Vamos! — gritou Micah ao piloto. Depois apontou para mim. — Rápido. Vamos deixar a porta aberta para podermos atirar.

E me aproximei lentamente de um dos assentos. A aeronave decolou com um solavanco, e eu bati com o queixo no peito quando fui atingida por um forte vento. Observei o piloto Reboot daquela aeronave, que parecia calmo e confortável subindo aos céus, mesmo com aquele tempo.

— Ele já fez isso antes? — perguntei, tentando vencer o ruído do vento.

Micah assentiu, dando uma olhada em direção ao piloto.

— Nós temos duas aeronaves CRAH, que consertamos após terem sido abatidas. Uma delas ainda funciona. Mas não temos combustível.

— *Estou vendo quatro aeronaves* — disse uma voz no comunicador de Micah, e eu agarrei meu lança-granadas com mais força.

Ele mirou, ficando de joelhos, o lançador apoiado em um dos ombros.

— Lá estão elas!

Eu me postei ao lado dele, e quatro aeronaves pretas surgiram no céu azul-claro, vindo na nossa direção.

— Espere até que estejam mais perto — ordenou Micah. — Espere... espere... agora!

Uma das aeronaves passou zunindo, bem ao lado da nossa, depois outra. As duas restantes seguiam o mesmo caminho, e eu mirei na janela do piloto da nave mais próxima.

Apertei o gatilho. Errei o alvo.

Um estrondo tomou conta do ar quando o tiro de Micah atingiu a lateral de uma aeronave, e os dois caras ao nosso lado imediatamente gritaram "Urrá!".

— Mais rápido! — gritou Micah. — Mire na janela do piloto!

Eu tinha mirado, mas não era nada fácil com tanto vento e com aquele equipamento que eu não dominava. Mas não era hora de mencionar essas coisas.

A aeronave que eu não conseguira atingir passou ao nosso lado, e eu me assustei quando uma explosão atingiu o chão. Uma das torres ficou em chamas, e eu respirei fundo, bem lentamente.

Mantenha o foco.

Nosso piloto deu um giro, e eu agarrei o lança-granadas com mais força, espiando as aeronaves que tinham acabado de atingir a torre. Mirei na janela, respirei fundo. Fogo.

A aeronave deu uma guinada no momento em que o para-brisa explodiu, eu ignorei os "urrá" e voltei a mirar. A segunda granada entrou pela janela aberta, e o que restou da aeronave atingiu o chão com tanta força que eu poderia jurar ter sentido o impacto.

Micah atingiu a aeronave retardatária, mas outras três surgiram à nossa frente. Uma delas conseguiu passar ao meu lado, seguindo em direção à que sobrevoava a reserva. Uma forte fumaça subia do interior da cerca, o tiroteio era constante. Senti um pouco de medo por Callum ao descarregar minhas últimas granadas em cima de uma aeronave. Talvez ele devesse ter vindo comigo.

Uma explosão atingiu nossa aeronave, e eu fiquei imediatamente feliz ao saber que Callum estava em terra. Um bom pedaço da cauda negra da nossa aeronave se desprendera, e o metal acima de uma fileira de assentos também, voando aos céus.

Dei uma olhada para fora e vi mais aeronaves se aproximando. Eram pelo menos dez ao meu redor.

Dez aeronaves CRAH. E nós tínhamos duas.

Olhei para Micah e vi suas sobrancelhas franzidas, em total concentração, os dedos pressionando o gatilho. Outra aeronave abatida.

— Você vai ficar me observando ou vai fazer alguma coisa? — perguntou ele, deixando seu lança-granadas no chão e pegando outra arma recarregada. Parte de sua animação tinha desaparecido, substituída por uma concentração intensa, talvez até por um pouco de medo.

Segurei meu lança-granadas com força e mirei. Eu, que tinha escapado da CRAH, não seria morta pelas mesmas pessoas horas mais tarde.

Atirei. Várias vezes. Até que duas novas aeronaves foram abatidas. Deixei minha lançadora no chão quando nossa aeronave foi atingida e o piloto deu um solavanco. E agarrei a moldura da porta para não cair.

— Não está sendo fácil me livrar deles, pessoal — disse o piloto.

— Não desista! — gritou Micah.

Após aquela segunda investida, perdíamos altitude, e eu atirava o mais rápido possível nas aeronaves restantes. Restavam apenas quatro, mas alguém que atirava do chão conseguiu destruir mais uma.

Micah, por sua vez, atingiu outra, mas nós perdíamos tanta altitude, e com tanta velocidade, que eu soltei meu lança-granadas e peguei meu capacete. Nos chocamos contra o chão, e eu saí voando pela porta, rolando, parando vários metros acima.

Tossi ao conseguir me apoiar com as mãos e os joelhos, limpando a poeira do rosto com o dorso de uma das mãos. Eu sangrava um pouco. Meu braço esquerdo estava quebrado em vários pontos, e minhas costelas também pareciam fraturadas ou contundidas.

Consegui ficar de pé no exato momento em que fui atingida por uma nova explosão, e transformei meu corpo em uma bola, pois choviam peças de metal ao meu redor.

Quando a fumaça se dissipou, levantei novamente, tentando não pensar na dor que se espalhava por todo meu corpo. Restava apenas uma aeronave CRAH no céu.

Arregalei os olhos, surpresa, ao olhar para a reserva. Em parte, eu esperava que ela estivesse destruída. Mas as cercas continuavam de pé (exceto uma das torres) e colunas de fumaça subiam em alguns pontos, mas aquilo não parecia uma destruição total.

Aqueles Reboots eram bons. Incrivelmente bons, na verdade.

— Quem atingiu a última?

Eu me virei ao ouvir a voz de Micah. A última aeronave cambaleava no ar, não muito longe de nós. Um tiro surgira do chão, atingindo uma das pontas da nave. Ela cambaleou e girou, e Micah deixou escapar um gemido de satisfação no momento em que a aeronave colidiu com o chão empoeirado.

— Urrá! Urrá!

Os gritos de Micah foram seguidos por gritos dos poucos Reboots reunidos por ali.

Ele me olhou, com o lança-granadas apoiado no ombro e um sorriso enorme no rosto.

— Nada mal, certo?

Detritos da aeronave atingiram o chão ao nosso redor, e os Reboots estavam gargalhando e conversando, agitados. Eles não apenas atingiram os CRAH, mas os massacraram.

Olhei para Micah e retribuí seu sorriso.

Nada mal mesmo.

TRÊS

CALLUM

— CERTO, ESSA FOI A COISA MAIS NOJENTA QUE JÁ FIZ.

O menino à minha frente resfolegava, acariciando o braço que eu ajudei a colocar em seu devido lugar. Sua pele começava a cicatrizar, o sangue e os ossos tinham sumido da nossa vista.

— Não fique dando muitas voltas por aí — recomendei.

Ele passou as mãos pelos cabelos pretos ao ficar de pé.

— Obrigado.

— De nada, mas tenha mais cuidado da próxima vez.

Ele sorriu, e nós dois sabíamos que ele não poderia ter feito muita coisa no momento em que uma bomba explodiu a poucos metros do seu corpo. Depois de me afastar de Wren, tive sorte ao ficar longe de grande parte da ação, mas o primeiro e o segundo pelotões sofreram bastante. Nem todos os Reboots conseguiram sair vivos.

Só senti uma pontada de pânico quando Wren entrou pelo portão, ao lado de Micah. Ele a levou para o interior de uma enorme tenda, com alguns Reboots +120, e eu não os vi mais.

— Eu me chamo Isaac — disse o menino, estendendo sua mão.

Não havia código de barras no seu pulso. Ele tinha uns 15 anos, talvez um pouco mais. Era bem mais baixo do que eu, além de franzino, o que provavelmente fazia com que parecesse mais novo do que era.

— Meu nome é Callum — respondi, apertando sua mão. E apontei para a pele escura do seu braço, onde não havia um código de barras. — Você nunca esteve na CRAH?

— Não.

— E como chegou aqui?

— Por sorte, eu acho. — Ele olhava para a frente, como se não quisesse falar naquele assunto, e enfiou as mãos nos bolsos, curvando os ombros. — Qual é o seu número?

— 22.

Ele deixou escapar uma breve risada.

— Você tem outras qualidades, sem dúvida.

— Obrigado — respondi, em tom seco.

— Estou de brincadeira — disse ele, com um sorriso. — Meu número é 82. Mas também não é nada demais.

— E como você sabe, se nunca esteve na CRAH? — perguntei.

— Temos temporizadores de morte por aqui.

— O que é isso?

— Um aparelho que analisa a temperatura do nosso corpo e determina quanto tempo passamos mortos. A temperatura de um Reboot é sempre estável. Portanto, o aparelho é útil mesmo quando a transformação aconteceu há algum tempo. — Isaac fez um gesto para trás, onde os Reboots se reuniam ao redor da fogueira, segurando tigelas. — Vamos comer?

Assenti, limpando a poeira das minhas calças ao me levantar. Franzindo os olhos, dei uma olhada na tenda grande, banhada pelo sol do fim de tarde. A entrada continuava fechada. Não havia qualquer sinal de Wren.

— É a tenda do comando, a tenda de Micah — disse Isaac, ao seguir meu olhar. — Ninguém pode entrar sem ser convidado.

— O que eles fazem lá dentro?

— Sei lá. Devem ficar dando palmadinhas nas costas uns dos outros por terem ficado tanto tempo mortos e serem maravilhosos.

— Eu não vejo Wren fazendo isso — comentei.

— A 178? Deve estar todo mundo enchendo a bola dela lá dentro.

Suspirei, morto de vontade de entrar e salvá-la. Mas Wren nunca precisaria de resgate. Ela me procuraria quando pudesse.

Segui Isaac em direção à fogueira, peguei uma tigela de algo que parecia aveia e dei uma olhada nos Reebots reunidos ao redor do fogo. Por ali, o ânimo era uma espécie de alívio, com alguns rostos mais sombrios entre a multidão. Mais cedo, todos festejavam e pareciam animados, mas o cansaço batera à porta e eles estavam exaustos e tristes por conta dos amigos perdidos.

Passei junto a rostos desconhecidos e encontrei um lugar vazio ao lado de Addie. Isaac surgiu ao nosso lado.

— Addie, Isaac. — Eu os apresentei. — Addie ajudou Wren a resgatar todos os Reboots de Austin.

Addie inclinou a cabeça na sua direção.

— Oi — disse ela, e passou sua tigela vazia ao Reboot que as recolhia, depois girou o rosto e me encarou rapidamente.

— Que bom que você não morreu. Eu teria ficado muito chateada se, após tanta confusão para conseguir seu antídoto, você tivesse morrido poucas horas mais tarde.

Ela abriu um leve sorriso com os cantos da boca.

— Eu fiz o melhor que pude — comentei, com um sorriso. — Aliás, já agradeci por você ter ajudado Wren?

Ela fez um aceno com a mão.

— Não me agradeça. Sei o que é estar envolvida com essas drogas.

Seus olhos encontraram os meus brevemente; assenti e logo baixei os olhos à tigela. Addie era a única pessoa, além de Wren, que sabia que eu matara um homem inocente enquanto usava as drogas de CRAH, e eu percebia compaixão em seus olhos. No entanto, eu não estava atrás de compaixão. E nem sabia o que queria, mas simpatia não parecia a coisa certa, especialmente depois do que fiz.

— Vocês costumam reconstruir o acampamento depois de uma coisa dessas? — perguntou Addie a Isaac.

Dei uma olhada na direção em que ela apontava. As tendas alinhadas pelo caminho à minha direita estavam destruídas. Os tecidos restantes voavam ao vento. Muitas tendas menores tinham resistido, especialmente as que ficavam nos fundos do terreno. No entanto, pelas minhas contas, umas cinquenta estariam em péssimas condições ou destruídas.

A área de chuveiros e banheiros também fora atingida. Eu a visitei mais cedo e vi um grande buraco na ala masculina. Por sorte, o encanamento continuava funcionando.

A torre à direita do portão também fora completamente destruída, assim como uma pequena parte da cerca nessa mesma área. Porém, no geral, nossos danos foram menores do que os da CRAH. Dei apenas uma olhada rápida, mas encontrei fragmentos de suas aeronaves espalhadas por uma boa extensão do terreno empoeirado à frente do refúgio.

— Sim, e devemos começar amanhã — disse Isaac. — Em primeiro lugar, vamos tentar recuperar o máximo possível de tendas.

— Não foi tão ruim assim — comentou Addie. — Vocês são impressionantes.

— Estávamos nos preparando há um ano — disse Isaac, dando de ombros. — E nossos sistemas de monitoração são novos. Eles não têm a menor ideia de que nós sabemos exatamente quando estão a caminho.

Eu abri a boca, querendo perguntar onde conseguiam tantos equipamentos, mas ouvi um barulho e virei o rosto. Wren se aproximava de mim. Havia círculos escuros ao redor dos seus olhos. Porém, quando ela me deu o braço, sorrindo, parecia verdadeiramente feliz. Eu lhe apresentei a Isaac, e ela apertou sua mão brevemente, antes de se recostar no meu ombro.

— Está tudo bem? — perguntei, dando uma rápida olhada à tenda de Micah.

— Está sim. Micah quis ouvir a história inteira. Como escapamos de Rosa, como chegamos a Austin, como encontramos os rebeldes. — Ela me lançou um olhar, meio divertido, meio aborrecido. — Ele fez milhões de perguntas.

Eu me curvei para a frente, afastando um cacho de cabelo do seu rosto. Depois pressionei meus lábios em sua testa fria, trilhando um caminho com uma das mãos em sua nuca. O sol começava a se pôr, mas eu queria me aproximar ainda mais e perguntar se poderíamos encontrar uma tenda para passarmos a noite juntos.

— Isaac, cuide dela por alguns minutos, pode ser?

Ao erguer os olhos, vi que uma menina entregava um bebê gorducho a Isaac. Ele não parecia muito animado, mas sentou o bebê em seu colo e passou uma das mãos em volta de sua barriga. A mulher foi embora.

— O quê! — perguntou Wren, afastando-se de mim e olhando para o bebê, de boca aberta. — Esse bebê é...?

Olhei para o bebê e respirei fundo. O bebê tinha os olhos azuis brilhantes dos Reboots.

— Ela morreu e é um Reboot? — perguntou Wren.

— Não. Ela nasceu assim — respondeu Isaac. Depois pegou no braço do bebê e fez um aceno. — Assustador, né?

— Muito assustador — comentou Wren, tocando rapidamente o braço do bebê, como se ele pudesse morder. — Quando os Reboots têm filhos, eles nascem assim?

— Nascem.

— E ele se curam? — perguntou Addie.

— Claro que sim — disse Isaac. — Eles são Reboots.

— Mas sem número, certo? — perguntou Wren.

— Ah, claro. Sem número. Nós achamos que eles podem herdar do progenitor com o número mais alto, mas, no final das contas, os números não valem nada.

— Ela é sua? — perguntei, tentando afastar o tom de horror da minha voz. Sim, bebês são fofos e tal, mas Isaac parecia muito novo.

— Não, Deus me livre! — Ele fez uma careta. — Estou apenas segurando esta menina. — E deu uma olhada em volta, oferecendo-a a Wren. — Toma, segure um pouco. Eu preciso ir ao banheiro.

— O quê? Não! — recuando rapidamente.

— Só um minuto. Eu volto logo. — E colocou rapidamente a menina no colo de Wren, saindo correndo.

43

Wren a segurou com os braços e franziu a testa. E a menina não gostou nada daquilo, pois imediatamente começou a chorar.

— Toma — disse Wren, empurrando a menina na minha direção. — Segura esse bebê mutante.

Eu sorri ao olhar para ela. Jamais tinha segurado um bebê, ou pelo menos não me lembrava de tê-lo feito. Eu tinha 4 anos quando meu irmão David nasceu, mas duvido que meus pais tenham me deixado segurá-lo nos braços. Olhei para Wren.

— Você a deixou nervosa.

— Meu Deus! — exclamou Addie, assustada, tirando o bebê das minhas mãos.

Addie a pegou no colo, balançou, e o choro começou a cessar.

Wren piscou os olhos para a bebê algumas vezes, depois me olhou e fez uma cara "estranha". Eu trinquei os lábios para evitar uma gargalhada.

— Você não é mutante — disse Addie, segurando a mão da menina e sacudindo-a gentilmente. Ela se virou para Wren, a expressão mudando para preocupada. Inclinou a cabeça, abaixando a voz. — Existe alguma coisa que deveríamos saber?

— Sobre o quê? — perguntou Wren, cobrindo sua boca ao bocejar.

— Sobre Micah, por exemplo. Sobre toda essa gente que vive por aqui.

— Eu sei o mesmo que você — disse ela, dando de ombros e olhando ao seu redor. — Agora, eles com certeza sabem lutar.

Addie não parava de olhar para o bebê, mordendo o lábio inferior ao fazer que sim com a cabeça, várias vezes. Algo me dizia que ela esperava que Wren a reconfortasse, dizendo que estavam em segurança e que ela poderia relaxar. Mas Wren simplesmente olhava para a frente, observando um grupo de Reboots gargalhando ao lado das chamas.

Pensei em dizer que as pessoas a procurariam atrás de respostas, mas ela esfregou as mãos nos olhos e bocejou novamente. Talvez não fosse o momento de tocar nesse assunto.

— Ei. — disse passando uma das mãos em suas costas. — Há quanto tempo você não dorme?

Ela franziu a testa e inclinou a cabeça.

— Há dois dias, eu acho. Desde que estávamos na sua casa.

— Vou tentar encontrar uma tenda para nós dois, ou algo parecido — disse eu, levantando-me. — Você está com fome? Eu poderia conseguir alguma comida.

Ela fez que não.

— Não precisa. Micah me ofereceu alguma coisa.

— Tudo bem. Volto já.

Ela sorriu, e eu segui em direção à maior das tendas. Micah parecia ser o único no comando por ali, e algo me dizia que ele ficaria mais do que satisfeito em atender um pedido de Wren.

A entrada da tenda estava fechada. Dei uma olhada nos arredores, sem saber muito bem o que fazer. Eles deveriam inventar uma campainha ou algo parecido.

— Micah? — chamei.

Logo depois, sua cabeça apareceu do lado de fora. Ele franziu as sobrancelhas.

— Que foi? — perguntou ele.

Aparentemente, sua gentileza não se estendia muito além de Wren. Cruzei os braços sobre o peito.

— Wren não dorme há, tipo, dois dias. Ela está exausta. Você tem algum lugar onde ela poderia dormir um pouco?

O franzido na testa desapareceu.

— Ah, claro. Eu deveria ter oferecido. Tem uma tenda limpa por lá.

Virei o rosto em direção ao ponto que ele indicava, e vi uma pequena tenda intocada pelo bombardeio. Será que ele "limpou" a tenda para recebê-la?

— Ei, Jules! — gritou ele. — Você colocou os travesseiros e os lençóis naquela tenda?

— Claro, está tudo pronto! — retrucou ela, e sua voz veio de trás dele.

— Obrigado — agradeci, girando o corpo para ir embora.

— Se precisarem de algo mais, basta pedir! — gritou ele.

Acenei em resposta, perdido entre a perturbação de saber que Wren era atendida de maneira tão especial e a gratidão por ter sido uma missão tão simples.

Wren continuava no mesmo lugar. A luz das chamas iluminava seus cabelos loiros, e, mesmo exausta, ela parecia incrível. Wren era a mulher mais interessante que eu conhecia, e em vários sentidos. Suas feições delicadas contrastavam com a expressão dura, quase aterrorizante, que frequentemente mantinha no rosto. Isso foi uma das primeiras coisas que percebi nela. Lembro-me de ter deitado no chão, olhando para ela, um pouco assustado e ao mesmo tempo um pouco vidrado.

Addie tentava puxar assunto, mas a conversa não engatava. Estiquei a mão para Wren.

— Vamos?

Ela pegou minha mão e deixou que eu a puxasse. Enquanto caminhávamos, ela passou a mão pela minha cintura e se apoiou no meu peito, o que fez alguns Reboots olharem na nossa direção. Os números pareciam tão importantes por ali quanto na CRAH, e eu fiquei pensando se eles simplesmente a observavam, ou se estranhavam um 22 e uma 178 caminharem juntos.

Eu a levei à tenda e baixei o pano que fechava a entrada. Havia um espaço reservado para uma pequena fogueira bem no meio da tenda, mas estava apagada. Ao lado, dois lençóis e dois travesseiros em cima de um colchão fino, feito a mão — eles deveriam estar cultivando algodão em algum lugar. E com êxito, ao que tudo indica.

Wren se jogou no colchão, e eu fui logo em seguida.

— Isto tudo é só para nós dois?

— Sim, Micah me disse que mandou limpar a tenda para você.

Fiquei agachado perto da entrada, pois de repente pensei que não precisaríamos dormir no mesmo espaço se não quiséssemos. Quando escapamos de Rosa, tínhamos de nos manter próximos, sempre escondidos atrás de grandes lixeiras ou grossos troncos de árvores. Passamos uma noite no meu velho quarto, mas eu não podia simplesmente concluir que dormiríamos todas as noites juntos agora.

Ela parecia nervosa, mexendo em um fiapo de tecido solto na calça, sem nunca olhar para mim. Eu queria mergulhar naquele colchão e abraçá-la sem a ameaça da CRAH pairando sobre nossas cabeças, mas ela talvez não quisesse.

— Eu não me importo de dormir com os demais Reboots se você preferir ficar sozinha — comentei, aproximando-me ainda mais da entrada da tenda, pois queria deixar bem claro que falava sério.

Ela me olhou de uma maneira estranha.

— E por que eu ia querer ficar sozinha?

Deixei escapar um leve sorriso.

— Você poderia se sentir mais à vontade sem a minha presença. Não tenho a pretensão de...

Ela fez que não com a cabeça, estendendo sua mão. Entrelacei meus dedos nos dela e segui em direção à cama, chegando próximo o suficiente para que ela pudesse encostar os lábios nos meus.

— Eu sempre me sinto mais à vontade ao seu lado — murmurou ela.

Eu sorri e a beijei novamente ao me deitar no colchão. Ela tirou os sapatos dos pés. Fiz a mesma coisa, me enfiando debaixo do cobertor que ela abrira para mim. Wren continuava usando a mesma camiseta que eu lhe dera quando estivemos na casa dos meus pais, e senti o cheiro de lar ao me aproximar dela.

No entanto, eu não queria me lembrar de casa, nem dos meus pais, nem da maneira como eles me rejeitaram. Não queria me lembrar de como matei um homem logo após ter lhes dito que eu era a mesma pessoa que conheciam. Sei que as drogas da CRAH me deixaram louco, parecendo um monstro faminto por carne, mas era impossível não pensar que eu mentira para eles. Após tudo o que vi e fiz em nossa fuga, eu não era nem de perto a mesma pessoa que saíra de casa há algumas semanas. Seria ridículo imaginar o contrário.

Porém, eu não me sentia um Reboot. Aliás, será que Wren realmente não sentia nada pelas pessoas que matava... ou ela simplesmente fingia muito bem? Se ser menos emotivo era uma característica Reboot, não consegui adquiri-la em meus 22 minutos.

Ser capaz de me esquecer completamente de coisas terríveis, como fazia Wren, poderia ser útil. Entorpecer-se seria melhor do que carregar um peso tão grande nos ombros.

Suspirei. Meu lado humano nunca teria pensando uma coisa dessas. Ele teria ficado horrorizado com a ideia de se esquecer da culpa.

Wren olhou para mim, e eu passei uma das mãos pelos seus cabelos, depois a beijei com mais intensidade do que planejara. Ela envolveu um braço ao redor da minha cintura e retribuiu o meu beijo, erguendo lentamente a cabeça ao descolar nossos lábios. Seus olhos buscavam os meus, e eu suspeitei de que algum tipo de emoção estaria à mostra, pois ela parecia tentar encontrar as palavras certas.

— Acho que estamos bem agora — disse ela, suavemente. — E acho que estamos a salvo.

Pressionei minha mão em suas costas, minha testa tocou a dela. Eu sorri. Algo me dizia que ela mentia, ou pelo menos escondia a verdade, pois Wren nunca se sentiria a salvo. No entanto, foi bom perceber que ela queria que eu me sentisse melhor.

— Obrigado — agradeci, baixinho, e a beijei novamente.

QUATRO

WREN

ACORDEI COM OS PÁSSAROS CANTANDO E ME ASSUSTEI. POR instinto, coloquei a mão na cintura, procurando minha arma, e tudo o que encontrei foram minhas velhas calças da CRAH. O material pesado à frente da tenda se movia com o vento. Deixei escapar um leve suspiro.

Eu estava a salvo.

Mais ou menos, na verdade. Mais a salvo do que nos dias anteriores, sem dúvida.

Meu segundo instinto foi o de procurar Ever na cama ao meu lado, e girei a cabeça para a esquerda. Não havia nada por lá, apenas a lona da tenda. Desviei o olhar e respirei, assustada. Pelo menos não fui obrigada a olhar para sua cama vazia, no meu velho quarto na CRAH.

Callum estava deitado ao meu lado, com as mãos atrás da cabeça e o olhar fixo em uma pequena abertura no forro da tenda. Ele ficou imóvel por um momento, e eu entrei em pânico. Teria voltado à insanidade? Mas ele me olhou e abriu um leve sorriso. Eu conseguia saber o que estava pensando sem que ele sequer me dissesse nada. O horror do que ele fez, a lembrança do homem que matou, tudo isso estava escrito em seu rosto. Não havia nada que eu poderia dizer. Minha única esperança era que ele encontrasse uma maneira de esquecer, ou de seguir em frente, ou de fazer o mesmo que as pessoas normais fazem quando carregam a culpa de terem acabado com uma vida.

Algum dia, eu perguntaria por que ele se torturava por conta de uma vida humana, mesmo havendo tantas neste mundo. Perguntaria por que ele gostava de mim, já que desprezava tanto o ato de matar. Algum dia, eu lhe diria que isso era muito estranho.

Mas não agora.

Me sentei e passei as mãos pelos meus cabelos, evitando o olhar de Callum. Eu precisava tomar um banho. Precisava de roupas limpas. Continuava usando sua camiseta três números maior do que o meu. No entanto, eles provavelmente não teriam roupas suficientes para todos naquele campo. Eu seria obrigada a lavar as minhas.

— Wren?

Suspirei ao ouvir a voz de Micah, vinda do lado de fora da tenda, e corri pelo chão empoeirado em direção à entrada. Meus olhos se franziram por conta do sol da manhã. Eu devo ter dormido, mais ou menos, umas 15 horas.

— Sim?

Micah me olhou, com as mãos na cintura.

— Estamos dividindo as pessoas em grupos para começar a limpar e a reconstruir tudo. Quer vir comigo? Eu poderia dar um passeio com você pela reserva, poderíamos ver as coisas.

Fiquei de pé, tentando pensar em uma desculpa adequada para passar o resto do dia ao lado de Callum, dentro daquela tenda. Mas não encontrei nenhuma.

— Claro — respondi, evitando um suspiro.

Callum saiu da tenda, e Micah não lhe fez o mesmo convite.

— Eu poderia tomar um banho antes? — perguntei, fazendo um gesto em direção às minhas roupas sujas. — E seria possível encontrar algo para vestir?

— Ah, claro — respondeu ele, depois ficou de costas e fez um gesto para que eu o seguisse. — Por aqui.

— Você quer vir? — perguntei a Callum.

Ele fez que não, olhando para Micah, assustado.

— Não, obrigado. Encontro vocês mais tarde.

Revirei os olhos quando Micah já estava de costas, e Callum sorriu para mim no exato momento em que comecei a segui-lo.

Eu me postei ao lado de Micah. Ainda era cedo, o sol começava a subir no céu. No entanto, alguns Reboots já estava marchando por ali. Observei seus rostos.

— O 157 está por aqui? — perguntei. — Riley?

— Ele está caçando, junto a algumas pessoas. Mas em pouco tempo estará de volta. — E sorriu para mim. — Ele vai adorar te ver. Ele sempre fala de você.

O Riley que eu conhecia não falava tanto. Micah poderia estar exagerando. Ainda assim, fiquei aliviada. Riley e eu não éramos exatamente amigos (não como fui amiga de Ever, por exemplo), mas ainda assim eu fiquei triste ao imaginar que ele poderia estar morto.

Micah me levou a uma tenda um pouco detonada, nos fundos do terreno, que era utilizada como dormitório improvisado. Havia lençóis e travesseiros por todos os lados, e alguns

Reboots continuavam dormindo pelos cantos. Ao fundo, sobre uma mesa, havia um estoque de roupas.

— Pegue algo que poderia servir para você — disse Micah, apontando para a mesa. — Pedi a todos que recolhessem suas roupas extras para que os novos Reboots tivessem algo que vestir.

Dei uma olhada ao redor, imaginando se os Reboots da reserva secretamente nos odiavam. Se eu fosse eles, odiaria.

Peguei uma calça e uma camisa de manga comprida, mais ou menos do meu tamanho, e acompanhei Micah para fora da tenda.

— Nos vemos ao lado do fogo, para tomar um café, quando você estiver pronta — avisou ele.

Assenti e segui à área dos vestuários. Um Reboot, no dia anterior, me dissera que o sistema existia há anos; parecia funcionar incrivelmente bem. Os compartimentos com vasos sanitários eram pequenos cubículos de madeira, mas os chuveiros não tinham qualquer separação um do outro, e a frente era totalmente aberta. Não havia cortina para que nos escondêssemos.

Peguei um pequeno pedaço de pano (eles pareciam ter cortado todas as toalhas ao meio) e fui ao último chuveiro. Tive cuidado para manter as cicatrizes em meu peito escondidas enquanto tomava um banho rápido na água gelada. Eu já era uma aberração ali, não queria que as pessoas comentassem minhas feias cicatrizes também.

Eu tremia enquanto me secava e pegava minhas roupas.

— Wren, você está aqui?

Fiz uma pausa ao ouvir a voz de Addie.

— Estou.

Seus passos estavam cada vez mais próximos, e seu rosto apareceu em um lado da parede.

— Ei! — gritei, pressionando a toalha contra meu peito e fazendo um gesto para que ela fosse embora. — Você poderia me dar um minuto?

— Nossa, desculpa — disse ela, em um tom de voz irritado, depois deu um passo atrás e desapareceu da minha frente. — Eu não sabia que você se preocupava com isso.

Rapidamente, vesti uma camiseta.

— Estou quase pronta.

— Ótimo, pois temos um problema.

Suspirei ao vestir minha calça e secar meus cabelos. Que maravilha. Isso era tudo de que eu precisava. Mais problemas.

Ao sair, eu a encontrei um pouco adiante, os braços cruzados. Coloquei minhas roupas sujas em um cesto onde estava escrito *lavanderia*, e ela me seguiu para o lado de fora.

— Qual é o problema?

— O problema são os loucos que administram este lugar — respondeu ela, em tom bem alto, e os vários Reboots ao nosso redor nos olharam, franzindo suas testas.

Eu parei e a encarei.

— Eu não sei se deixá-los chateados neste momento é uma boa ideia — comentei, baixinho.

— Não estou nem aí — retrucou ela, apontando para alguma coisa. Ainda que tenha seguido o seu dedo, não vi nada especial. — Aquela garota maluca está falando com todas as outras, dizendo que deveriam arrancar seus chips de controle de natalidade.

Eu ergui as sobrancelhas.

— Que garota maluca?

— Aquela ruiva. Jules. O braço direito de Micah.

— E você pediu que ela não faça isso?

— Pedi. Aparentemente, ter filhos é o meu *dever*. Pelo visto, a procriação deve ser *encorajada*. E como sou uma -60, portanto, sou *especialmente* encorajada. — Ela ergueu as mãos ao céu. — Algumas Reboots de Austin estão acreditando nessa bobagem!

Eu me senti desconfortável ao olhar para Jules, que estava parada, do lado de fora de uma tenda, não muito longe de mim. Seus cabelos ruivos dançavam com o vento, seus olhos se franziram quando ela nos viu.

Aquilo era estranho. E eu preferia não ser obrigada a lidar com o assunto.

— Você não precisa fazer isso — argumentei.

— Pode ter certeza disso!

— Algum problema por aqui?

Girei o rosto e vi Micah atrás de mim, com uma sobrancelha erguida. Ele me olhou, depois olhou para Addie.

— Sua colega quer tirar o meu chip de controle de natalidade — disse Addie.

— Jules... — comecei, rapidamente, lançando a Addie um olhar de "fique calma".

Eu mal a conhecia, mas suas tendências histriônicas estavam me deixando nervosa.

— É — concordou Addie, ignorando meu olhar. — Ela disse que é o meu dever.

— Eu não sei nada quanto a ser o seu dever, mas nós adoramos as crianças Reboots por aqui — disse ele, tranquilo.

— Eu não vou fazer isso.

— A CRAH te esterilizou sem que você quisesse — rebateu Micah.

— Estou bem com isso.

Micah trincou os lábios, como se quisesse controlar seu temperamento.

— A decisão deveria ser dela — disse eu, baixinho. — Você não pretende forçar minha amiga a mudar de ideia, certo? — E tentei manter meu tom de voz tranquilo, mas eu estava preocupada.

— Sim, a decisão é dela — admitiu ele, suspirando, como se estivesse desapontado.

— Que alívio! — exclamou Addie, em tom seco. — Sendo assim, eu e meu gerador de bebês vamos dar um passeio até ali e contar isso a todo mundo .

Eu não sabia se ficava exasperada ou ria daquele comentário, e ela sorriu ao ver as duas expressões em meu rosto. Me livrei do meu ar de divertimento ao olhar para Micah.

— Estou surpreso que ela tenha sobrevivido à CRAH — comentou Micah, observando-a ir embora. — Não parece ser boa acatando ordens.

Dei de ombros. Addie esteve seis anos na CRAH, deve ter feito alguma coisa bem. Algo me dizia que ela poderia simplesmente estar cansada de cumprir ordens. Eu certamente estava.

Duas crianças Reboot corriam ao redor da fogueira, e Micah seguiu o meu olhar. Ele sorriu.

— Legal, não acha?

— Estranho — murmurei.

A menina Reboot tinha uns 4 anos e sorria enquanto outra ainda mais nova se aproximava perigosamente do fogo. Ninguém parecia preocupado, e acho que ninguém se importaria se as duas saltassem em cima das chamas.

Se os bebês Reboot eram encorajados, nada indicava que muita gente estivesse interessada em tê-los. Eu só tinha visto um bebê, o da noite anterior, e vira também um menino, além das duas que brincavam ao lado do fogo.

— Tem muitas crianças por aqui? — perguntei.

Micah caminhou em direção à mesa de comidas, fazendo um sinal para que eu o seguisse.

— Não — disse ele, me oferecendo uma tigela. — Havia outras, mas elas foram embora.

— Para onde? — perguntei.

Uma menina mais ou menos da minha idade serviu aveia na minha tigela. Aliás, todos por ali tinham mais ou menos a minha idade. A imagem da reserva era parecida com a da CRAH, com grande parte dos Reboots parecendo ter entre 12 e 20 anos. Onde estaria o resto do pessoal? Não deveria haver mais gente da idade de Micah? Ou mais velha?

Ele ficou em silêncio, até nos sentarmos no chão empoeirado.

— Há um ano, havia mais gente por aqui — disse ele, baixinho.

— E para onde foram essas pessoas? — perguntei, agarrando minha colher com força.

— Um grupo de mais ou menos cinquenta foi embora sozinho.

Eu ergui as sobrancelhas.

Por quê?

— Você deve ter notado que não temos muitos Reboots mais velhos na reserva, certo?

Assenti.

— Tivemos desistências — explicou ele. — A geração mais velha não estava feliz aqui, não gostava da maneira como eu administro as coisas, e foi embora. Grande parte das pessoas com filhos os acompanhou, pois imaginaram que estariam mais seguros longe daqui.

— E você sabe para onde foram?

A ideia de uma comunidade segura para os Reboots era reconfortante, sobretudo se aquele lugar não funcionasse para mim.

— Eles morreram — disse Micah, com uma expressão de dor no rosto. — Tentei avisar que não seria seguro, que nossa maior arma era nossos números e armas, mas eles foram embora mesmo assim. Eu os encontrei uma semana mais tarde, em uma caçada. Tudo indica que a CRAH os encontrou.

— Eles foram para o sul?— perguntei, surpresa.

— Para o oeste, eu diria — respondeu Micah, tapando os olhos com as mãos ao olhar na direção do sol. — Mas a CRAH sabe como buscar e perseguir as pessoas em qualquer lugar.

Engoli um pouco de aveia, sentindo uma onda de medo invadindo meu corpo. Se isso fosse verdade, meu plano de fugir com Callum não parecia muito bom.

— E como a CRAH os encontrou? — indaguei. — Eles estavam armados?

— Muito pouco. Nossas armas pertencem à reserva. Eu não as entregaria a um grupo de desertores. Eles levaram o que tinham, mas não seria suficiente. Pelo que vi, a CRAH enviou muitos oficiais. Muitos mais do que eles poderiam ter enfrentado.

Micah parecia ter armas suficientes para entregar a essas pessoas. Fiquei pensando por que os demais membros daquela reserva não se importaram com o fato de ele ter deixado Reboots partirem praticamente sem armas para se defender.

— Quantas pessoas vivem aqui neste momento? — perguntei.

— Pouco mais de cem. Talvez 115. Até ontem, antes de vocês chegarem, éramos 127, mas ainda não sei exatamente quantas baixas tivemos. — Ele se levantou, pigarreando. — Você já acabou? Vamos dar o passeio que prometi?

Eu queria perguntar por que exatamente tantos Reboots tinham ido embora, mas a forma como Micah confessou que eles não concordavam com sua administração me deixou em dúvida se receberia uma resposta. Talvez fosse melhor perguntar a Riley, ou a algum dos outros Reboots que viviam por ali.

Entregamos nossas tigelas para que fossem lavadas, e eu o segui pela reserva. Ele apontou os locais onde faziam suas roupas e outros artigos de necessidade, como sabão e móveis. Uma das tendas era utilizada como escola, e ele me disse que alguns Reboots de Austin, os mais jovens, poderiam voltar às aulas. E ele provavelmente estava certo, eu mesma consegui aprender muita coisa na escola, mas nunca mais voltei a estudar depois dos 12 anos. Talvez uma visita àquela tenda pudesse ser uma ótima ideia para mim também.

Saímos da tenda e fomos caminhar por seus extensos campos. Eles cultivavam aveia, trigo e feijões, além de várias outras coisas. Uma das únicas construções permanentes por ali era um grande celeiro, e ele estava repleto de víveres.

Eu tive de dar o braço a torcer a Micah. Aquele lugar era organizado e parecia funcionar bem sob seu comando. Algo me dizia que, se a CRAH o aceitasse em suas cidades, tudo estaria limpo em menos de um mês, e todos teriam seus alimentos, roupas e organização.

— Haverá comida para todos, agora que somos cem Reboots a mais? — perguntei, quando começamos a caminhar de volta à reserva. — Não sei muito sobre cultivos, mas vocês já colheram tudo o que cresceu na última estação, certo?

Ele assentiu.

— É possível que seja complicado, mas vamos conseguir. Temos alguns jardins na reserva. Estou montando um plano para que todos sejam atendidos. Além do mais, ainda produzimos como se os Reboots que foram embora continuassem por aqui.

Ele parecia triste sempre que falava nessas pessoas, e eu senti uma pontada de pena de Micah. Ele deve ter sofrido muita pressão tomando conta de tantos Reboots, e com a CRAH sempre tentando matar a todos.

— A equipe de caça já deveria ter voltado — murmurou Micah, olhando para o céu. — Estávamos os esperando esta manhã.

— E eles costumam ser pontuais?

— Costumam quando Riley os acompanha. Ele nunca se desvia de um planejamento.

Isso era verdade. Ele era um instrutor ainda mais rígido que eu. E provavelmente teria permitido que o oficial Mayer matasse Callum sem protestar.

— Para onde eles foram? — perguntei. — Posso procurá-los para você?

— Vamos ver se eles deixaram uma das aeronaves por aqui — disse Micah. — Eles foram muito longe, uns 200 quilômetros ao norte. No entanto, voando, nós chegaríamos rápido.

Ergui as sobrancelhas, surpresa. Eles foram tão longe para caçar? Provavelmente teriam deixado as terras sem recursos por ali. Ou será que as pessoas sempre viajam tanto para caçar? Eu nunca cacei. Essa poderia ser uma prática normal.

Voltamos à reserva caminhando e descemos as trilhas empoeiradas em direção ao portão principal. Os Reboots ao nosso redor estavam ocupados erguendo tendas e limpando os escombros. E tinham feito muita coisa nas duas horas em que estive passeando com Micah. Começava a parecer que nada acontecera por ali.

Duas aeronaves estavam estacionadas do lado de fora da reserva. Uma série de Reboots as cercavam, e outros caminhavam ao redor, coletando lixo. Uma das aeronaves parecia danificada, com as laterais completamente abaloadas, mas a outra exibia melhores condições. Ela estava amassada e suja, e com um pequeno buraco logo atrás do compartimento do piloto. Fora isso, tudo bem.

Nós nos aproximamos da aeronave em melhor estado e percebi que Callum estava sentado na cadeira do piloto, com o cenho franzido, mexendo em alguma coisa. Suas mãos e braços estavam cheios de graxa. Tudo indicava que ele já trabalhara em outras partes da aeronave.

— Essa funciona? — perguntou Micah.

Callum ergueu a cabeça, sorrindo ao me ver.

— Sim. Substituímos algumas partes utilizando peças de aeronaves destruídas. Acabei de consertar o sistema de navegação.

Micah o encarou, surpreso, depois curvou o corpo para examinar o seu trabalho.

— Obrigado. Você fez um bom serviço. Não que eu saiba usar os sistemas de navegação — disse ele, sorrindo.

Callum desceu da aeronave.

— Não se preocupe, posso ensinar qualquer dia desses. — E limpou as mãos na calça. — Vão a algum lugar?

— A equipe de caça ainda não voltou. Estou começando a ficar um pouco preocupado. — E olhou para mim. — Quer vir comigo? Se estiver acontecendo alguma coisa, você poderia me ajudar.

Hesitei, olhando para Callum. Não me parecia boa ideia entrar em uma aeronave atrás de novos problemas.

— Não vamos demorar. Voltaríamos hoje à noite, no máximo. Por outro lado, se eles estiverem bem, poderíamos fazer uma caçada — disse Micah, batendo levemente no meu ombro. — Caçar é incrível. Acho que você ia gostar.

Ele talvez tivesse razão. Caçar seria mais ou menos como cumprir as missões em Rosa, embora os veados e coelhos corressem mais rápido. Seria mais desafiador, e sem humanos ditando ordens nos meus ouvidos.

— Tudo bem — respondi.

— Venha também, se quiser — disse ele a Callum.

Callum me olhou com uma cara de que não queria. Quase deixei escapar uma risada. Não conseguia imaginar Callum animado para matar animais. Ele sequer gostava de comê-los.

— Acho que eu passo — disse ele, apontando para a outra aeronave. — Vamos começar a trabalhar naquela ali.

Micah assentiu.

— Sendo assim, vou chamar Jules e Kyle. — E tocou no meu braço. — Você me espera aqui um minuto? Quero pegar algumas armas.

Concordei com a cabeça, e ele voltou em direção ao portão, desaparecendo em uma esquina.

— Está tudo bem? — perguntou Callum, dando um passo na minha direção.

Fiz que sim, com um sorriso aberto no rosto, observando seus braços cheios de graxa. Ele parecia feliz e tranquilo. Eu não sabia se já tinha visto aquela expressão em seu rosto.

— Está sim — respondi, e resolvi não lhe contar nada sobre Addie nem sobre os chips de controle de natalidade. Seria uma conversa difícil, e não parecia relevante naquele momento.

Apertei meu antebraço, onde estava meu chip. Eu o deixaria no seu devido lugar, pois nunca se sabe.

— Tudo bem se eu não for? — perguntou ele, sorrindo. — Nós dois sabemos que eu seria um péssimo caçador.

Dei um passo à frente, ficando na ponta dos pés e roçando meus lábios nos dele.

— Eu não diria isso, mas talvez seja mesmo melhor assim.

Ele sorriu, inclinando o corpo para a frente para me beijar mais uma vez, mas sem encostar as mãos em mim. Eu apoiei as mãos no seu peito e aprofundei aquele beijo, sem me importar com os Reboots ao nosso lado.

— Hoje à noite, quando você voltar, vamos fazer isso — disse ele, afastando-se lentamente e beijando minha bochecha. — Chega de ataques, socialização ou caçadas. Só quero isso.

— Fechado — respondi, passeando minhas mãos pelo seu pescoço e suspirando. — Seria ótimo se eu não tivesse que ir.

— Mas foi legal você ter concordado. Se vamos ficar por aqui, você provavelmente participará das caçadas. Caçar e salvar pessoas, suas duas atividades preferidas.

Deixei escapar uma risada suave. Não sabia dessa última característica (só o salvara em toda a minha vida), mas caçar era provavelmente minha atividade preferida. E era legal pensar que eu poderia contribuir com alguma coisa por ali. Nunca fui boa em nada, exceto caçando humanos para a CRAH, e não queria voltar a fazer isso.

— Wren, você está pronta?

Olhei para Micah, que estava parado ao lado da aeronave, com Jules e Kyle. Um jovem Reboot tomou o assento do piloto, a aeronave ganhou vida. Eu me afastei de Callum, suspirando.

— Até já.

— Até já. E cuidado com as balas.

CINCO

CALLUM

FRANZI A TESTA AO VER OS CONTROLES DE VOO À MINHA frente, e toquei em um ponto onde deveria haver um botão. Aquela aeronave parecia muito pior do que a outra, na qual Wren e Micah tinham acabado de decolar. No entanto, havia uma possiblidade de que fosse salva.

— Você precisa dessas coisas?

Isaac parou ao lado da porta, com uma bolsa repleta de restos de aeronaves nas mãos.

— Talvez — respondi, pegando a bolsa e deixando-a ao meu lado. — Obrigado.

— De nada. — Ele enfiou as mãos nos bolsos e se recostou na porta da aeronave. Sua tendência em curvar o corpo o deixava com aparência de ser ainda mais baixo do que realmente era. — A maioria das pessoas evita o trabalho de limpar restos de aeronaves, sabia?

Sorri e dei uma olhada no interior da bolsa.

— Deve ser por medo de encontrar partes de corpos — respondi, dando de ombros. — Mas eu sou bom com coisas tecnológicas e imaginei que poderia ser útil.

— Muito útil — disse ele. — Grande parte dos Reboots chegam por aqui sabendo pouca coisa além de socar outras pessoas.

Revirei os olhos. Eis a CRAH e suas prioridades idiotas.

— Eu sei.

— De onde você disse que era? — perguntou ele.

— De Austin.

— Nunca estive por lá. Na verdade, nunca estive em nenhuma das cidades. É legal?

Eu o encarei, confuso.

— Você nunca esteve nas cidades? Você nasceu aqui?

— Nasci.

— Quer dizer que você nasceu Reboot? — perguntei, surpreso.

Eles não tinham me dito que bebês Reboot não recebem números?

— Não.

— Ah...

E esperei um pouco, querendo uma explicação, mas ele não disse nada. Estava me escondendo alguma coisa e, pelo jeito que evitava meus olhos e franzia a testa, não era coisa boa.

Dei uma rápida olhada no que acontecia além dele. Cerca de dez Reboots estavam reunidos por ali, recolhendo restos de aeronaves ou consertando a cerca. Uma parte dos vestígios do dia anterior desaparecera, mas os Reboots da reserva ainda não pareciam muito decididos a conversar com os recém-chegados. Na verdade, Isaac foi o único que se aproximou de mim.

Olhei para os Reboots à minha frente. Eu também não me aproximara deles. Talvez estivéssemos nos acostumando a tudo aquilo. Peguei um botão e tentei encaixar no buraco do painel de controle. Não deu certo.

— Então... Austin — disse Isaac, cruzando os braços sobre o peito. — É legal?

Dei de ombros.

— É.

Quando pensava em Austin, tudo o que eu via era meus pais batendo a porta na minha cara. Tudo o que ouvia era o grunhido do homem que matei, no momento em que apertava meus dedos em sua garganta.

Fechei os olhos, engoli em seco. Parte de mim ficava aliviada ao ver que eu recuperava certas lembranças perdidas. Elas tinham começado a voltar, pouco a pouco, desde a noite anterior. Eu me lembrei de ter pulado em cima daquela mulher no restaurante, me lembrei do cheiro da sua carne me invadindo. E me lembrei também de esperar que Wren encontrasse Addie, e de ter me distraído com o movimento na casa ao lado. Lembrei-me de ter arrombado a porta e saltado em cima do homem.

Abri os olhos, suspirando. Isaac me encarava, o seu rosto era muito expressivo.

— Vocês da CRAH são seriamente problemáticos, não é?

— Talvez — respondi, me divertindo um pouco com aquela pergunta.

— Como era viver lá?

— Dentro das instalações não era tão ruim. Bateram muito em mim nos primeiros dias, mas isso logo acabou, e comecei a apanhar só da Wren, e isso até que foi divertido.

Ele me olhava, perplexo.

— Vocês são problemáticos mesmos. Todos!

— Ela era minha instrutora — comentei, dando uma risada. — E era boa nisso.

— Ah, claro que era boa nisso.

— Quando tínhamos que sair e capturar humanos, era um pouco assustador. Eu teria morrido em menos de um ano se ficasse por lá. — Suspirei. — Os humanos nos odeiam.

Isaac fez que sim e deu um passo atrás.

— Mas às vezes eles têm razão, você não acha?

Eu o encarei, surpreso.

— Como assim?

— Eu também ficaria com medo de nós se fosse humano. Nós somos mais durões, mais fortes, e grande parte de vocês sempre consegue acabar com eles, graças à CRAH.

Ele tinha certa razão. Se eu fosse humano, sentiria curiosidade sobre os Reboots, mas continuaria tendo muito medo deles. No entanto, eu só conheci os Reboots quando me tornei um deles, e, mesmo assim, eu provavelmente teria fugido.

Porém, eu nunca pegaria um bastão de basebol para tentar esmagar suas cabeças. E tremi ao me lembrar de quando fui atacado por humanos, em Rosa. Naquele dia, por um momento, entendi por que Wren não gostava deles.

— Você gosta daqui? — perguntei.

— É... — respondeu ele, dando de ombros. — Poderia ser pior, certo? Poderia ser a CRAH.

— Isso é verdade.

— Aqui não é tão ruim. Quando cheguei, grande parte dos meus problemas foram resolvidos. Nós temos colheitas garantidas, todo mundo vive alimentado e vestido.

— Eu costumava trabalhar no campo de Austin, antes de virar Reboot — comentei. — Posso ajudar com isso aqui também.

— Legal — disse Isaac, como se estivesse realmente impressionado. — Você tem muitas habilidades úteis. Quem sabe Micah passa gostar de você tanto quanto gosta da sua namorada?

Eu o encarei, como quem não gostou nada do que ouviu. Ele parecia se divertir. Porém, logo depois, ele viu algo a distância, e eu me inclinei para o lado de fora da porta da aeronave e vi Beth e Addie vindo na minha direção, e as duas estavam emburradas. Olhei para Isaac, mas ele já estava indo embora.

Desci da aeronave, limpando as mãos na calça enquanto elas se aproximavam. Addie estava pálida, e Beth, nervosa, mexendo em seus cabelos.

— Você viu Wren? — perguntou Addie.

— Ela saiu com Micah — respondi, baixando meu tom de voz e me aproximando dela. — Voltarão hoje à noite. Está tudo bem?

Beth e Addie se entreolharam, horrorizadas, e eu senti algo estranho no meu estômago.

— Eles foram caçar? — perguntou Addie, sua voz era um mero murmúrio.

— Tecnicamente, ela foi procurar os Reboots que ainda não voltaram, mas eu acho que, se tiverem tempo, eles vão caçar um pouco. — Engoli em seco. — Por quê? O que aconteceu?

— Eles disseram a ela em que lugar seria essa caçada? — perguntou Addie, arregalando os olhos, em uma mistura de preocupação e medo.

— Eu... não sei — respondi, depois olhei para Beth. — Que caçada é essa?

SEIS

WREN

EU ME SENTEI EM UMA POLTRONA DA AERONAVE ASSIM QUE decolamos. Micah se acomodou na poltrona maior, que normalmente era ocupada por um oficial da CRAH, e havia uma grande pilha de armas aos nossos pés. Kyle 149 se sentou ao meu lado, os ombros largos ocupando parte do meu recosto. Jules também se sentou ao meu lado, mas evitei seu olhar, com medo de que ela fosse começar a me doutrinar, dizendo que eu deveria me livrar do chip de controle de natalidade.

— Temos combustível suficiente? — perguntei, pois a última coisa que eu queria era ficar presa, a centenas de quilômetros de casa, longe de Callum.

— Temos — respondeu Micah, recostando-se no assento. — Porém, em pouco tempo, faremos uma viagem a Austin para reabastecer, com a ajuda dos prestativos rebeldes. Eles parecem ser bons nisso.

Ele sorriu de uma forma que eu não entendi. Era como se tivesse sendo sarcástico, e eu me mexi desconfortável na poltrona. Odiava me sentir em dívida com aqueles humanos e, no meu caso, era quase como se tivesse que dar minha cara a tapa.

A aeronave voava tranquilamente, como se um oficial da CRAH estivesse sentado no banco do piloto.

— Como vocês aprenderam a pilotar estas aeronaves? — perguntei.

— Nós consertamos as que abatemos e aprendemos sozinhos — respondeu Micah, esticando suas longas pernas à frente do corpo. — Não é difícil. Eu ensino todos os Reboots a pilotá-las. Aliás, elas foram projetadas para que um idiota da CRAH pudesse pilotar.

Os Reboots riram, mas a imagem do pai de Addie, Leb, surgiu na minha mente. Nem todos os oficiais CRAH são pessoas más.

Dei uma olhada rápida à minha volta. Eu não poderia dizer uma coisas dessas naquele lugar, por isso me recostei e todo mundo se calou. Aquilo era como estar com Reboots +120, nas instalações da CRAH. O silêncio era reconfortante.

— Sua aparência está bem melhor hoje — disse Jules, finalmente, sorrindo para mim enquanto mexia em seus longos cabelos ruivos. — Ontem, você parecia muito cansada.

— Parecia mesmo — comentou Micah, com um tom de voz amigável. — Eu sinto muito. Você teve uns dias terríveis, não foi?

— Tive sim — respondi, com um breve sorriso.

Na noite anterior, eu tinha lhes contado minha história. Uma versão resumida da nossa fuga de Rosa, da entrada em Austin e do resgate de Addie, conseguindo também o antídoto de Callum. No entanto, isso parecia ter sido milênios antes, embora tivesse terminado na véspera, quando sai correndo das instalações da CRAH em Austin.

— Quanto tempo vocês passaram nas instalações de Rosa? — perguntou Jules.

— Cinco anos, desde os meus 12.

— E você foi baleada, certo? — perguntou Micah. — Riley me contou que foi assim que você morreu.

— Fui.

— Quem atirou?

Dei de ombros.

— Não sei.

Essa era uma pergunta recorrente, mas eu não me importava com a resposta. Seria um traficante de drogas ou um amigo suspeito dos meus pais, não importava. É bem provável que a CRAH tenha alcançado o humano que me matou, e que também matou os meus pais, e o tenha executado.

— Humanos... — disse Kyle, rolando os olhos. — Vivem matando uns aos outros.

Micah balançou a cabeça, passando uma das mãos no queixo.

— Eles parecem querer se extinguir.

Todos pareciam se divertir com isso, mas, novamente, eu não entendia a piada. Mudei mais uma vez de posição na minha poltrona.

Pigarreei e apontei para a pilha de armas.

— Onde vocês conseguiram tantas armas?

— Algumas nas aeronaves que abatemos — disse Micah. — Outras a gente mesmo fez, mas a maior parte pilhamos. Na verdade, eu não deveria dizer "nós", mas "eles". Os inteligentes Reboots que fugiram da CRAH, tempos atrás, e que imediatamente começaram a pilhar as armas abandonadas após as guerras. Embora perdessem potência, essas armas continuavam funcionando bem.

Essa história fazia sentido. A CRAH reunia todos os Reboots e os matava após uma guerra, antes que eles percebessem que poderiam utilizar os mais jovens para limpar a cidade. Portanto, os Reboots que conseguiram escapar precisariam de proteção.

— A CRAH estava ocupada com as novas cidades do Texas, construindo suas instalações, e, quando enviava tropas às antigas bases militares, ao norte do Texas, ficava sem nada.

— Hank costumava dizer que, certo dia, dirigiu um tanque ao lado de um oficial da CRAH — disse Kyle, sorrindo. — Ele simplesmente se aproximou, mas o CRAH nem olhou para ele. Eles não tinham a menor ideia de que tantos Reboots estavam soltos por lá, roubando coisas.

— Naquela época, a CRAH ainda pensava que o poder da nossa mente era limitado — disse Micah. — Aliás, eu acho que o plano dos Reboots para atingir bases militares de todos os cantos do país foi o que levou a CRAH a dar início a todos os experimentos que está fazendo agora. Nesse momento, eles perceberam que não nos conheciam, que não sabiam do que somos capazes.

— Mas os Reboots não atacavam naquela época, certo? — perguntei, pois nunca ouvira histórias de um ataque Reboot após uma guerra.

— Não. A escala era muito pequena. Os Reboots simplesmente pilhavam armas para se defender. Quando eu trouxe todo mundo para cá, trouxemos as armas conosco.

Eu abri a boca para perguntar por que ele levara todo mundo para aquele lugar, deixando-os vulneráveis aos ataques da CRAH, mas a aeronave começou a descer e Micah se aproximou do piloto. Ele se sentou na poltrona do copiloto e apontou algo à leste, murmurando alguma coisa.

— Eles estão bem aqui na frente — disse Micah, olhando para nós com um sorriso. — Parece que estão todos bem.

Eu me curvei na minha poltrona e vi algumas pessoas lá embaixo. A terra plana que circundava a reserva tinha ficado para trás, sendo substituída por grandes pedregulhos, quase montanhas. Era como se alguém tivesse escavado um grande buraco aleatório bem no meio do Texas.

— Você precisa ver o que fica mais ao norte — disse Kyle, ao notar a expressão em meu rosto. — Esse desfiladeiro não é nada se comparado ao outro.

Havia um rio um pouco mais à frente, e a terra estava salpicada de árvores. Aquela região parecia bem mais interessante do que a escolhida por Micah para abrigar a reserva Reboot.

A aeronave pousou suavemente. Kyle me entregou duas armas — uma espingarda e uma pistola —, além de munição extra. Aqueles Reboots não gostavam de correr riscos. E eu os admirava por isso.

A porta da aeronave se abriu, e meu estômago deu um nó. Eu não sabia como agir ao me encontrar com Riley fora da CRAH. Eu o considerava um amigo, mas ele quase nunca falava comigo.

Saí de trás de Jules, franzindo minha testa para evitar o forte vento que me assolava. Em menos de um dia, estava ficando cansada do vento daquele lugar. Nunca senti nada assim.

Micah saiu da aeronave logo após o piloto Reboot, que era baixinho, e ergueu a mão, indicando algo ao longe. Eu estreitei meus olhos, erguendo uma das mãos para bloquear a luz do sol.

Quatro.... Não, cinco Reboots caminhavam em nossa direção. Havia duas motos logo atrás deles, uma delas banhada de poeira e com um pneu furado.

Um homem caminhava à frente do grupo, em um ritmo mais acelerado que o restante — era o líder. Seus cabelos estavam mais compridos do que há um ano, quando eu o vira pela última vez. Seus fios grossos e louros chegavam ao pescoço. Seus olhos eram azuis brilhantes. Era Riley 157.

— Oi, Micah — disse ele, ao se aproximar. — Sinto muito, mas nós...

E parou de falar, ficando de olhos arregalados ao me ver.

— Wren?

Micah sorriu, girando o corpo para me olhar.

— Surpresa!

— Wren? — repetiu ele, com uma risada.

Eu ergui uma das mãos para acenar, mas ele correu na minha direção e eu fiquei paralisada, sem saber o que fazer. Ele me abraçou com força, tanto que meus pés quase descolaram do chão. Fiquei rígida. Que estranho, Riley nunca me tocava. Sua conduta alheia às emoções era algo que eu sempre admirava. Nós éramos iguais.

Então me soltou, seu rosto estava mais animado do que nunca. Ele era praticamente da mesma altura que Callum, embora mais forte, ainda que tivesse perdido um pouco de músculos desde nosso último encontro. Fazer ginástica era seu único prazer na CRAH.

— Como você chegou aqui? O que aconteceu? Leb te ajudou?

Suas palavras vieram em uma torrente, e, quando ele fez a última pergunta, eu já nem sabia se ainda deveria responder a primeira.

— Sim — respondi, lentamente. — Leb me ajudou. Eu... fugi.

Riley soltou uma risada. Ele parecia não ouvir nada tão engraçado há tempos. Logo depois, me deu outro abraço. O que estava acontecendo? Desde quando Riley abraçava? Desde quando Riley *ria*?

— Wren se esqueceu de contar a parte em que resgatou todos os Reboots das instalações de Austin e trouxe todo mundo com ela! — disse Micah, girando a cabeça em direção aos outros Reboots.

Riley franziu a testa, confuso.

— Austin? O que você estava fazendo em Austin?

— É uma longa história — interveio Jules, me olhando com empatia. E fez um gesto em direção às motos. — O que está acontecendo aqui?

— Uma delas está com um pneu furado — respondeu Riley. — Nós estávamos tentando resolver o problema, para depois voltarmos. Mas não deu certo. — E deu uma olhada para além de mim. — Essa espaçonave é nova?

— Wren é muito estilosa — disse Jules, sorrindo.

Micah se ajoelhou ao lado da moto com problema.

— Nós podemos colocar a moto com defeito dentro da espaçonave, e dois de vocês poderiam guiar a outra. — E se levantou, dando uma olhada ao redor. — O caçadores não fizeram nada dessa vez?

— Sinto muito, mas não os encontramos — disse Riley.

Micah apontou seu revólver para o leste.

— Eu acabei de vê-los para aqueles lados. Você está perdendo o tato, meu amigo. — E acenou com a cabeça na minha direção. — Wren, venha comigo. Jules e Kyle, sigam para o sul. — E olhou para Riley. — Vocês fiquem por aqui tomando conta da aeronave. Coloquem a moto lá dentro.

Dei um passo em direção a Micah, mas parei quando Riley agarrou meu pulso com seus dedos gélidos. Grande parte da alegria sumira do seu rosto, a expressão passara a ser ilegível, e isso eu conhecia bem.

— E se Wren ficasse por aqui? — perguntou Riley.

Micah rolou os olhos.

— Vocês terão muito tempo para conversar, prometo. Eu disse a ela que poderia caçar.

O olhar de Riley encontrou o meu. Ele soltou meu pulso, e eu franzi a testa, confusa. Era impossível ler a expressão em seu rosto. Ele estaria... preocupado? Aquele homem não se preocupava comigo desde a época em que era meu instrutor.

— Vamos! — gritou Micah. E piscou para mim. — Vai ser divertido.

Olhei mais uma vez para Riley ao seguir Micah, mas sua expressão era ilegível. Estranho. Eu teria que fazer algumas perguntas quando estivéssemos a sós.

Nós caminhamos em meio a um mato seco, com árvores esparsas ao nosso redor, e Micah ajustou a correia de espingarda que pendia de seu ombro e deixou a pistola preparada para atirar. Caçar com uma pistola era estranho, mas ele sabia mais sobre o assunto do que eu.

— Você nunca pensa em revanche? — me perguntou ele, após termos caminhado vários minutos, em voz baixa. — Nunca pensa nesse humano que matou você e seus pais?

— Não. Tenho certeza de que a CRAH deve ter acabado com ele. Ele não foi muito inteligente ao nos matar.

— E se a CRAH não tivesse feito nada? Você não voltaria para matar esse homem?

Fiz que não com a cabeça.

— Não me importo com isso. E não sinto nada quando penso na minha morte. Nem na morte dos meus pais.

E o encarei rapidamente. Não sei se foi boa ideia dizer a última frase. Isso deixaria Callum aterrorizado.

Mas Micah assentiu, como se tivesse entendido.

— Sei, e seus pais teriam rejeitado você após sua transformação em Reboot.

Pensei no rosto da mãe de Callum ao ver o filho. Micah tinha razão. E meus pais já não me suportavam quando humana.

— Admiro sua capacidade de controlar as emoções dessa maneira — disse ele, passando cuidadosamente por cima de uma pedra e oferecendo sua mão para me ajudar, mas eu ignorei sua ajuda. — Eu nem sempre consigo.

Ergui minhas sobrancelhas, surpresa, mas ele não disse mais nada. Pensei no que Callum me dissera certa vez, algo sobre os números não importarem. Eu seria menos emotiva por ser uma 178 ou seria fria por natureza?

Pensar que eu poderia ser fria por natureza só piorava a situação.

Entramos em um caminho repleto de árvores. Micah liderava o passo. Vi sinal de um rio à frente. Micah respirou fundo e parou atrás de um tronco de árvore. Ele pegou o comunicador.

— Posicionados? — murmurou ele.

— *Posicionados* — repetiu Jules.

E guardou o comunicador no bolso.

— Pronta? — Ele acenou para a minha pistola. — Os adultos devem ser atingidos na cabeça. Qualquer pessoa que pareça jovem o suficiente para virar Reboot deve ser atingida no peito. Entendido?

Eu fiquei gelada.

Micah se virou, saindo de trás da árvore, com a pistola apontada para a frente. Meus dedos tremiam, parados no exato ponto em que a blusa cobria minhas cicatrizes.

Qualquer pessoa que pareça jovem o suficiente para virar Reboot deve ser atingida no peito.

Não caçaríamos animais.

Gritos surgiram no silêncio, e eu fiquei assustada. Sem querer, quase disparei.

Eu me afastei das árvores e vi Micah dando passos largos em direção ao pequeno grupo de humanos, que se espremiam a cada tiro. Logo depois, eles começaram a correr em todas as direções, atirando-se às sujas águas do rio enquanto tentavam fugir.

Jules e Kyle surgiram atrás de umas árvores próximas, atirando nos humanos que Micah não conseguia atingir.

Os humanos não atiravam de volta. Não estavam armados.

Meus olhos foram atraídos pela cena. Tendas. Um incêndio. Comida deixada para trás. Nenhum sinal da CRAH. Aqueles eram humanos normais, pessoas que viviam por ali.

— Wren! — gritou Micah, olhando para mim.

A expressão em seu rosto era de alegria enlouquecida. Era dessa emoção que ele estaria falando? Se divertir matando humanos?

— Parte para cima desses! — gritou ele.

Abaixei minha arma e tombei a cabeça. Eu não mataria aqueles humanos desarmados.

Eu não era um monstro.

Micah revirou os olhos, exasperado, e se virou para os humanos. Restavam apenas dois deles.

Talvez eu deveria ter salvado essas pessoas ou, quem sabe, deveria ter dado um passo à frente e impedido aqueles três +120 sozinha.

Mas não fiz nada disso. Fiquei paralisada. E Micah atirou no peito dos humanos. O menino era tão jovem que fui obrigada a desviar o olhar. O outro humano, uma menina, teria mais ou menos a minha idade.

— Algum problema? — perguntou Micah, baixando sua arma e erguendo uma sobrancelha. Ele me desafiava.

— Eles não estavam armados — respondi, tentando não gritar.

Micah veio na minha direção. Ele não parecia estar com raiva. Na verdade, parecia sentir pena de mim. Ele pousou uma das mãos em meu braço, e eu me afastei.

— Eu sei que, em um primeiro momento, é estranho — disse ele, em tom suave. — Mas o fato de não estarem armados neste momento não significa que não nos matariam, caso surgisse uma oportunidade. Nós demos o primeiro passo, o que não é um erro.

Eu não entendia muito bem essa lógica. No entanto, conversaria sobre isso com Callum, pois estava quase começando a enxergar razão nas palavras de Micah.

Ele guardou a pistola no bolso e ficou olhando para mim, esperando, mas eu não sabia o que ele queria que eu dissesse. Não concordaria com ele. Não discutiria. O silêncio parecia minha melhor arma naquele instante.

— Vamos pegar as coisas — disse Micah, afastando-se de mim e seguindo em direção ao acampamento.

— Eles não tinham muita coisa — comentou Jules, suspirando e, logo depois, arrancando o pau de uma tenda do chão.

Olhei para os dois jovens. Estaríamos esperando que eles virassem Reboots? E o que faríamos? Nós os levaríamos, para que vivessem conosco, após tudo o que fizemos?

Pigarreei.

— Há muitos humanos por aqui? — perguntei.

— Havia — respondeu Micah, com um sorriso afetado.

— Eu sempre imaginei que a CRAH tivesse pegado todos os humanos e levado ao Texas. Eles fugiram?

— A CRAH não conseguiria levar todos os humanos após a guerra, muito menos os que vêm de um país ao norte daqui. — E olhou para Jules e Kyle. — Qual é mesmo o nome do país?

— Canadá — respondeu Jules.

— Isso. Canadá. Em grande parte, os humanos que sobraram no Canadá conseguiram driblar a CRAH e começaram a migrar para o sul, em busca de um clima melhor, imaginando que estariam a salvo... — disse Micah, sorrindo. — Mas isso não era verdade.

— E os que se transformam em Reboot resolvem acompanhar vocês por vontade própria? — perguntei. — Mesmo após vocês terem matado toda sua família?

— E para onde iriam? — perguntou Micah, guardando uma pele de animal sob o braço. — Eles poderiam ficar por aí, sozinhos, poderiam ir para as cidades e se tornar escravos, ou poderiam vir conosco. Não é uma decisão muito difícil.

Eu escolheria ficar sozinha, pensei. Sem dúvida.

— No entanto, é claro que existe um período de transição — explicou ele, fazendo um gesto em direção aos adolescentes. — Pegue um deles. É melhor que já estejam na aeronave antes de virarem Reboots.

Ao que tudo indicava, eles não os seguiram por vontade própria.

Kyle se aproximou do menino. Ela o colocou de pé, puxando um dos seus braços. Sua camiseta estava banhada de sangue. Eu suspirei.

— Vocês têm um kit de primeiros socorros? — perguntei, passando minha mão na testa.

— Temos — respondeu Jules, me oferecendo a mochila que ela mesma preparara. — Por quê?

— Vou dar uns pontos neles agora mesmo.

— Para quê? — perguntou Micah, franzindo a testa. — Não há nenhuma garantia de que virarão Reboots.

— Mas poderiam virar — respondi, aproximando-me de Jules. — Dando pontos agora, a ferida cicatrizará mais rápido. Especialmente se eles forem mais de 120.

— Ah, isso é verdade — disse Kyle. — A pele nem sempre volta ao normal quando passa muito tempo aberta.

Micah olhou para o meu peito. Eu percebi um olhar de compaixão em seu rosto. Minhas feridas eram piores do que as feridas daqueles jovens. Eu era mais nova, e os buracos das balas maiores. Portanto, eu sabia do que estava falando.

— Rápido — disse ele, com um toque suave em seu tom de voz. — Jules, cuide de um deles.

Jules me entregou uma agulha e um pedaço de linha.

— Pode me dar tudo. Aqui tem pouco.

Inclinei a cabeça quando ela me entregou o restante, e caminhei em direção à menina. Seus longos cabelos escuros cobriam parte do rosto. Por sorte, graças aos cabelos, eu não conseguia ver seus olhos. Dei uma olhada para trás ao segurar a parte de baixo da blusa da menina, mas ninguém me observava. Micah estava conversando com Kyle, e Jules cuidava dos demais humanos mortos.

Ergui a blusa e fechei os dois buracos de bala o melhor que pude. Usei a barra da minha camiseta para limpar o sangue, mas havia muito para estancar. Puxei a blusa para baixo e entreguei a linha a Jules. Quando girei o corpo, Micah já estava com a menina dependurada em seu ombro.

— Pegue isso — disse ele, apontando para uma pilha de peles de animais e roupas aos seus pés.

Peguei tudo aquilo e segui Micah. Nós voltávamos à aeronave. Os cabelos escuros da menina balançavam no ar enquanto caminhávamos, e eu não sabia o que esperar. Seria melhor permanecer mortos para sempre, ou acordar e descobrir que viraram Reboots e que todo mundo que conhecem está morto?

Eu não sei o que teria escolhido, caso alguém tivesse me dado essa opção.

Micah diminuiu a velocidade, deixando Jules e Kyle à nossa frente, e eu fui forçada a caminhar ao seu lado.

— Eu sei que isso não é o ideal — disse ele, baixinho. — Mas nós precisamos do maior número possível de Reboots.

— Por quê?

— Porque, neste momento, existem mais humanos que Reboots. E, se queremos vencer a CRAH, precisamos de um exército.

Eu o encarei.

— Vencer a CRAH?

— Claro. Você não gostaria de se vingar deles?

Fiz uma pausa. Algumas vezes, eu ainda pensava em agarrar o pescoço do oficial Mayer. O som seria uma satisfação. Porém, na verdade, tudo o que eu queria era ficar longe deles.

Talvez, se eles matassem Callum, eu sentisse algo diferente. Mas eles não o mataram. Eu venci e estava feliz por poder saborear minha vitória a distância.

— Não — respondi.

— E quanto a todos os Reboots que continuam por lá? — perguntou ele. — Você não quer salvá-los?

Senti um aperto no estômago ao perceber o que ele queria dizer. Eu tencionava voltar às cidades do Texas e lutar contra a CRAH *quatro* vezes? Quatro instalações, quatro assaltos, quatro batalhas. Ou cinco, se a CRAH tivesse transferido alguns Reboots para Austin.

Mas a intensidade do olhar de Micah me fez hesitar na hora de admitir que eu não ligava para a sorte dos demais Reboots. Porém, não era hora de discutir. Eu precisava voltar à reserva. Precisava encontrar Callum. Precisava descobrir o que fazer.

— Isso seria muito complicado — respondi, lentamente.

Ele abriu um sorriso e disse:

— Não. Eu já tenho tudo planejado.

Pigarreei, tentando vencer a sensação de terror que me invadia.

— O que você está querendo dizer?

— Nós estamos nos preparando para as batalhas há anos. Consegui as plantas de todas as instalações da CRAH. Os rebeldes... — Ele sorriu, batendo gentilmente no meu ombro. — Eles são muito confiáveis, concorda?

Isso soava mal. Soava muito mal, na verdade.

— Agora que aumentamos incrivelmente de número, e de maneira inesperada, vamos passar mais rapidamente à próxima fase. Vamos resgatar os demais Reboots das instalações das cidades, começando por Rosa. Depois, eliminaremos a população humana.

Eu respirei fundo. *Eliminar* a população humana? Toda?

— Você seria uma ótima ajuda em Rosa — disse ele. — Riley é o único Reboot que esteve por lá. — Ele arrumou a menina que carregava nos ombros. — Aliás, algo me diz que você se sairia muito bem em qualquer batalha.

Engoli em seco antes de responder, tentando me acalmar.

— Por que eliminar a população humana?

— Porque eles nos escravizaram e nos mataram, e também porque a evolução fala mais alto. Chegou a nossa vez.

— A evolução fala mais alto? — perguntei.

— Eles nos tratam como se fôssemos um vírus maligno, quando na realidade os evoluídos somos nós. A raça humana estava morrendo, e os mais fortes encontraram uma maneira de sobreviver. Deveríamos ser celebrados, não escravizados.

— Por que não libertamos os Reboots remanescentes e vamos embora? — sugeri. — Você perderá mais Reboots lutando contra os humanos. Sem contar os que perdemos na última batalha.

— Da última vez, tínhamos menos Reboots, e eles não traziam as mesmas armas que nós. Quando conseguirmos libertar os Reboots das quatro instalações, seremos três vezes mais do que hoje. Se formos embora, os humanos continuarão se transformando em Reboots, e nós teremos que voltar para salvá-los. O mais fácil é se livrar logo deles.

Os humanos estavam perdidos. Completamente perdidos.

Micah olhou novamente para mim, ainda com uma pitada de esperança. Tentei manter uma expressão neutra, mas ele parecia desapontado por não enxergar animação em meu rosto. Eu olhei para o chão.

Quando chegamos à aeronave, Riley se adiantou. Seus olhos dançavam entre a minha figura e a de Micah. Ele tentava esconder seu nervosismo, mas eu o percebia perfeitamente.

Riley disse a Micah que não encontrara mais humanos. Embora estivessem por perto, a menos de 2 quilômetros. Eu, no entanto, duvidava que Riley não encontraria algo que estivesse tão próximo. A menos que ele não quisesse encontrar.

Ao pensar nisso, fiquei mais tranquila, e subimos na aeronave. Riley poderia não estar interessado em matar humanos, mas continuava envolvido naquela história.

Os humanos mortos foram postos no centro da aeronave, junto ao que foi pilhado, e eu olhei para eles. O menino deveria ter uns 14 anos e parecia estar bem-alimentado, com bochechas gordinhas. A menina era alta e talvez bonita, mas eu não poderia afirmar, já que seus olhos estavam mortos. Ainda eram humanos, mas eram olhos vagos e de um suave tom de verde.

Girei o corpo e percebi que Riley me observava.

— Há quanto tempo aconteceu? — perguntou Micah.

— Quinze ou vinte minutos — respondeu Jules.

Fiquei olhando para os humanos. Todos estavam em silêncio. Eu nunca vira uma transformação em Reboot. O processo era longo na CRAH, e nós nunca podíamos ficar o tempo necessário ao lado de um humano para vê-lo se transformando.

Fiquei observando com o canto do olho por alguns instantes, até Micah engasgar.

— Olhem para a menina.

Olhei para ela, mas não via nada diferente. Seus olhos humanos continuavam virados para o teto, vazios. Eu me curvei um pouco na sua direção.

A mão da menina se mexeu.

— Quanto tempo até agora? — perguntou Micah.

— Uns cinquenta minutos? — indagou Jules. — Nós vamos precisar de um temporizador de morte para saber se ela é -60 ou não.

Sua mão se moveu novamente. Eu agarrei meu assento, segurando a respiração.

Seu corpo convulsionava, um grande arquejo lhe escapou da boca enquanto ela levantou o peito em direção ao ar, depois caiu no chão.

E ficou parada novamente, mas seus olhos se fecharam.

Riley, lentamente, abriu a fivela do cinto de segurança e se curvou no chão, entre a menina e o menino. Ele se sentou ao lado do seu corpo paralisado.

Ela arquejou mais duas vezes, e seu corpo tremeu, como se estivesse sendo cortado.

— Isso é normal? — murmurei.

— É sim — respondeu Riley, sem olhar para mim.

Ela abriu os olhos. A cor pálida desaparecera, dando lugar a um verde brilhante.

Um barulho estranho escapou da sua boca, como se ela estivesse sentido dor. Transformar-se em Reboot era doloroso? Franzi a testa, tentando me lembrar, mas não havia nada além de gritos e pânico registrados em minha mente.

A menina curvou o corpo na vertical, com sua cabeça se movendo de um lado para o outro. Não parecia nos enxergar. Estava em pânico, com lágrimas escorrendo pelo seu rosto. Ela gritou.

Riley pousou as mãos nos olhos da garota e passou um braço em sua cintura, arrastando-a para a outra ponta da aeronave. Ele a colocou virada para a parede, bem segura, enquanto ela gritava e lutava para se soltar.

— Não olhe — disse ele, em tom suave. — Está tudo bem, mas você não precisa olhar.

Eu olhei para o outro humano, que continuava imóvel, caído no chão. Riley conversava suavemente com a menina, que começou a soluçar em seus braços. Seu corpo tremia dos pés à cabeça.

— Ela vai ficar bem — disse Micah, com um tom de voz repleto de compaixão, como se não fosse ele próprio que a tivesse matado.

Eu enfiei as mãos embaixo das coxas, com medo de querer enforcar Micah. Respirei fundo e fechei levemente os olhos.

— Wren — disse ele.

Eu o ignorei.

— Wren.

Lentamente, eu abri os olhos, tentando não demonstrar minha raiva.

— Ela já está melhor — disse ele, e acenou com a cabeça na minha direção, como se precisasse da minha concordância. — Nós a tornamos melhor.

Sob as minhas coxas, meus punhos estavam fechados.

Precisávamos fugir daquela gente. Imediatamente.

SETE

CALLUM

CORRI PARA O PORTÃO ASSIM QUE VI A AERONAVE NO CÉU. Meu coração parecia querer saltar do peito. Ela aterrissou um pouco além. Um homem alto e musculoso desembarcou na frente. Ele carregava uma menina com a camisa banhada em sangue. Depois saiu Jules, que também carregava um humano morto. Depois Micah, e finalmente Wren. Ela estava pálida, sua expressão era dura como pedra. Micah lhe disse alguma coisa, mas ela continuou caminhando.

Eu mal conseguia respirar. Aliás, eu não respirava bem desde o momento em que Addie me disse que eles caçariam humanos. E ela me disse também que, pouco a pouco, Micah e seus amigos estavam matando todos os humanos que encontravam pela frente e trazendo à reserva aqueles que se transformavam em Reboots.

O rosto de Wren fazia as coisas parecerem pior. Fiz um esforço para não entrar em pânico, para me manter calmo e racional, embora quisesse berrar para aquela gente louca. Eu precisava esperar pela reação de Wren, pois queria calcular o tamanho do nosso problema.

Aparentemente, estávamos completamente ferrados.

— Wren! — gritou Micah, que vinha logo atrás.

O rosto dela ficou ainda mais truncado. Wren olhou para ele, e o seu olhar fez Micah parar de caminhar. Engoli em seco ao perceber a mudança em seu rosto. Quando saíram dali, sua expressão era animada e amigável.

Ela me ofereceu sua mão ao se aproximar de mim, e eu percebi um alívio em sua expressão. Mesmo em pânico, senti uma pontada de alegria ao perceber que ela parecia aliviada ao me encontrar. Trancei meus dedos nos dela e apertei sua mão.

— Vem comigo — disse ela, puxando minha mão, sem parar de caminhar.

— Já me contaram o que vocês foram caçar — revelei, meio sem fôlego, ao atravessarmos o local.

Ela me encarou, depois engoliu em seco, fazendo que sim lentamente. Eu apertei ainda mais sua mão.

Atravessamos a reserva e passamos pelos portões dos fundos. Havia muitas árvores à frente do lago, Wren não parou até chegarmos bem no meio delas. Deixou escapar uma boa lufada de ar dos pulmões, soltou minha mão e me encarou.

— Nós precisamos ir embora. Agora.

Eu hesitei, olhando para trás, para a reserva. Addie devia estar pensando a mesma coisa, pois parecia muito chateada mais cedo. Porém, e quanto ao resto dos Reboots de Austin? Não poderíamos abandoná-los ali.

— Callum, eles vão matar todos os humanos, em todas as cidades.

Arregalei os olhos ao ouvir Wren me contar o louco plano de Micah, além daquela história de que éramos "mais evoluídos". Pensei na minha mãe, no meu pai e em David.

— Ele poderia simplesmente libertar os Reboots e ir embora — comentei, assim que ela terminou de falar, mas a expressão no rosto de Wren deixava claro que Micah não agia de maneira racional.

— Eu disse isso a ele. — Ela esfregou a testa e olhou para o chão com ar preocupado. — No entanto, ele me respondeu que não seria errado matar humanos, pois eles nos matariam assim que tivessem uma oportunidade. E dessa forma justificou ter matado aqueles humanos desarmados hoje. Isso não faz o menor sentido, certo? Na verdade, é a coisa mais errada do mundo.

— Concordo — respondi, dando um passo à frente e apoiando minhas mãos em seus braços. Ela precisava ter certeza de que estava com a razão, precisava ter certeza de que deveria se manter fiel à sua intuição. — Isso é a coisa mais errada do mundo.

Ela fez que sim.

— Certo. Precisamos ir embora. Eu não quero me envolver com nada disso.

Deixei minhas mãos caírem, passando uma delas pelo rosto. Eu não poderia ir embora naquele momento, nem mesmo se todos os Reboots de Austin concordassem em fugir conosco. Eu não poderia permitir que meus pais, que meu irmão e que todos os humanos que um dia conheci morressem.

— Nós simplesmente trouxemos uma centena de Reboots para eles — comentei, em tom suave. — Se formos embora, todos os humanos vão morrer.

Ela apertou os lábios.

— Talvez não. Os humanos já venceram uma vez.

— A CRAH nos treinou para combater — retruquei, deixando escapar uma risada nervosa. — Isso mudou muito as coisas.

Ela me encarou, assustada.

— Se ficarmos aqui, são grandes as chances de um de nós dois acabar morto em uma guerra com a qual nem nos importamos.

— Eu me importo — retruquei, baixinho.

Ela estampou no rosto a mesma expressão desprovida de emoções que sempre utilizava quando não queria que eu lesse seus pensamentos. E eu tentei estampar a mesma expressão no meu rosto, pois não queria que ela percebesse que eu estava desapontado com seu desprezo por aquela guerra. Eu preferia que seu primeiro instinto fosse ajudar, não fugir.

Tentei evitar tal sensação. Eu não poderia culpá-la por não querer entrar em mais uma guerra, pois ela já arriscara a própria vida várias vezes para me salvar.

— O que você pretende fazer? — me perguntou ela, um pouco nervosa.

Parei bem ao lado de Wren, falando um pouco mais baixo:

— Eu gostaria de ficar por aqui o tempo necessário para descobrir quantos Reboots nos ajudarão. Grande parte das pessoas que vieram de Austin têm famílias ou amigos nas cidades. Nós poderíamos contar aos rebeldes o que Micah está planejando. E então, quando chegar a hora exata, poderíamos fugir daqui para as cidades.

Ela piscou os olhos.

— Para ajudar os humanos?

— E libertar o restante dos Reboots. Aliás, esse era o plano dos rebeldes, tirar todos eles das cidades.

— Você está propondo que a gente *volte* às cidades, resgate todos os Reboots *e* salve os humanos?

Parecia um pouco pior do jeito que ela falava, estremeci e disse:

— Sim.

— Sendo assim, vou fazer isso imediatamente — declarou ela, em tom seco.

Ela parecia irritada, mas pelo menos não estava furiosa nem apontando os pontos fracos do meu plano. Provavelmente *era* um plano idiota, mas eu não podia ir embora. Se fizesse isso, seria o mesmo que matar aquele homem em Austin. Só que seria matar todos os humanos com que um dia me importei. Embora, segundo Wren, as emoções desaparecessem um pouco quando nos tornamos Reboots, as minhas continuavam vivas como sempre. O que, sinceramente, algumas vezes era bem chato.

Ao ouvir um som estranho, virei o rosto e vi o loiro grandalhão que estava na aeronave com Wren. Ele caminhava na nossa direção. Micah o seguia.

A expressão entretida de Wren desapareceu. Ela olhou para os dois, que se aproximavam, e cruzou os braços sobre o peito.

— Riley — disse o homem loiro, estendendo sua mão para mim.

Aquele nome me pareceu vagamente familiar. Eu fiquei pensando nisso enquanto o cumprimentava.

— Callum!

— Riley 157 — explicou Wren. — Meu instrutor na CRAH.

Ótimo. Era errado estar um pouco desapontado por ele não estar de fato morto? De todos os Reboots mortos, por que justo esse continuava vivo? O cara que atirou várias vezes em Wren, e só para fazer dela uma mulher mais forte.

— Você veio de Austin? — perguntou Riley.

— Não, eu fugi de Rosa com Wren.

— Ah...

Seu rosto brilhou, como se tivesse gostado do que acabara de ouvir, e ele sorria ao olhar para Wren.

— Eu gostaria de conversar com você — disse Micah a Wren, franzindo a testa em direção a Riley, como se não aprovasse sua conversa comigo.

Ela ficou apenas olhando, e eu comecei a ficar nervoso. O silêncio de Wren não indicava coisa boa. Ela provavelmente estaria pensando em como fazer picadinho de Micah.

— Eu gostaria de uma chance para me explicar — disse ele, e eu franzi o cenho, confuso.

Explicar? Como ele faria para explicar um genocídio?

Wren me encarou por um tempo, depois olhou para Micah e disse:

— Tudo bem.

Comecei a protestar, mas ela me lançou um olhar de aviso. Micah, por sua vez, me olhava como quem diz *vou acabar com você com minhas próprias mãos*. Sendo assim, algo me disse que desafiar abertamente não seria uma boa solução. Nós éramos menos que os Reboots da reserva. Sem contar que estávamos presos, no meio do nada, junto a eles e todo seu arsenal.

Ela começou a seguir Micah, e Riley fez o mesmo, acenando para mim.

— Foi um prazer conhecer você — disse ele, dando alguns passos, com um sorriso estampado no rosto. — Você fez um bom trabalho tirando Wren daquele lugar. Eu estava preocupado, imaginando que ela seria uma garota da CRAH para sempre.

Wren sequer nos olhou ao ouvir isso, mas eu fui obrigado a resistir à urgência de responder, dizendo que ele era um idiota. Qualquer pessoa com metade de um cérebro perceberia que Wren passara por uma lavagem cerebral e fora traumatizada na CRAH. Ela não era a "garota" deles.

— Foi ela quem me tirou de lá — corrigi, franzindo a testa.

Ele deu uma risada.

— Mas acho que você teve alguma coisa a ver com isso.

E me lançou, novamente, um olhar de aprovação, depois se apressou para alcançar Micah e Wren.

OITO

WREN

SEGUI MICAH PELA RESERVA, EM DIREÇÃO À GRANDE TENDA. Ele ergueu o pano da entrada e olhou para Riley, que continuava maravilhado por ter conhecido Callum. Riley me conhecia como o tipo de menina que não pensa duas vezes quando o assunto é romance.

— Você se importaria em dar uma olhada nessa nova Reboot, Riley? — pediu Micah.

— Claro que não — respondeu ele, olhando para mim.

— Vocês têm um minuto — disse Micah, antes de desaparecer no interior da tenda.

Eu quase revirei os olhos. Que gentileza a sua de nos oferecer um momento sozinhos. Olhei para Riley. Ele estava quase sorrindo, mas seu olhar era sério.

— Que bom que você está aqui — disse ele.

No entanto, eu já não sabia se estava feliz por ter chegado ali, por isso fiquei apenas olhando para ele.

— Você fez um bom trabalho na caçada de hoje — elogiou ele. E pousou uma das mãos no meu braço, me encarando. — Você foi muito calma e racional.

Quando não souber o que dizer, fique de boca fechada, foi o que ouvi de Riley, logo na primeira semana de treinamento. *A calma e a razão nos mantêm vivos. O pânico nos mata.*

Assenti e voltei a sentir a mesma pitada de orgulho que sentia sempre que ele me elogiava.

O olhar sério de Riley desapareceu do seu rosto quando ele se afastou de mim, sendo substituído por um leve sorriso.

— Agora entendo por que você saiu da CRAH. Quem poderia imaginar que você era tão doce?

Revirei meus olhos, e ele gargalhou ao ir embora. Depois respirei fundo e olhei para a tenda, deixando minha expressão mais natural antes de entrar.

A tenda estava vazia, exceto por Micah e as armas encostadas em todas as paredes. Ele se sentou na longa mesa do centro, e eu me acomodei à sua frente. Uma tensão pairava no ar, e senti uma vontade urgente de agarrar minha pistola. Mas evitei cair em tentação e limpei a garganta.

— Você está chateada — disse ele, pousando as mãos sobre a mesa.

Cerrei os olhos.

— Vamos dizer que estou confusa.

O canto de sua boca estremeceu.

— Tudo bem. Confusa.

— Você matou humanos desarmados.

Escolhi minhas palavras com cuidado, sabendo que havia armas em todos os cantos daquela tenda. E sabendo também que os mais de trezentos Reboots daquele campo provavelmente ficariam do lado dele, não do meu.

— Sim.

— E você não... — Eu mudei de posição na minha cadeira. — Você não se sente culpado?

Ele deu de ombros. De um momento para outro, ele parecia mais jovem, mais perto dos 20 que dos 30 anos. Estava baixando a guarda por mim.

— Não sei. Em um primeiro momento, sim. Mas, você sabe... — Ele me encarou. — Passado um tempo, a culpa desaparece.

— É... — concordei, falando baixinho. Ela desaparecia mesmo. E Callum me fez pensar nisso mais do que nunca. — Mas a vingança. Essa não desaparece.

— Não. — Ele se inclinou para a frente, as palmas voltadas para o tampo da mesa. — Eu tinha apenas 7 anos quando morri. E passei cinco anos da minha vida em uma instalação da CRAH, depois uns dois anos fazendo parte de um grupo especial, que criaram para fazer experiências. Eles não paravam de nos dar drogas e de fazer os testes mais loucos, sabia?

Fiz que não com a cabeça.

— Não, eu não sabia.

— Eles faziam coisas muito estranhas. Coisas que nos deixavam mais fracos, mais loucos, um monte de merda. Metade das crianças que passaram por lá não conseguiram completar todas as tarefas. Era bem pior do que as experiências em grande escala que estão fazendo agora.

— Uma amiga minha morreu em uma dessas experiências — comentei, baixinho.

A expressão em seu rosto ficou mais suave.

— A mais recente pretendia diminuir o poder da mente, certo? E nos tornar mais facilmente domináveis.

— Você fez um bom trabalho na caçada de hoje — elogiou ele. E pousou uma das mãos no meu braço, me encarando. — Você foi muito calma e racional.

Quando não souber o que dizer, fique de boca fechada, foi o que ouvi de Riley, logo na primeira semana de treinamento. *A calma e a razão nos mantêm vivos. O pânico nos mata.*

Assenti e voltei a sentir a mesma pitada de orgulho que sentia sempre que ele me elogiava.

O olhar sério de Riley desapareceu do seu rosto quando ele se afastou de mim, sendo substituído por um leve sorriso.

— Agora entendo por que você saiu da CRAH. Quem poderia imaginar que você era tão doce?

Revirei meus olhos, e ele gargalhou ao ir embora. Depois respirei fundo e olhei para a tenda, deixando minha expressão mais natural antes de entrar.

A tenda estava vazia, exceto por Micah e as armas encostadas em todas as paredes. Ele se sentou na longa mesa do centro, e eu me acomodei à sua frente. Uma tensão pairava no ar, e senti uma vontade urgente de agarrar minha pistola. Mas evitei cair em tentação e limpei a garganta.

— Você está chateada — disse ele, pousando as mãos sobre a mesa.

Cerrei os olhos.

— Vamos dizer que estou confusa.

O canto de sua boca estremeceu.

— Tudo bem. Confusa.

— Você matou humanos desarmados.

Escolhi minhas palavras com cuidado, sabendo que havia armas em todos os cantos daquela tenda. E sabendo também que os mais de trezentos Reboots daquele campo provavelmente ficariam do lado dele, não do meu.

— Sim.

— E você não... — Eu mudei de posição na minha cadeira. — Você não se sente culpado?

Ele deu de ombros. De um momento para outro, ele parecia mais jovem, mais perto dos 20 que dos 30 anos. Estava baixando a guarda por mim.

— Não sei. Em um primeiro momento, sim. Mas, você sabe... — Ele me encarou. — Passado um tempo, a culpa desaparece.

— É... — concordei, falando baixinho. Ela desaparecia mesmo. E Callum me fez pensar nisso mais do que nunca. — Mas a vingança. Essa não desaparece.

— Não. — Ele se inclinou para a frente, as palmas voltadas para o tampo da mesa. — Eu tinha apenas 7 anos quando morri. E passei cinco anos da minha vida em uma instalação da CRAH, depois uns dois anos fazendo parte de um grupo especial, que criaram para fazer experiências. Eles não paravam de nos dar drogas e de fazer os testes mais loucos, sabia?

Fiz que não com a cabeça.

— Não, eu não sabia.

— Eles faziam coisas muito estranhas. Coisas que nos deixavam mais fracos, mais loucos, um monte de merda. Metade das crianças que passaram por lá não conseguiram completar todas as tarefas. Era bem pior do que as experiências em grande escala que estão fazendo agora.

— Uma amiga minha morreu em uma dessas experiências — comentei, baixinho.

A expressão em seu rosto ficou mais suave.

— A mais recente pretendia diminuir o poder da mente, certo? E nos tornar mais facilmente domináveis.

— Sim. Essa quase matou Callum, também.

— E nem assim você quer se vingar?

Fiz uma pausa, pensei no assunto.

— Talvez.

— Eu sempre quis ser uma pessoa equilibrada. Eu costumava observar Suzanna todos os dias, imaginando como poderia matar aquela mulher.

— Suzanna Palm? A presidente da CRAH?

— Exatamente. Nós passamos um bom tempo juntos.

— Passaram? — perguntei, surpresa.

Eu só vira aquela mulher algumas vezes, em meus cinco anos nas instalações de Rosa. Eu sabia que ela estava à frente de todas as operações da CRAH, mas nunca entendi muito bem qual era o seu papel.

— Ela administra, praticamente sozinha, todos os experimentos importantes. É do tipo controladora, incapaz de delegar. — Micah curvou o corpo na minha direção, a sua expressão era séria. — Você nem pode imaginar as coisas que eles estão fazendo, Wren. Tem anos que saí de lá. Aquelas drogas que estavam desenvolvendo devem estar bem adiantadas agora... talvez até prontas.

— O que eles estão fazendo? — perguntei.

Micah suspirou.

— Fui obrigado a experimentar um pouco de tudo. Uma dessas coisas diminuía meus reflexos a tal ponto que eu mal podia me mover. Outra me fazia enxergar tudo roxo. Outra me fazia querer comer seres humanos vivos. Outra baixava minha taxa de recuperação, e demorava horas até que uma ferida cicatrizasse.

Engoli em seco. Nunca pensei na sorte que tive ao morrer aos 12 anos, não antes. E nunca me preocupei em perguntar aos demais Reboots o que eles fizeram em tantos anos nas instalações da organização.

— Portanto, após ter escapado, decidi que isso deveria chegar ao fim — disse ele. — Não podemos confiar nos humanos. Até os rebeldes, que dizem estar nos ajudando, estão apenas nos usando para se livrarem da CRAH. Quero dizer, eles deixaram bem claro que não nos queriam por perto após nos ajudarem a fugir, certo? E daí que nós tivéssemos familiares e amigos morando nas cidades anteriormente? Se somos Reboots, devemos partir e nunca mais voltar.

Assenti.

Eu não vou morrer por eles, disse Desmond, há algumas noites, tentando convencer os demais rebeldes a não nos ajudar.

— Não tomei essa decisão facilmente — continuou ele. — Quando chegamos aqui, tentei focar mais na reserva, para me esquecer da raiva que sentia, mas os ataques humanos eram constantes. E não eram apenas ataques da CRAH. Os humanos que passavam por aqui tentavam invadir a reserva e matar o maior número possível de pessoas. Na cidade, eles tinham medo de nós, mas aqui não. Eles não sabiam do que éramos capazes. E colocamos aquelas placas para detê-los, para avisá-los, mas eles não nos ouviram. Os Reboots que foram embora, a geração mais velha... Eles não queriam lutar contra a CRAH. Por isso partiram. Eles queriam viver em um lugar pacífico, deixando os humanos em paz. — Micah passou uma das mãos pelo rosto. — Mas a CRAH matou todos eles, porque podiam. Mudei a reserva para este local para que eles soubessem que não estávamos nos escondendo nem fugindo. No entanto, não foi um movimento agressivo. E, mesmo assim, eles apareceram e nos atacaram. Eles não vão parar, Wren.

Foquei na mesa, franzindo minha testa. Os rebeldes eram um grupo pequeno de humanos. E a maior parte deles não tinha problemas ao saber que a CRAH aprisionava Reboots e nos matava.

Micah se aproximou ainda mais, tocando uma de minhas mãos. Mas eu me afastei.

— Nem todos os humanos são ruins, eu sei disso.

Eu o encarei. Ele estava falando sério.

— Tony? Aquele humano que é líder dos rebeldes? Ele sempre foi legal comigo. Conversamos de igual para igual. Eu tinha um irmão mais velho em Nova Dallas, e esse irmão ainda pode estar vivo. Talvez ele seja um humano legal. — Ele uniu as duas mãos. — No entanto, o fato de existirem algumas exceções não é suficiente. É certo que alguns humanos podem nos tolerar, mas isso não faz com que eu me convença de que todos os Reboots estarão a salvo. Deixando-os vivos, eu arrisco perder todos os Reboots. Fiz uma escolha muito difícil, mas tenho certeza de que foi a decisão correta. — E respirou fundo. — Você me entende?

Claro que eu entendia. Era lógico. Ele decidira salvar seu povo (os Reboots), e assumiria todos os riscos e faria enormes sacrifícios nesse sentido. E eu não fiz a mesma coisa com Callum? Não permiti que Addie entrasse comigo em uma das instalações da CRAH, mesmo sabendo que seria perigoso? Não arrisquei minha própria vida, além da vida de pelo menos vinte rebeldes humanos, para salvar uma única pessoa?

E eu não sabia que, para termos sucesso, vários guardas humanos seriam mortos para libertar os Reboots? E eu não considerei isso aceitável?

— Wren — disse Micah, baixinho.

Engoli em seco, procurando seus olhos.

— Eu entendo seu ponto de vista.

NOVE

CALLUM

NAQUELA TARDE, EU ME POSTEI ATRÁS DA MULTIDÃO, PERTO da fogueira, e fiquei observando um grupo de Reboots pegando em instrumentos e começando a tocar uma música animada. As pessoas se reuniam ao redor deles, cantando e dançando. E parecia estranho que o ambiente estivesse tão relaxado logo após alguns Reboots terem saído para a matança.

Alguns dos Reboots de Austin juntaram-se aos outros, as chamas iluminando seus rostos enquanto eles batiam palmas e gargalhavam. No entanto, a maior parte deles estava sentada em pequenos grupos, longe da multidão, com expressões duras nos rostos. Boatos sobre os planos de Micah tinham começado a surgir na reserva, e grande parte de nós ficou insatisfeita.

Wren estava perto de Micah, com expressão contida, fazendo que sim para algo que ele dizia. A expressão de Micah já não era de tanta admiração, mas os dois mantinham a compostura, afinal Wren não saiu da tenda de Micah com cabeça dele num espeto.

Ela percebeu que eu espiava, e arregalou brevemente os olhos, como se estivesse irritada de ter que ficar com Micah. Eu ri, e um leve sorriso se esboçou nos lábios de Wren. Fiz um gesto para que se aproximasse, mas ela acenou com a cabeça na direção de Micah, que falava sem parar, e revirou os olhos.

Algo chamou a atenção de Wren logo atrás de mim. Girei o rosto e vi Isaac seguindo em direção à tenda que ficava na entrada da reserva. Ele carregava um prato nas mãos. A nova Reboot continuava no interior daquela tenda, a mesma Reboot que eles tinham assassinado mais cedo.

— Não entendo como eles aceitam uma coisa dessas.

Virei o rosto e vi Addie ao meu lado. Dei de ombros, pois eu também não entendia. Dei uma olhada na multidão ao meu redor. Quantos teriam sido mortos nas caçadas organizadas por Micah?

Olhei novamente para Isaac. *Um golpe de sorte, acho.* Foi isso o que ele me respondeu quando lhe perguntei como viera parar na reserva. Ele me disse que não nascera naquele lugar.

— Ninguém jamais tentou impedir isso? — perguntou Addie.

— Talvez eles não liguem — murmurei, fazendo um gesto para que ela me seguisse. — Vamos.

Isaac parou ao ver que nos aproximávamos. Sua mão estava pousada na abertura da tenda. Uma expressão de nervosismo tomou conta do seu rosto. Ele deu uma olhada ao redor.

— Eu não sei se vocês deveriam entrar — disse ele.

— Por que não? — perguntou Addie.

— Micah prefere apresentar pouco a pouco os novos Reboots. Para que eles não fiquem assustados, entende?

— E você não acha que eles já se assustaram demais com aquela história de terem sido assassinados? — perguntei.

103

Isacc me encarou como quem não achou graça do que ouviu. Fechei a boca. Minha suspeita sobre a causa da sua morte parecia se confirmar.

— Vou entregar isso a ela — avisou Isaac. — Ela não está falando neste momento. — E desapareceu no interior da tenda.

Addie cruzou os braços sobre o peito, tremendo por conta do ar frio da noite.

— Você conversou com Wren?

— Um pouco.

— Beth me disse que Wren costurou as feridas enquanto eles ainda estavam mortos, pois dessa maneira seria menos assustador. Eu achei legal da parte dela — comentou Addie, dando de ombros. — Ela fez a única coisa que pôde, entende?

Surpreso, olhei para Wren, mas ela e Micah tinham desaparecido. Ela não me contara nada disso. Eu tinha certeza de que teria entrado em pânico e partido para cima de Micah caso tivesse participado dessa caçada. Mas Wren tinha autocontrole suficiente para costurar o peito de uma pessoa morta. Eu nunca teria pensando em fazer uma coisa dessas.

Isaac saiu da tenda com as mãos nos bolsos e os ombros curvados, como se quisesse desaparecer.

— Vocês precisam de alguma coisa? Querem um pouco de comida?

— Foi assim que você morreu? — perguntei, em tom calmo, acenando com a cabeça para a tenda.

Ele pigarreou, dando uma olhada ao redor, como se quisesse fugir.

— Não posso falar sobre isso.

— O quê você quer dizer com não *pode*? — perguntou Addie, franzindo as sobrancelhas.

Ele deu um passo na nossa direção, baixou a cabeça e disse:

— Micah não gosta. Deveríamos esquecer o passado.

Esquecer o passado? Seria mais ou menos como: *Você não pode ficar chateado por ter sido assassinado por nós, simplesmente fique quieto e se comporte como se fosse uma pessoa feliz.*

— Você estava com outras pessoas? — perguntei, sem me importar com Micah. Eu queria conversar sobre isso. — Eles mataram a sua família também?

Isaac hesitou.

— Sim — murmurou ele, finalmente, deixando escapar uma lufada de ar, como se fosse um alívio ter dito isso. — Meus pais morreram quando eu era novo, e fiquei com um irmão mais velho e algumas pessoas, que se tornaram a minha família. Todos morreram.

— Quantos anos você tinha? — perguntou Addie, com uma pitada de horror no tom de voz.

— Quatorze. Foi há um ano. Eles entraram e atiraram em todo mundo. Acordei na garupa de uma moto, com Jules. — Ele falava cada vez mais rápido. — Depois eles me trouxeram aqui, e, basicamente, eu tenho que ser grato por isso.

— Você quer dizer que *é* grato por isso.

Dei um pulo ao ouvir aquelas palavras vindas do lado da tenda. Era Micah, com uma expressão dura e raivosa estampada no rosto. Issac ficou pálido e quase tropeçou nos próprios pés ao dar um passo para trás.

— Si-Sim... — gaguejou ele.

Eu não via aquele medo estampado no rosto de um Reboot desde minha fuga da CRAH, e o pânico de Isaac fez um nó surgir no meu estômago. Por que tanto medo? Por que ele ficaria ali sabendo que Micah o matara, além de ter matado todo mundo que ele conhecia?

Micah ficou observando ao longe, depois olhou para Isaac, e, em poucos segundos, Jules apareceu ao seu lado, com a testa franzida.

— Nós vamos conversar sobre isso mais tarde, na minha tenda — avisou ele.

Os olhos de Isaac eram puro terror, como se quisessem me dizer que eu não gostaria de saber o que poderia acontecer na tenda de Micah.

Jules agarrou o braço de Isaac, e eu dei um passo à frente, querendo detê-la.

— Não — disse Isaac, lançando-me um olhar selvagem e fazendo que não com a cabeça. — Deixa.

Eu abri a boca, querendo falar, mas Jules arrastou Isaac para o seu lado. Micah ficou observando a cena, de braços cruzados. Ele era uma presença ameaçadora, embora não tivesse erguido um único dedo.

— Callum, deixa isso para lá — insistiu Isaac, lançando-me um olhar suplicante.

Deixei escapar um suspiro de derrota e me aproximei de Addie. Ela estava paralisada, o medo estampado no rosto.

Micah deu um passo à frente. Seus olhos furiosos nos fulminavam.

— Existem regras por aqui.

— Ninguém nos avisou sobre elas — disse Addie.

Micah tensionou a mandíbula, como se estivesse tentando se controlar.

— O próprio Isaac disse, no início da conversa, que não conversamos sobre nossas vidas inferiores como humanos.

Nossas vidas inferiores? Ele falava sério?

— No entanto, eu sei que vocês são novos aqui, e vou dar uma colher de chá.

Seu tom de voz foi se tornando bem mais suave, e eu fiquei com a impressão de que ele estaria completamente louco. Parecia que ele tinha um interruptor, que ia de "eu vou te matar" para "vamos ser amigos".

Dei um passo atrás, pois não queria ser seu amigo.

— No entanto, eu sugiro que você se preocupe com as suas coisas e pare de interferir no que não entende.

Que parte eu não entendia? Ele matava pessoas. Ele as controlava. Ele as assustava. Isso tudo parecia muito claro para mim.

Eu e Addie não dissemos nada, o que aparentemente o agradou. Micah acenou levemente com a cabeça e se virou em direção a sua tenda.

— Isso parece muito ruim — disse Addie, assim que ele sumiu da nossa vista.

Sim. Parecia.

Naquela noite, voltei à nossa tenda e encontrei Wren sentada no colchão, com as pernas contra o peito e envoltas pelo seus braços. Ela me olhou com uma expressão preocupada, enquanto eu fechava a entrada.

— Como está Isaac? — perguntou ela. — Vocês o encontraram?

Fiz que sim com a cabeça. Eu tinha lhe contado tudo anteriormente, depois fui atrás de Isaac. O ambiente era calmo na reserva, com grande parte dos Reboots já em suas tendas, e baixei minha voz ao responder:

Ele não ficou muito tempo com Micah, e parece que está tudo bem. No entanto, ele não quis conversar comigo.

— Micah poderia fazer o que quisesse com eles — disse Wren, suspirando. — Eles iriam se curar uns minutos antes, e ninguém ficaria sabendo.

Fiquei nervoso com essa possibilidade.

— Ótimo — E me sentei ao lado dela, passando uma das mãos pelo rosto. — Eu não entendo por que todo mundo aqui segue esse homem como líder.

— Ele marcou alguns pontos com essa gente — argumentou ela, baixinho. — Eles querem sobreviver, e Micah oferece a todos um bom plano.

Ergui as sobrancelhas.

— Um bom plano?

— Um plano lógico — corrigiu ela, desviando os olhos.

Evitei uma reação dura àquela palavra: lógico. Ela não poderia ter escolhido um adjetivo pior para descrever o plano de Micah. Eu a encarei, perdido.

— Ele está fazendo a única coisa que sabe para proteger todo mundo aqui. Sua experiência lhe demonstrou que os humanos e os Reboots não podem viver juntos. E ele fez uma escolha.

— A escolha de matar todo mundo? — perguntei.

— Nem tudo é branco e preto, Callum — retrucou ela, baixinho.

Eu fiz uma pausa, pois não queria lhe dizer que assassinar *era* preto e branco. Você escolhe matar ou não uma pessoa.

A menos que a CRAH nos deixasse loucos e, sem querer, matássemos uma pessoa, claro. Fiz uma pausa, sentindo uma pitada de culpa tomando conta do meu corpo. Talvez *não fosse* totalmente preto ou branco.

— Você não teria escolhido esse caminho — comentei.

— Não — respondeu ela, imediatamente. — Mas entendo o raciocínio dele.

Franzi o rosto, pois não entendia como alguém poderia decidir matar uma população inteira. Eu mal podia lidar com o fato de ter matado uma única pessoa.

— Fiz escolhas parecidas — disse ela, olhando para baixo. Eu acariciei sua mão.

— O que você está querendo dizer?

— Eu fui às instalações de Austin sabendo que humanos morreriam ali. E também que alguns Reboots poderiam morrer. Mas resolvi que valeria a pena, que seria um sacrifício aceitável, para conseguir salvar você. Micah, por sua vez, decidiu que matar todos os humanos é um sacrifício válido para salvar os Reboots.

Eu segurei sua mão com força.

— Isso não é a mesma coisa. Você nunca *quis* matar ninguém. Você fez isso porque foi obrigada ou porque estava protegendo a si mesma ou a mim. Você não estava matando por matar. Viu a diferença?

Wren se moveu, como se estivesse pensando no assunto. Eu ficava nervoso sempre que ela pensava muito em situações que pareciam simples. Será que realmente precisava pensar tanto?

Ela percebeu a expressão no meu rosto e afastou sua mão da minha, as bochechas ficando vermelhas.

— Vi — respondeu ela.

Mas percebi que ela mentia para fazer com que eu me sentisse melhor.

Ela parecia sem graça, e eu passei um dos braços ao redor de sua cintura, apertando-a contra mim. Eu não gostava de vê-la concordando com Micah, mas me sentia culpado por fazer com que ela se sentisse desconfortável.

— Ei — disse, passando uma das mãos pela sua nuca. — Disseram que você costurou as feridas das crianças que Micah matou.

Ela fez que sim, com os dedos agarrados ao colarinho da própria blusa. Tentei não olhar. Não queria dizer a ela que ao não me mostrar suas cicatrizes, ela me deixava ainda mais curioso. Mas eu não conseguia encontrar uma maneira de dizer aquilo sem que soasse como *eu quero muito ver os seus peitos*, por isso me calei.

— Foi muito gentil da sua parte — comentei, e, com calma, soltei seus dedos do colarinho da blusa e peguei sua mão.

Ela deu de ombros.

— Eu gostaria que alguém tivesse feito isso por mim.

Assenti, como quem diz que a entendia, e ela me olhou. Depois abaixei minha cabeça e pressionei meus lábios contra os dela, agarrando-a firme.

DEZ

WREN

NO DIA SEGUINTE, ENCONTREI MICAH FORA DA RESERVA, no gramado próximo ao lago. Grande parte da reserva estava por lá, caminhando nos arredores enquanto esperavam. Micah me dissera que todas as pessoas capazes de lutar participavam de sessões de treinamento, várias vezes por semana. Eu me candidatei assim que ele mencionou as sessões, e fiquei feliz por poder me distrair aquela manhã.

Meu coração ficou apertado quando vi Callum em meio à multidão. Ele estava ao lado de Isaac, de braços cruzados, e, quando me viu, abriu um sorriso. Sorri de volta, tentando me esquecer da conversa que tivemos na noite anterior. No entanto, não me esquecia do seu rosto quando classifiquei o plano de Micah de lógico. Ele ficou aterrorizado.

Assim que disse essas palavras, percebi que cometera um erro. Mas o que eu deveria fazer? Mentir? Micah não era louco; era estratégico. Estava tomando decisões baseado na lógica e na experiência, e não deixaria que as emoções atrapalhassem seu caminho. Os resultados eram um tanto terríveis, e ele não mentira ao dizer que eu não teria pensando em fazer o mesmo, mas dizer que Micah estava louco não seria inteligente da minha parte.

— Você está bem?

Dei um salto, afastando rapidamente os olhos de Callum, e vi Addie ao meu lado, uma expressão preocupada no rosto.

— Estou.

Ela franziu a testa e parecia querer dizer alguma coisa, mas Micah vinha na minha direção com Riley. Addie apertou meu braço de leve, e eu me afastei dela, pois não queria conversar naquele momento. E não queria mais ninguém me olhando como se eu fosse louca.

— Bom dia — disse Micah, sorrindo para mim, no mesmo instante em que Addie se afastou. — Você está pronta?

— Estou.

— Eu gostaria que você se aproximasse de qualquer pessoa que pareça precisar de ajuda. Em mais ou menos duas semanas começaremos a invadir as cidades. Temos que acelerar o processo.

Engoli em seco. Que rapidez! Eu imaginava que teríamos mais tempo para descobrir o que fazer. Partir seria arriscado, bastava ver o que tinha acontecido com o grupo desertor. Por outro lado, ficar significaria aceitar o plano de Micah e lidar com Callum tentando recrutar os Reboots da reserva para ajudar os humanos. Além do mais, também significaria treinar os Reboots da reserva, e muitos deles utilizariam tais habilidades para matar os humanos.

Meus olhos seguiram em direção à multidão que eu deveria treinar. Muitos deles pareciam jovens. Vários teriam entre 11 e 12 anos de idade.

— Eles parecem jovens — comentei, apontando.

— Todos com 12 anos ou mais estão participando — explicou ele.

Por "participando" ele queria dizer "forçado". Doze anos também era a idade em que os treinamentos começavam na CRAH. Olhei para Riley, que também parecia desconfortável.

Eu não conseguiria ficar de boca fechada nesse momento.

— Dezesseis — retruquei.

Micah ergueu as sobrancelhas.

— O quê?

— De 16 para cima, não de 12 para cima.

— Eu acho que 12 está bem.

— Micah, eu morri aos 12 anos e entrei imediatamente para os treinamentos da CRAH. Você não deve saber o que é isso — comentei, e demorei para perceber que ele sabia muito bem. A verdade é que eu não estava acostumada a lidar com autoridades tão similares a mim.

— Eu morri aos 7, e também comecei aos 12. Portanto, eu sei muito bem o que é isso — disse ele. — No entanto, o processo de treinamento não será o mesmo por aqui.

— Eu não vou treinar crianças de 12 anos para a guerra.

Um silêncio tomou conta da multidão, e vários Reboots olharam nervosos para Micah. Uma menina, que estava atrás dele, fez que não vigorosamente com a cabeça, morta de medo.

Respirei fundo, observando os rostos na multidão. Callum estava certo ao dizer que todos tinham medo. E não era o mesmo medo que tinham de mim. Do que exatamente eles teriam medo em relação a Micah?

Ele movia a mandíbula ao me observar.

— Treze.

Olhei para Callum, que parecia orgulhoso de mim. Ao seu lado, Isaac estremeceu.

Olhei para Micah e disse:

— Quinze.

— Quatorze.

— Quinze.

Treinei muitos jovens no meu tempo de CRAH. Não repetiria a experiência.

Ele fez uma pausa, franzindo os olhos. O silêncio entre nós durou muito tempo, e Jules começou a se mover logo atrás de Micah, impaciente.

Olhei para o restante do grupo de Micah. Kyle estava ao seu lado, assim como Riley e cerca de 15 outras pessoas. Eles estavam afastados dos demais Reboots, grande parte seria 120 ou próximo, e nenhum deles parecia ter medo de Micah. Na verdade, alguns tinham os olhos cravados em mim.

— Tudo bem. Quinze.

O rosto de Micah ficou mais relaxado, e eu imaginei ter visto a multidão mais tranquila.

— Todos com menos de 15 anos, voltem para o acampamento — disse Micah. Depois me olhou. — Só por hoje. — E inclinou a cabeça, querendo me desencorajar a dizer qualquer coisa sobre isso.

Eu o encarei.

Depois virei a cabeça e olhei para Callum. Eu provavelmente treinaria menores de 16 anos. E poderia aproveitar um pouco de seu otimismo e vontade de conversar.

— Então — disse Micah, e sua voz me fez parar de pensar. Eu girei o rosto, ele bateu palmas e sorriu para mim. — Quer fazer uma demonstração primeiro?

✳

— Uma demonstração?

— Poderia ser divertido, certo? — perguntou ele, com um desafio escondido atrás de cada palavra. — Você não quer mostrar a eles como se faz isso?

Uma agitação tomou conta de mim enquanto o encarava. Havia tempos eu não encontrava um Reboot tão próximo ao meu número e às minhas habilidades. O último fora Riley.

— Claro — respondi.

E o sorriso de Micah ficou ainda maior, e eu podia ver um brilho de satisfação em seus olhos. Ele não duvidava de sua capacidade de vencer. Abri um sorriso também.

Ele tirou seu suéter e revelou estar usando uma camiseta por baixo. Imediatamente, os Reboots começaram a recuar. Eles deixaram um espaço enorme aberto para nós.

— Nada de armas, nada de golpes no pescoço — disse Micah. — Tudo o mais está valendo. Seguiremos até que um dos dois fique no chão por mais de cinco segundos.

Assenti, dando uma rápida olhada na multidão. Havia uma pitada de excitação no ar, mas vários Reboots pareciam preocupados. No entanto, eles não poderiam estar preocupados pensando que ficaríamos feridos. Sendo assim, havia algo mais perturbando aquela gente.

Micah se aproximou de mim. Um bocado da excitação se dissipou. Ele ergueu uma das sobrancelhas, que formou uma linha reta e firme em sua testa. Levaria a sério aquele desafio.

Por um momento, pensei em deixá-lo ganhar. Ele precisava solidificar sua posição como líder da reserva e, provando que lutava melhor do que eu, ele ganharia uma boa vantagem em direção ao seu objetivo. Dessa maneira, eu poderia conseguir um pouco mais da sua confiança.

Mas eu nunca deixei ninguém me vencer. E raramente perdia.

Estiquei meus dedos, depois o fechei em punhos. Agora eu também não queria perder.

— Riley? Quer fazer a contagem? — perguntou Micah, sem nem olhar para ele.

— Três... dois... um. Valendo!

Não nos movemos. Eu estava esperando seu avanço, pois assim poderia me esquivar e, quem sabe, agarrar um dos seus braços e quebrá-lo. Ele ergueu um canto da boca. Micah esperava a mesma coisa.

— Não se trata de um concurso de olhares — disse Riley, bem atrás de mim, com voz agitada.

Micah fez um movimento, pois imaginou que eu estaria distraída com as palavras de Riley. Sorri e me esquivei facilmente.

Ele deu um passo atrás antes que eu pudesse me reerguer completamente. Micah não era conhecido por sua rapidez ou força, mas por sua paciência e habilidade de avaliar cada situação. E ele não me subestimava por conta do meu tamanho.

Dei um passo à frente, lançando meu pulso esquerdo em seu rosto e direcionando o direito ao seu estômago. Ele conseguiu bloquear o primeiro golpe e deixou escapar um leve gemido no momento em que atingi sua barriga.

Ele estava com as mãos erguidas, e nós começamos a trocar socos em uma velocidade incrível. Consegui me esquivar e bloquear, mas quase fui ao chão quando ele atingiu minha bochecha. O seu era o segundo soco mais pesado que eu conhecia. O número um continuava pertencendo a Riley.

De repente, ele se abaixou e agarrou minhas pernas com os braços. Eu fui ao chão, soltando um gemido, e Micah atingiu meus ombros com as mãos, pressionando meu corpo com todo o peso do seu.

Sempre odiei ficar presa dessa maneira.

Eu o chutei perigosamente perto dos testículos, e ele voou de cima de mim, arfando. Saí em disparada, antes que sua mão conseguisse agarrar meu tornozelo. Algumas pessoas, embora poucas, se animaram, e dei uma olhada na multidão.

Teriam gritado para Micah? Eu não estava prestando atenção.

Ele vinha para cima de mim quando consegui me levantar. Quase gargalhei. Aparentemente, sua paciência não durava para sempre. Driblei seu movimento, girei e soquei a lateral do seu corpo. Suas costelas fizeram um som ao quebrar.

Ele se desequilibrou um pouco, e eu aproveitei, atingindo seu nariz. Ele piscou os olhos, como se tivesse ficado desorientado, mas eu percebi, assim que atingiu meu joelho com os pés, que continuava em perfeitas condições.

Ele quebrou meu joelho. Manquei um pouco antes de recolocar o pé no chão e engolir a dor que subia pela perna esquerda.

Micah fez uma pausa, olhando para o meu joelho, depois para o meu rosto.

— Droga — disse ele, soltando uma risadinha.

Eu sorri, fazendo um gesto com a cabeça para que ele avançasse.

— Por que você não vem até aqui? — perguntou ele, sorrindo e dando um passo atrás.

Sorri, mesmo sem querer. Até então, nunca lutara sem que alguém da CRAH observasse meus movimentos, sempre atento para que não me divertisse com aquilo. Isso era estranho, sobretudo, porque eu não sabia se gostava menos de Micah ou dos humanos da CRAH.

Micah gargalhou, e eu me atirei para a frente, arrastando a perna que doía. Ele arregalou os olhos, surpreso, mas eu já tinha agarrado seu braço. Eu o girei e consegui prender seu braço rapidamente atrás das costas.

Ouvi o som de ossos se quebrando. Aquilo era como estar em casa.

Ele tinha parado de sorrir. E notei uma pitada de raiva em seu rosto assim que ele começou a se mover novamente. Calados, começamos a girar em círculos, dando socos e nos esquivando.

Quando surgiu uma oportunidade de atirá-lo ao chão, eu aproveitei. Puxei suas pernas e ouvi o barulho de algo se quebrando quando ele caiu. Micah se pôs de joelhos, e, assim que conseguiu se levantar, eu o soquei o mais forte que pude.

Ele voltou a se levantar antes que eu pudesse piscar. E se curvou na minha direção, em um movimento selvagem. Dei um leve passo à frente, depois mirei no ponto exato que deveria atingir em suas pernas. Fui adiante, com minha perna gritando de tanta dor, e fiquei de joelhos na sua frente. Direcionei minha mão ao ponto em que o atingira anteriormente e, enquanto ele gritava de dor, chutei seu outro joelho.

Ele caiu no chão. Seus dedos cravaram na grama, e ele tentou se levantar, mas caiu novamente. Micah ergueu uma das mãos, deixou escapar um longo suspiro e disse:

— Eu desisto.

Houve silêncio por alguns segundos, mas logo sugiram leves risadas que quebraram o gelo. Virei o rosto e vi Callum com uma expressão que poderia ser de tensão ou tranquilidade. Passei a mão na boca, e ela saiu manchada de sangue.

— Eu avisei — disse Riley, aparecendo ao meu lado, com as mãos na cintura e olhando para Micah. — Avisei que você seria arrasado, certo?

— Da próxima vez, *você* fará a demonstração — decidiu Micah, apontando para ele. E conseguiu sorrir.

— Tudo bem. Combinado. Estou acostumado a ser vencido por Wren.

Revirei os olhos. Ele me ganhara várias vezes. Não tantas, é verdade. Mais ou menos 10 por cento das nossas lutas. O que não era nada mal.

Girei o corpo e vi Callum bem na minha frente. Ele franzia a testa ao erguer a camisa para limpar meu rosto, passando o tecido sobre a minha boca.

— E você? — perguntou Riley a Callum. — Gostaria de fazer uma demonstração da próxima vez? Você deve estar acostumado a ter Wren como professora de luta.

Callum deu uma risada frouxa, olhando para mim, e disse:

— Eu passo.

Sorri para ele, que se curvou para beijar minha bochecha. Nossos treinamentos pareciam coisa de cem anos atrás, e meu estômago ficou revirado só de pensar em bater em Callum. Eu continuava me sentindo mal ao pensar que um dia lutei com ele.

— Tudo bem se eu sair daqui agora? — perguntou ele, em tom suave. — Acho que eles podem precisar de um pouco de ajuda lá na reserva.

Balancei a cabeça.

— Claro. Pode ir. Você não precisa de novos treinamentos.

Ele abriu um olhar de gratidão e me beijou, antes de retornar à reserva.

— Certo — disse Micah, ficando de pé. — Formem suas duplas. — E fez um sinal na minha direção. — Vamos ao trabalho.

Riley me esperava quando terminamos os trabalhos, no final da tarde. Ele deixou a multidão passar em direção à reserva enquanto eu vestia o suéter e prendia os cabelos em um rabo de cavalo.

— Fico feliz em ver que você continua sendo difícil e que ainda deixa muita gente com raiva — disse ele, com um sorriso, quando me aproximei.

— Nunca fui difícil — retruquei, também com um sorriso nos lábios.

— Não? Eu ainda me lembro daquela conversa que tivemos, pouco antes da minha fuga, sobre "eu vou parar de bater quando você resolver ser mais ágil".

— Não é culpa minha se você ficou mais lento por conta da idade.

Por idade eu entendia 19 anos. Ele agora tinha 20.

Ele deu uma risada, o que ainda era um som estranho aos meus ouvidos, vindo dele. Riley deveria viver muito triste na CRAH, embora eu não percebesse isso.

— Você poderia ao menos ter me avisado de que não estava morto — comentei. — Eu estava triste com essa possibilidade.

Ele suavizou a expressão em seu rosto.

— Vindo de você, trata-se de um sentimento inacreditável.

Franzi a testa, e ele suspirou.

— Sinto muito. Mas, sendo sincero, imaginei que você poderia me dedurar.

— Obrigada pela consideração.

— Você sabe como as coisas eram. Você era a menina dos olhos da CRAH. Fazia tudo o que eles pediam, sem questionar, e parecia gostar de viver por lá.

— E gostava — respondi, baixinho. — No entanto, eu nunca deduraria você.

Ele ficou me observando por um tempo.

— Sendo assim, peço desculpas.

Suspirei e enfiei as mãos nos bolsos.

— Está tudo bem. Quem sou eu para culpar alguém como você? Tudo era diferente antes de Callum.

E também antes de Ever, mas eu ficava com um nó na garganta sempre que tocava no nome dela, e algo me dizia que Riley nem se lembraria daquela menina.

— Callum... Você treinou um 22?

— Sim.

— Eu posso saber por quê? Ou será que você começou a escolher seus pupilos baseada no seu nível de beleza?

Eu o encarei.

— Ele me pediu.

— Pediu? Que droga. Se eu soubesse que era assim que você funcionava, já teria tentado isso há muito tempo.

Cobri minha boca com os dedos, tentando não rir, mas foi impossível.

— Não funcionaria vindo de você, Riley.

Ele sorriu.

— Oown, você está tão suave agora. Isso é fofo.

— Eu poderia demonstrar o quão *nada* suave é o meu punho se você quiser se lembrar.

— Acho que vou declinar dessa oferta. De qualquer maneira, muito obrigado.

Sorri para ele, observando os Reboots desaparecendo no interior da cerca da reserva. Todos estavam fora do nosso alcance, e Riley olhou em volta, parecendo pensar a mesma coisa.

— Você gosta daqui? — perguntei, em tom baixo.

Ele tombou a cabeça, com expressão mais séria.

— De certa maneira, é melhor que a CRAH.

Quanto a isso, não restava qualquer dúvida.

— Micah... ele é intenso.

— É sim — concordou Riley, que parecia escolher suas palavras com muito cuidado, estudando minha reação a cada uma delas. — Vocês não parecem estar se dando muito bem.

— Somos civilizados. Mas percebi que alguns Reboots da reserva têm certo medo dele.

— Pode ser — disse Riley. — Quero dizer, eles têm medo, sim. Micah dita suas regras sem piedade. Para ele, essa é melhor maneira de nos manter a salvo.

— E você concorda com isso?

— Às vezes — respondeu Riley, dando uma olhada ao longe, depois voltando a olhar para mim. — Você ouviu falar no grupo que desertou e foi morto no ano passado?

— Sim.

— Isso aconteceu logo depois que cheguei aqui. Quando cheguei, a reserva estava um caos. Um grupo se uniu, pois estava cansado da maneira como Micah administrava tudo. Eles pararam de devolver suas armas de caça e um dia se revoltaram.

Ergui minhas sobrancelhas. Micah, convenientemente, não me contara esse detalhe.

— É... — disse Riley, percebendo minha expressão de surpresa. — Nós não deveríamos conversar sobre isso. Na verdade, seria ótimo se você não dissesse a Micah que estou contando tudo isso a você.

Eu fiz que sim, concordando. Não poderíamos falar sobre isso? Que estranho...

— O que aconteceu?

— A revolta não deu muito certo — disse Riley. — O grupo era formado, em grande parte, pela geração mais velha e por crianças, pessoas que nunca estiveram na CRAH. No entanto, vários de números altos, que tinham fugido da CRAH ou virado Reboot aqui mesmo, imediatamente ofereceram apoio a Micah. E por isso eles foram embora.

— E Micah deixou que fossem embora?

— Nesse momento, sim. Eles já não eram muito bem-vindos por aqui, entende? Porém, algumas semanas mais tarde, nós estávamos fazendo uma caçada em uma das velhas cidades e descobrimos todos eles mortos, junto aos corpos de alguns oficiais da CRAH. Então, ninguém mais ousou levantar a voz contra Micah. — Ele fez um gesto em direção à reserva. — Este é o único lugar realmente seguro para nós.

Infelizmente, isso parecia ser verdade.

— Você tem certeza de que foi a CRAH? — perguntei. — Micah não poderia...

Riley fez que não com a cabeça.

— Claro que foi a CRAH. Micah planejava recuperar o grupo quando tivesse se livrado dos humanos.

Isso era uma boa notícia. E eu não parava de pensar nisso desde o momento em que Callum me disse que Isaac morria de medo de Micah.

— Sendo sincero, eu acho que Micah está com muito medo de você e dos novos Reboots — confessou Riley.

— Por quê?

— Porque você está desafiando tudo — respondeu ele, apontando para mim. — Você se recusou a treinar os mais jovens, e faz perguntas que Micah não quer responder. Desde a revolta, todo mundo faz tudo o que ele pede.

— Você também? — perguntei. — Ou será que você realmente costuma ter problemas para encontrar humanos que estão a menos de 1 quilômetro?

Ele ergueu o canto da boca.

— Costumo ter problemas, sim. — E passou a mão entre os cabelos finos. — Não gosto de fazer isso. Me lembra da CRAH.

— Entendo. — E fiquei observando seu rosto. — Porém, quando chegar o momento de matar humanos nas cidades...

Ele deu de ombros, erguendo o rosto.

— Sei lá. Em parte, eu esperava que isso nunca fosse acontecer. Mas agora, com todos esses novos Reboots, não acredito que possa ser impedido. Micah esta reunindo um grupo para viajar a Austin ainda hoje à noite, o que significa que está a ponto de dar a partida. Ele marcou um encontro com Tony e Desmond, para conseguir combustível. Aparentemente, eles têm informações a nos dar.

— Eles têm? — perguntei, surpresa.

— Sim.

— Como vocês se comunicam com eles?

— Por rádio — respondeu Riley.

— E a CRAH não escuta?

— É bem provável, mas nós conversamos em código.

Fiquei com uma sensação de culpa e deixei escapar um leve suspiro. Era terrível sentir-se em dívida com Tony e Desmond, mas era ainda pior saber que Micah os usava dessa maneira. Talvez Callum tivesse razão sobre um aspecto do seu plano: nós deveríamos tentar avisá-los.

— Essa viagem para Austin... — comentei, tentando soar tranquila. — Micah vai levar algumas pessoas com ele?

— Claro. Eu vou. E provavelmente Jules também. Por quê? Você quer vir conosco? — Ele bufou. — Não sei se Micah gostaria da ideia, mas eu poderia tentar.

Hesitei. Poderia soar um pouco suspeito se eu pedisse para acompanhá-los. Micah observaria todos os meus movimentos. A melhor opção para alertar Tony seria enviar-lhe um bilhete, pois conversar, com Micah por perto, seria complicado. Eu poderia nem sequer conseguir me aproximar dele.

— Eu passo — respondi, fazendo uma careta ao ser atingida por uma ideia súbita. — Acabei de chegar de Austin, e, vendo o estado das aeronaves, é bem provável que vocês sejam obrigados a caminhar vários quilômetros.

— Vai dar tudo certo — disse Riley. — Nós já consertamos aeronaves antes.

— Você deveria perguntar a Callum se ele aceita viajar — sugeri. — Ele é ótimo mecânico. E poderia ensiná-los a usar o sistema de navegação.

Riley inclinou a cabeça, me observando.

— Callum.

— Micah ficou impressionado com o trabalho que ele fez nas aeronaves — comentei, dando de ombros. — Mas foi apenas uma sugestão.

— Eu poderia levar um dos Reboots que estão há mais tempo por aqui. Vários deles já trabalharam consertando aeronaves.

E me encarou, como se pedisse que eu lhe contasse por que sugerira Callum.

— É verdade — comentei, pois não revelaria meu plano a Riley.

Avisar aos humanos sobre um ataque Reboot faria de nós traidores, e Riley poderia ficar ao lado de Micah nessa situação.

Ele moveu os lábios, depois disse:

— Diga *por favor, Riley.*

Eu tentei olhar para ele sem rir.

— Por favor, deixe de ser tão chato, Riley.

Ele gargalhou.

— Vou perguntar a Micah. Você percebeu que eu *sei* que está planejando alguma coisa, certo?

— Não entendi...

— É terrível ver que você não confia em mim.

E dei um soco no seu ombro, depois segui meu caminho.

— A vingança é uma droga.

ONZE

CALLUM

— CARA, VOCÊ É LOUCO.

Grunhi ao empurrar para o chão a peça redonda de madeira que formaria o último lado da nossa tenda, depois endireitei o corpo, olhando para Isaac. Semicerrei os olhos por conta do sol poente, observando os Reboots a distância. Todos transportavam água para a tenda de alimentos. Estávamos em um canto da reserva, distante o suficiente para que ninguém ouvisse nossa conversa, mas ainda assim eu falava baixo.

— Eu sou louco? Por quê? — perguntei.

E voltei a sentir uma pontada de pânico ao pensar no homem que matei. No entanto, Isaac não dizia que eu era "louco" nesse sentido.

— Eles te prenderam! — E Isaac me encarou, assustado, com uma corda dependurada entre os dedos. Ele parou de trabalhar na tenda e ficou simplesmente olhando para mim.

Do outro lado da tenda, Addie ergueu uma sobrancelha enquanto prendia uma tora no chão. Eu sugerira que desco-

127

bríssemos o que outros Reboots da reserva pensavam, se eles planejavam matar humanos. Minha ideia de nos unirmos a eles para lutarmos contra Micah não convencia Isaac, e ele foi a minha primeira tentativa.

— E eles tentaram te matar! — continuou ele, aproximando-se de mim e baixando o tom de voz. — E, sem dúvida, eles teriam te matado quando você chegasse aos 20 anos. E, mesmo assim, você pretende salvá-los agora?

— Sim, a CRAH fez tudo isso, mas eu não posso culpar todos os humanos pelo que eles fizeram — retruquei, fazendo que não com a cabeça. — Você sabe por que a CRAH faz tudo isso? Sabe por que eles matam os Reboots que fazem 20 anos?

— Imagino que seja uma espécie de controle de população. Eles não precisam de tantos Reboots. Além disso, eles parecem ter percebido que, entre os 19 e os 20 anos, os Reboots ficam mais agitados nas instalações. E fazem coisas loucas, como pensar por si próprios.

— Que horror!

— E mesmo assim você quer voltar! — disse Isaac, com uma risada, antes de dar uma olhada furtiva ao seu redor. — Acho que eu não deveria dizer isso tão alto. Você provavelmente não gostaria que surgisse um rumor envolvendo seus planos.

— É sério que você quer matar todos os humanos das cidades? — murmurou Addie, com as mãos na cintura, se aproximando de nós.

Ele fez uma careta.

— Não exatamente. Mas eu não tenho escolha. Apostei em Micah nessa batalha e não quero ser conhecido como um desertor. A longo prazo, essa não parece uma escolha sensata.

— Mas, se conseguíssemos reunir um bom número de Reboots dispostos a ajudar os humanos... se salvássemos os

Reboots que vivem nas instalações CRAH e os convencêssemos a nos ajudar... Micah não teria chance. Estaria em menor número — rebati.

Isaac fez que não com a cabeça, entregando a Addie a corda que segurava.

— Veja bem. Eu sei que vocês são novos por aqui, mas esse tipo de conversa vai fazer com que sejam enforcados.

— Enforcados? — perguntou Addie, assustada.

— Sim. Eu tive sorte ao não ser escalado para a experiência àquela noite — disse ele, dando um passo atrás. — Eu desistiria se fosse vocês.

Virou-se de costas, como se quisesse ir embora, e quase saiu correndo.

— Essa foi boa — disse Addie, suspirando.

— O que significa "ser enforcado"?

— Eu acho que significa que Micah é um idiota.

Eu grunhi.

— Sim, isso eu já percebi. E quanto aos Reboots de Austin? Você conversou com algum deles?

— Conversei. E estive falando com Beth, trocando umas ideias. Muitos ainda têm familiares humanos. Portanto, não estão animados com os planos de Micah, além de não estarem dispostos a voltar correndo para uma cidade CRAH. Mas grande parte deles ajudaria a salvar os Reboots presos nas instalações. Nós conversamos sobre, de alguma maneira, roubar os esquemas de Micah antes de partirmos. Isso seria alguma coisa.

Sim, isso *seria* alguma coisa. Não tanto quanto eu esperava, mas pelo menos não receberíamos uma recusa imediata.

Uma cabeça loira chamou minha atenção. Virei o rosto e vi Wren, que caminhava pela reserva ao lado de Riley. Ela deu uma olhada ao redor, e, nesse movimento, acabou me vendo. Ela veio diretamente a mim e ergueu o corpo, como se fosse me beijar, o que pareceu estranho, pois, desde a noite anterior, ela estava um pouco distante. Eu tentava não transparecer meu surto por ela ter dito que Micah estava sendo lógico, mas acho que falhei na tentativa.

No entanto, ela não me beijou. Wren se aproximou do meu ouvido, apoiando uma das mãos no meu peito, e murmurou:

— Caso sugiram que você viaje a Austin, aceite. Mas não se mostre muito animado. Acho que você terá uma chance de entregar um bilhete a Tony ou Desmond.

E se afastou, abrindo um breve sorriso antes de voltar a caminhar. Eu queria segurar sua mão e agradecer, mas fiquei com a impressão de que ela pretendia que nossa interação fosse rápida. Riley nos observava na entrada da tenda grande.

— O que foi isso? — perguntou Addie.

Fiz que não com a cabeça.

— Nada.

— Callum!

Eu me virei ao ouvir esse grito. Era Riley, que acenava para mim.

— Venha, nós precisamos de você!

Sorri para Addie, que estava perdida, e atravessei correndo o chão empoeirado, parando bem na frente de Riley. Ele me olhou de uma maneira que não entendi. Sua expressão misturava diversão e chateação.

— Faça o que for preciso. Partiremos em meia hora.

— O quê? Para onde? — perguntei, pois bancar o ingênuo seria a melhor opção naquele momento.

Riley revirou os olhos.

— Para Austin. Vamos pegar combustível com os rebeldes. Micah quer aprender a utilizar o sistema de navegação durante a viagem.

— Claro.

— A gente se encontra aqui. Eu vou pegar algumas armas para você.

Assenti e corri até a tenda utilizada como escola. Ela estaria vazia, não fosse por um Reboot que parecia ter quase 40 anos. Ele era um dos únicos mais velhos que eu vira por ali, e raramente se aventurava fora da tenda-escola. Mas eu o entendia. Devia ser chato ser a única pessoa mais velha por ali.

— Posso pegar papel e caneta? — perguntei.

Ele fez um gesto e disse:

— Vá em frente, mas não exagere.

Peguei um papel e uma caneta, depois agradeci e voltei à tenda que dividia com Wren. Ela estava vazia. Aproveitei para me sentar no chão e escrever um bilhete a Tony. Eu não queria que soasse aterrador, mas escrever duas vezes "não entrem em pânico" poderia surtir o efeito contrário.

A entrada da tenda foi aberta no exato momento em que eu dobrava o bilhete e enfiava no meu bolso. Sorri quando Wren entrou.

— Oi — cumprimentei. — Eu queria falar com você. Nós vamos partir para Austin.

— Agora?

Ela piscou os olhos, surpresa, depois se sentou no colchão.

— Agora. E obrigado por ter conseguido uma vaga para mim nessa aeronave. Foi uma ótima ideia.

Ela abriu um leve sorriso.

— Não precisa agradecer.

— Você contou a Riley por que fez isso?

— Não. Ele sabe que estamos tramando alguma coisa, mas achei arriscado contar. Não que ele esteja completamente a favor de Micah, mas o que vamos fazer poderia não parecer certo aos olhos de muitos Reboots.

Ergui minhas sobrancelhas.

— Você acha mesmo?

— Estamos nos posicionando do lado dos humanos.

— Estamos? — perguntei. — Você está pronta para ir às cidades e avisar a eles?

Ela apertou os lábios, olhando para o outro lado da tenda.

— Se você vai fazer isso, eu acho que sim.

Esse não era exatamente o entusiasmo que eu esperava. Uma sensação ruim invadiu meu peito e respirei fundo.

— Você não quer ajudar mesmo?

Meu tom era de julgamento, embora eu não quisesse passar essa ideia... ou talvez sim.

Ela cravou os joelhos à altura do peito, suspirando.

— Você tinha razão sobre avisar a Tony e Desmond. Eles nos ajudaram, deveríamos retornar o favor. Mas não. Não nutro um desejo louco de ajudar as pessoas que me odeiam.

— Nem todos nos odeiam. Você não está dando o devido crédito aos humanos.

Minha raiva só aumentava. Eu fui obrigado a transformar minhas mãos em punhos. Ela aceitava escrever aos humanos, mas defendia Micah?

— E você dá um crédito exagerado a eles! Ainda não passou nem uma semana que um punhado deles tentou matar nós dois. E os seus pais...

Ela parou de repente, engolindo em seco.

— Não precisa me lembrar dos meus pais — retruquei, seco. — Eu me lembro muito bem disso.

132

— Eu sei que você se lembra — disse ela, olhando para o chão. — E por isso não entendo essa sua vontade louca de correr para ajudá-los.

— E eu não entendo como você pode virar as costas agora, quando temos uma oportunidade para ajudá-los. E não apenas aos humanos, mas também aos Reboots. Você salvou todo mundo nas instalações de Austin... e com a ajuda de apenas um Reboot. *Um*, Wren. Já parou para pensar o que poderíamos fazer com centenas deles?

Ela franziu a testa, mas não me respondeu.

— Eles estão morrendo por lá, mas você não liga? — Para mim, era cada vez mais complicado manter o tom de voz firme. — Veja o que eles fizeram comigo. E com Ever. Você pode deter isso.

Ela parecia abalada pelas minhas palavras, e eu me arrependi de ter mencionando o nome de Ever. Mas acho que fiz isso porque ela mencionou os meus pais.

— Não é responsabilidade minha salvar todo mundo — declarou ela, me encarando.

— É responsabilidade de quem, então?

— Callum, é você quem quer tanto salvar toda essa gente! Então cabe a *você* fazer isso.

Seu tom era pouco superior a um sussurro, mas suas palavras eram de fúria.

— Quero que você me ajude. E quero que *queira* me ajudar.

Ela fez uma pausa e ficou olhando tanto tempo para mim que me senti desconfortável. Por fim, ela disse, em tom calmo:

— Eu não quero. Eu não quero ajudar. — E fez que não com a cabeça, cruzando os braços sobre o peito. — Talvez você precise dar uma olhada em quem eu sou, não em quem você gostaria que eu fosse.

Pisquei os olhos, assustado.

— É possível que você não goste de quem eu sou de verdade — disse ela, dando de ombros. — Mas, nesse caso, a culpa não seria sua.

Eu quis tocar o seu braço, mas ela se afastou, saindo do meu alcance.

— Que coisa horrível de se dizer. É claro que eu gosto de quem você é.

— Por quê? — perguntou ela, me encarando. — Por que você fica chateado com a morte de um humano, mas não se importa com o fato de eu ter matado dezenas deles? Por que não estranha a minha falta de culpa quanto a isso? Ou com o fato de eu ter cumprido ordens da CRAH durante cinco anos, sem nunca questionar nada? Eu fiz coisas que jamais contei para você, mas você se apressa... Por que essas coisas não importam para mim, mas, sim, para você?

— Eu... eu não...

Procurei as palavras certas, mas elas não existiam.

— Pense nisso — disse ela, em tom suave.

Eu não queria pensar nisso. Eu queria tomá-la nos braços e dizer que gostava dela, e que não ligava para nada do que acabara de ouvir.

Será que eu ligava?

Ela saiu da tenda, e não tentei impedi-la. Sentei no chão e fiquei parado tentando processar tudo que ela havia me dito.

Sabia que Wren tinha matado muito mais gente do que eu gostaria. Algumas dessas pessoas ela matou na minha frente, para me salvar, e eu não a culparia por isso. Foi em defesa própria. Ela nunca quis matar ninguém.

Nem eu. E eu matei. Portanto, antes de julgá-la por qualquer coisa, eu deveria começar julgando a mim mesmo, certo?

134

Nem tudo é preto e branco, Callum. Suas palavras, ditas no dia anterior, de repente começaram a fazer mais sentido. Eu não enxergava tantos tons de cinza quanto Wren (nem chegava perto), mas talvez conseguisse entender por que ela se comparava a Micah. No entanto, ela confundia a maneira como matava com a maneira que ele o fazia.

E talvez não fosse tão diferente. Talvez Wren e Micah fossem iguais.

Todos seríamos mortos. Se um humano visse nós três juntos, não enxergaria muita diferença.

Respirei fundo ao pensar nisso. Tremendo, saí da tenda. Tentei não pensar em como os humanos enxergavam os Reboots, pois algumas vezes eu continuava me sentindo humano. No entanto, era impossível não pensar, ainda que por um momento, que Wren tinha certa razão ao imaginar que eles não aceitariam nossa ajuda.

DOZE

WREN

TUDO INDICA QUE ESCOLHI O MOMENTO ERRADO PARA fazer tais perguntas a Callum. Na verdade, sentada sozinha no interior da tenda, ouvindo o som do jantar sendo servido, pensei que nunca deveria tê-lo questionado.

No entanto, de uma forma ou de outra, chegaríamos a esse ponto. Eu terminaria pensando por que ele gostava de mim mas se parecia tão contrário a tantas coisas que eu fazia.

Porém, talvez fosse bom que ele repensasse tudo isso imediatamente.

Engoli em seco, aterrorizada, pensando na conclusão a que ele chegaria.

O som de risadas vinha da fogueira, e, mesmo relutante, eu abri a entrada da tenda. Queria evitar completamente as pessoas, mas não almoçara e não poderia ignorar o ronco do meu estômago.

Ao me aproximar da fogueira, vi duas figuras paradas, não muito longe da mesa de comida, fazendo fortes gestos com as mãos.

— O simples fato de eu não considerar seu pai um cara malvado, não significa que... — gritou Addie, mas Kyle a interrompeu.

— Esse papo de amor aos humanos vai acabar com você rapidinho!

— Como assim *acabar*? — Ela emitiu um muxoxo. — Vocês são todos...

— Ei! — gritei, agarrando seu pulso, antes que ela dissesse algo que pudesse chatear Micah. Eu não sabia o que ela queria dizer com *acabar*, mas não seria nada bom. Os Reboots ao redor dela observavam a cena, preocupados, e eu me lembrei do olhar assustado de uma menina quando atirei Micah ao chão. Ele, sem dúvida, estaria implementando sérias punições.

— Você precisa controlar sua Reboot — aconselhou Kyle, com seu peito musculoso arfando.

A raiva invadiu o meu corpo, misturando-se à frustração enorme com Callum.

— Sinto muito, eu não sabia que Addie estava sob *minha* responsabilidade.

Ela rosnou e rapidamente cobriu sua boca com uma das mãos quando Kyle me encarou. Ao nosso redor reinava o silêncio, e ele ficou me encarando um bom tempo antes de ir embora.

— Isso foi incrível — disse Addie.

— Você está sendo um grande problema.

Ela sorriu, depois me seguiu à mesa de comida.

— Como assim?

— Acho que você deveria ser mais discreta com seu amor pelos humanos. Sem contar que eu já vi Jules observando seus passos após aquela história do controle de natalidade.

— O que eu posso fazer se aquela mulher é louca? — Eu a encarei, chateada, e ela suspirou. — Tudo bem. Sinto muito. Vou ser mais discreta. — E sorriu no momento em que peguei um pedaço de carne e coloquei no prato. — Viu como você é capaz de me colocar nos eixos?

Fiquei com vontade de rir, mas o peso que sentia no estômago não permitiria.

Ela olhou para o meu rosto, preocupada.

— Você está bem?

— Estou sim.

Abaixei a cabeça e segui para um local vazio. Ela se sentou ao meu lado, e os poucos Reboots à nossa direita nos observaram. Isaac estava entre eles, além da nova Reboot. Seus cabelos escuros estavam presos atrás da cabeça. Ela parecia não dormir há duas noites, mas percebeu meu olhar e um sorriso surgiu em sua boca. Ela me cumprimentou com um aceno de cabeça. Mas eu voltei minha atenção à comida, sem saber o que fazer com aquele contato visual.

— Eu posso saber qual é a sua opinião sobre ajudar os humanos? — perguntou Addie.

— Eu não pretendo ajudar — respondi, sem pestanejar. — Mas concordo com o aviso a Tony e Desmond. Callum vai tentar avisá-los esta noite.

— Isso é incrível. Eu já imaginava. — E olhou para mim. — Mas você não está chateada? Meu pai arriscou sua vida para que viéssemos para esta reserva, e, no final das contas, ela é administrada por um louco que pretende que tenhamos um monte de bebês e matemos todo mundo. Isso é uma droga.

— Você ficou realmente chateada com essa história dos bebês, certo?

— Isso é uma loucura. Eu estou sem fazer sexo por medo de que eles apareçam durante a noite e tirem o meu chip sem que eu perceba.

Addie abriu um meio sorriso, e eu gargalhei.

— Isso é um pouco exagerado.

— Eles estão loucos. Portanto, não acho que seja exagero. Você já checou o seu? Ou será que Micah fez com que você o tirasse?

Eu fiz que não com a cabeça.

— Não. Mas isso não importa.

— Como assim?

— Eu nunca...

Ele ergueu as duas sobrancelhas.

— Nunca? Nem com Callum?

— Não.

Passei os dedos sobre a minha camisa, bem no ponto em que ficavam minhas cicatrizes. Claro que eu já tinha pensado em fazer amor com Callum, e pensei nisso mais de uma vez desde que chegamos na reserva. E também estive pensando no que ele me disse, que gostaria de ver minhas cicatrizes se fizéssemos amor, e cheguei a imaginar que isso talvez não fosse tão ruim. Afinal de contas, eram apenas cicatrizes, nada mais.

Mais um nó se formou em minha garganta quando pensei que isso talvez nunca acontecesse. No entanto, eu rapidamente afastei tal pensamento.

— Por que não? — perguntou Addie.

— Eu sou... você sabe... estranha.

Ela gargalhou com mais vontade do que eu esperava.

— É mesmo. — E seu sorriso deu lugar a uma expressão mais séria. — Está tudo bem? E Callum, está tudo bem entre vocês?

— Está sim — respondi, mordendo um pedaço de carne e evitando seu olhar.

— Ele é louco por você, sabia? — perguntou ela, em tom suave, como se eu não tivesse respondido que estava tudo bem. — Eu vejo outras meninas olhando para ele algumas vezes, mas ele nem parece notar. Ele só tem olhos para você.

Pisquei os olhos, evitando as lágrimas que queriam surgir, e pigarreei.

— Sinto muito — disse Addie, e fez um gesto com a mão, lançando-me um olhar de compaixão. — Eu não tenho nada a ver com isso.

Comi outro pedaço de carne e deixei minha faca sobre o prato. Em parte, eu queria voltar para a minha tenda, mas, por outro lado, era bom ter alguém para conversar. Eu só percebi que gostava de conversar com Ever quando ela não estava mais por perto.

— Você e Micah passam muito tempo juntos — constatou Addie, baixinho.

— É...

— Ele já falou sobre os planos que tem?

— Não exatamente. Ele não confia em mim. Ele me dá arrepios, e acho que sabe disso.

Addie grunhiu.

— Entendo, e acho que não conseguiria passar tanto tempo ao lado dele. Eu ia surtar. — E fez um gesto para algo atrás de mim. — Mas ele deixa você entrar naquela tenda. E ele guarda seus planos ali, certo? Os esquemas e tudo o mais?

Fiz que sim, lentamente.

— Foi o que ele me disse.

— Você poderia pegar essas coisas um dia desses. Quando estiver saindo da tenda, por exemplo? Acho que seria bem útil.

Peguei minha faca e comecei a remexer o resto de carne no prato.

— Quem sabe — respondi, baixinho.

Eu não queria revelar os planos de Micah de matar os humanos nem o meu papel em detê-los. Isso me faria pensar em Callum.

Addie suspirou, como se estivesse desapontada. Eu senti vontade de lhe dizer: Bem-vinda ao clube.

Alguém bloqueou o calor do fogo. Ergui a cabeça. Era Isaac. Ele coçava os braços, como se estivesse nervoso, e pigarreou antes de se ajoelhar à minha frente.

— Nós pensamos — disse ele, fazendo um sinal com a cabeça em direção aos Reboots que estavam sentados ao seu lado — que vários outros Reboots surgirão após termos matado todos os humanos.

Fiquei olhando para ele, sem saber o que dizer.

— Eles vão acordar, da mesma maneira que nós acordamos, sem suas famílias e com vários loucos querendo ser seus amigos — murmurou ele.

Fiquei com vontade de rir, mas a expressão de Isaac era séria. Eu e Addie nos entreolhamos. O rosto de Addie era pura esperança.

Isaac se curvou ainda mais para perto de mim.

— Portanto, se os Reboots de Austin quiserem fazer alguma coisa para deter esse movimento, estamos com vocês.

TREZE

CALLUM

A AERONAVE COMEÇOU A DESCER QUANDO NOS APROXImamos de Austin, e Micah desligou as luzes, para que não fôssemos vistos. Eu me sentei nos fundos, perto de Riley, e Micah e Jules conversavam baixinho na cabine do piloto.

Recostei minha cabeça na parede de metal e fechei os olhos.

Por que você fica chateado com a morte de um humano, mas não se importa com o fato de eu ter matado dezenas deles?

As palavras de Wren não saíam da minha cabeça, exigindo minha atenção.

Por que você não estranha a minha falta de culpa quanto a isso?

No fundo, sempre imaginei que ela se sentisse culpada, mas simplesmente não demonstrasse. Talvez ela sentisse culpa mas nem percebesse.

Talvez você precise dar uma olhada em quem eu sou, não em quem você gostaria que eu fosse.

Passei as mãos pelos cabelos. Sim, eu gostava de Wren da maneira como era, mas também é verdade que sempre imaginei que ela mudaria quando estivéssemos longe da CRAH. Wren poderia demonstrar mais interesse pelas outras pessoas. Achei que ela iria adorar usar o que aprendera na CRAH para ajudar em vez de matar.

Dei uma olhada em Riley, ao meu lado, e pela primeira vez pensei que ele poderia conhecer Wren melhor do que eu. Ele a conhecia havia anos, desde que era uma novata.

Ele percebeu que eu o observava e me olhou, espantado.

— Como era Wren em seus tempos de novata? — perguntei, baixinho.

— Pequena. Quieta. — Ele fez uma pausa, pensativo. — Muito assustada.

— Muito assustada? — perguntei, cético.

— Sem sombra de dúvida — respondeu ele, sorrindo. — As pessoas não paravam de falar sobre seu número, e ela era muito jovem. Wren tinha ficado traumatizada por conta da maneira como morreu. Tanto que qualquer barulho um pouco mais alto a tirava do sério. Ela estava sempre escondida nos cantos e debaixo das mesas.

Meu peito doía tanto que era difícil respirar. Eu não conseguia imaginá-la dessa maneira. Mesmo aos 12 anos, era impossível imaginar Wren escondida debaixo de mesas, morta de medo.

— Pensei em não ficar com ela — disse Riley. — Eu queria o número alto, mas fiquei preocupado, pois talvez não conseguisse ser suficientemente duro com ela. Eu não me sentia adequado.

— É impossível imaginar uma coisa dessas — comentei, baixando os olhos.

— Claro que você pode imaginar — disse ele. — Você esteve por lá.

143

— Sim, mas aos 17 anos. E não treinei ninguém. Só fazia o que Wren me pedia.

E continuava fazendo. Na verdade, eu adoraria que ela aparecesse naquela aeronave e resolvesse salvar os humanos, dizendo-me exatamente o que eu deveria fazer.

Mas ela estava certa. Era *eu* quem queria salvá-los, quem precisava salvá-los. Portanto, eu deveria estar à frente dessa história. Se eu não desse o primeiro passo, todos terminaríamos atrás de Micah, entrando nas cidades para matar todo mundo. E interromper essa história não cabia a Wren, mas a mim.

Voltei minha atenção a Riley, e fiquei com a testa franzida ao perguntar:

— Se ela estava com tanto medo, por que você não parava de atirar nela?

Ele ficou claramente irritado.

— Eu fiz isso *porque* ela estava muito assustada. Ela teria morrido seis meses mais tarde se eu não a tivesse livrado do medo das armas. A CRAH não lhe dava desconto por conta dos seus 12 anos. E eu também não poderia dar. — Ele deu de ombros. — Você realmente gostaria de ser o cara que treinou a menina de 12 anos tão mal que ela acabou morta? Eu não poderia... — Riley fez que não com a cabeça e pigarreou. — E não aguentaria.

Encostei no assento, suspirando. Estava me sentindo um idiota completo. A maneira como ele contava a história fazia com que eu me sentisse obrigado a agradecer, não a sentir raiva dele.

— Quando fui embora, ela era uma pessoa completamente diferente — disse ele. — A Wren que eu conhecia nunca teria fugido.

— Você acha mesmo?

— Acho. Ela gostava de lá. Não apenas aceitava, ela *gostava*.

— Ele fez que não com a cabeça. — Pelo que sei, a sua vida humana era muito ruim. Em comparação, a vida na CRAH parecia boa.

Wren nunca me contou muito sobre sua vida humana. Eu cheguei a pedir alguns detalhes, e tudo o que consegui apurar era o mesmo que Riley me dizia: sua vida humana não fora nada boa.

Ele se apoiou na parede, fechando os olhos.

— Ela deve ter gostado muito de alguma coisa em você para partir — disse ele, abrindo um dos olhos. — Mas eu não sei o que poderia ser...

Deixei escapar um leve sorriso. Certas vezes, eu me esquecia de que Wren considerava a CRAH seu lar, e de repente pensei que ela nunca usara isso contra mim, pelo menos até então. Seria fácil para ela viver lembrando que me salvou (mais de uma vez), e talvez eu devesse algo a ela por isso. Sim, eu devia muito a ela.

Passei uma das mãos pelo rosto no exato momento em que a aeronave tocou o solo. Micah desligou os motores, e eu abri a fivela do meu cinto de segurança, ficando de pé. Eu carregava uma pistola na cintura e fui o único que não a empunhou ao sair da aeronave.

Estávamos muito perto de Austin, entre as árvores que eu e Wren utilizamos para nos esconder quando chegávamos de Rosa. Nós caminhávamos em silêncio em direção à cidade, Micah e Jules vários metros à frente, e Riley empunhando sua arma sempre que dava uma olhada ao redor. Ele mantinha o mesmo estilo de alerta que Wren, com metade do cérebro sempre atenta a coisas que eu não conseguiria ver nem ouvir. Era estranho que pessoas tão observadoras não fossem capazes de enxergar as emoções dos demais e de sentir empatia.

Quando a cidade de Austin apareceu adiante, olhei para o chão. Estava muito animado na última vez que vi aquela paisagem, com esperanças de voltar a ver os meus pais, querendo descobrir se eles sabiam que eu era um Reboot. Num primeiro momento, fiquei com medo de assustá-los, mas algo me dizia que eles superariam, me abraçariam e me pediriam para ficar em casa, em vez de ir à reserva.

Talvez, se tivéssemos êxito na missão de salvar os humanos, lutando contra Micah e contra a CRAH, eu escolheria outra cidade para morar, não Austin. Poderia ir para Nova Dallas, ou me mudar para o estado da morte com Wren. Permanecer em Austin não parecia uma ideia interessante.

Ao nos aproximarmos, comecei a ouvir o barulho suave da cerca elétrica da CRAH. Reconheci a área imediatamente, e não foi difícil localizar as folhas que cobriam o túnel que os rebeldes construíram, permitindo um acesso secreto de entrada e saída à cidade de Austin.

— Vamos esperar aqui — disse Riley, apontando para a entrada do túnel. — Eles não devem demorar.

Ninguém se sentou, relaxou nem abaixou suas armas. Eu movia o peso do meu corpo de um pé a outro, desconfortável. O bilhete pesava em meu bolso. Com cuidado, eu o peguei, guardando-o na palma da minha mão.

Ao ouvir um barulho logo atrás de mim, dei um salto e girei o corpo, empunhando minha arma. Os demais fizeram o mesmo, com Riley vindo na minha direção ao mesmo tempo em que os passos ecoavam no silêncio.

Fiquei sem respirar quando uma cabeça surgiu atrás das cercas, e um sorriso apareceu no rosto de Tony ao me ver.

Ele era um homem grande, sólido, com fios grisalhos em sua cabeleira negra. E carregava dois grandes vasilhames plásticos com combustível, parecendo verdadeiramente feliz ao nos ver. Riley abaixou sua arma, seguido por Jules, depois por Micah.

— Meu Deus, Tony! — exclamou Riley, respirando fundo. — Você quase nos matou de susto.

Tony sorriu.

— Peço desculpas. Não queríamos usar o túnel desta vez.

Desmond surgiu logo atrás dele, também carregando combustível. Minhas lembranças do tempo que passei com os rebeldes continuavam embaralhadas, mas eu sabia que eles nunca me olhavam da maneira como Tony estava me olhando. Ele me observava como se eu fosse um jovem humano de 17 anos, não um Reboot.

— Meu Deus — disse Desmond, em tom seco. — Eles trouxeram o cara que quis comer a gente.

Eu recuei.

— Sinto muito sobre isso.

Micah sorriu, movendo sua arma. Ele apertou a mão de Tony, e eu tentei não reparar muito no sorriso falso que lançava ao humano.

— Por que vocês não querem utilizar o túnel? — perguntou Jules, ressabiado.

Tony sorriu novamente. Ele parecia muito feliz por conta de alguma coisa, e eu me senti mal por ser obrigado a assustá-lo. Apertei o bilhete com ainda mais força na palma da mão.

— A cerca não está muito bem vigiada atualmente — disse ele, acenando com a cabeça na direção dela. — A CRAH está tendo problemas para controlar a população de Austin. Vários oficiais tiveram que ser mantidos lá dentro.

— O quê? — perguntei, olhando para a cidade à minha frente.

— As instalações continuam uma loucura — explicou Tony. — Eles ainda não conseguiram reabri-la, e isso significa uma falta de Reboots. Querem importar alguns de Rosa e Nova Dallas, mas é arriscado deixar essas cidades com poucos Reboots. Eles não têm pessoal suficiente, pois um bom número de oficiais debandou após aquela noite. Todos imaginavam que a 178 voltaria, e eles não queriam estar por perto.

Ergui as sobrancelhas. Na minha cabeça, libertar todos os Reboots de Austin causaria apenas uma perturbação passageira para a CRAH. Algo me dizia que eles repovoariam as instalações de Reboots em no máximo 24 horas.

— Não existem Reboots em Austin? — perguntou Riley. — Nenhum?

Tony fez um sinal de zero com seus dedos.

— Nenhum. Os moradores das favelas estão saltando a cerca para *rico*. Ninguém se preocupa com o toque de recolher. Conseguimos reunir algumas armas em nossas incursões, e armamos meia cidade. — E olhou para Micah. — Acho que chegou a hora.

Micah coçou o queixo.

— Pode ser.

Engoli em seco, olhando para Tony, depois para Micah.

— A CRAH foi obrigada a realocar oficiais de outras instalações em Austin — disse Tony, animado. — Estão mais fracos em todas as cidades. Wren já fez isso antes, e praticamente sem ajuda. Com ela, vocês poderiam atacar as quatro instalações sem qualquer problema.

O rosto de Micah estampou uma grande irritação. Apertei os lábios para não sorrir, e adorei o momento em que Micah ficou chateado ao perceber que Wren era melhor Reboot que ele. Melhor em vários sentidos, na verdade.

Mas ele rapidamente voltou a estampar um sorriso no rosto, e eu fiquei assustado ao perceber que Wren poderia ter se tornado uma pessoa como ele. Micah era o segundo número mais alto depois dela que eu conhecia. As suas habilidades eram parecidas; os dois tinham os mesmos modos calmos e frios. Eu queria que ela estivesse ali comigo, pois teria apertado sua mão e dito que ela era muito melhor do que Micah.

— Acho que deve ser questão de dias — disse Micah. — Todos estão treinados, prontos, e, graças a vocês, agora temos combustível para trazer todo mundo para cá.

Eu me retraí, e Desmond percebeu, ficando com uma expressão estranha no rosto. Por sorte, eu não seria obrigado a lhe contar as novidades pessoalmente. Ele poderia me matar.

— Vou passar uma mensagem de rádio amanhã, dando notícias sobre nossos planos — disse Micah. — Provavelmente, será depois de amanhã. Queremos ir a Rosa antes, e tomaremos as outras três instalações logo em seguida. Não queremos perder tempo.

— Parece que vocês têm mesmo um plano — disse Tony, apertando sua mão com força.

Riley e Jules pegaram o combustível e começaram a voltar pelo mesmo caminho que usamos ao chegar.

Rapidamente, assim que Tony começou a dar a volta, dei uns passos para trás.

— Queria agradecer — menti, estendendo a mão, com o bilhete pressionando contra minha palma — por você ter ajudado Wren a encontrar o meu antídoto.

— De nada, meu filho — respondeu Tony, apertando minha mão. E baixou os olhos ao sentir o papel, e, quando voltou a me encarar, uma parte da alegria tinha desaparecido dos seus olhos.

Rapidamente, eu baixei a mão. E com a mesma rapidez ele guardou o bilhete no bolso.

— Espero poder retornar o favor algum dia — disse eu, baixinho.

Ele assentiu. Quando me virei, notei que Micah me observava. Não havia qualquer expressão legível em seu rosto. Seus olhos me seguiam, e eu senti um jorro de nervosismo tomando conta do corpo.

— Aqui — disse Riley, com um vasilhame de combustível estendido na minha direção.

Peguei e segui os seus passos.

Micah pegou um vasilhame das mãos de Jules, com um sorriso estampado no rosto.

— Chegou a hora, finalmente.

QUATORZE

WREN

EU ME VIREI AO OUVIR O SOM DE UMA AERONAVE. SENTI um alívio no peito. Estava quase amanhecendo, e eu não dormia desde minha discussão com Callum. Em parte, eu sabia que ele estava bem treinado e que seria completamente capaz de cuidar de si mesmo, mas, por outro lado, era uma angústia não ter ido com ele, pois, assim, poderia me certificar de tudo.

Alguns minutos mais tarde, ele abriu a entrada da tenda e me encarou. Fiquei surpresa.

— Oi — disse ele, em tom suave, e entrou. — Você está acordada?

— Não consegui dormir. Deu tudo certo?

Ele assentiu e se sentou ao meu lado.

— Deu. Entreguei o bilhete a Tony.

E ficou me olhando por um momento, com uma expressão séria no rosto. Engoli em seco e esperei pelo pior.

Ele passou uma das mãos entre os meus cabelos e ergueu o meu rosto, plantando um beijo suave nos meus lábios, que recebi com um suspiro de surpresa.

— Ontem à noite, eu estava pensando que talvez não seja justo dizer como você deveria se sentir — começou ele.

Eu pressionei uma das mãos sobre o peito de Callum, brincando com o tecido da sua camisa. Eu não sabia o que dizer, por isso fiquei calada. Sim, talvez fosse injusto.

— Eu gosto de você porque você é divertida, forte, diferente e...

— Chega — pedi, aproximando minha cabeça do seu peito. Minhas bochechas queimavam.

— Foi você quem me acusou de não gostar da sua verdadeira personalidade — argumentou ele, rindo. — Eu só estou fazendo uma lista do que eu gosto.

— Eu sei. Mas estou arrependida.

Ele sorriu, pousou uma das mãos sob o meu queixo e ergueu o meu rosto.

— Tudo bem.

E beijou minha bochecha, depois me encarou.

— Não me importo se você matou pessoas, pois era apenas a sua obrigação — disse ele. — Da primeira vez que foi obrigada a matar inocentes, você ficou horrorizada. Você não se valoriza o suficiente. Eu estava observando Micah ontem à noite, pensando que você poderia ter virado uma pessoa igual a ele. Mas isso não aconteceu. — E ele acariciou os meus cabelos. — Não mesmo.

Engoli em seco e abri minha boca para perguntar se ele tinha certeza. Mas ele colou novamente seus lábios nos meus, e eu enrosquei meus braços em seu pescoço e pressionei meu corpo contra o dele.

— Sinto muito. — Eu me desculpei, embora não conseguisse me livrar do seu beijo. — Você sabe que eu vou ajudar, certo? Sei que é importante para você.

Aquilo *não* era importante para mim, e eu sentia o peso desse fato se impondo entre nós. Porém, se o que ele dizia era verdade, se realmente não ditaria o que eu deveria sentir, talvez tudo ficasse bem.

— Eu sei — disse ele. — E agradeço por isso.

Depois me beijou novamente, dessa vez com mais urgência, e eu passei minhas mãos pelos seus cabelos, sentindo seu corpo roçando contra o meu. Aquela era uma rotina de todas as noites, mas eu percebia algo diferente. Meu coração batia mais forte, aliviado, mas com resquícios de tristeza.

Os dedos de Callum traçavam os contornos do meu rosto, chegando ao meu pescoço, mas eu não me preocupei em ficar tensa, como sempre acontecia quando ele atingia o colarinho da minha blusa. No entanto, ele não tocou a minha blusa nem o meu peito (e nunca faria isso, pois esperava o dia em que eu desse um sinal verde). Em vez disso, ele passou os braços pelas minhas costas e aproximou ainda mais os nossos corpos.

Enterrei meu rosto nos seus ombros, deixando escapar um longo suspiro e fechando os olhos.

Acordei com Callum ainda dormindo, e isso era tão raro que nem ousei me mover, para não despertá-lo. A luz do sol que entrava pelas brechas da tenda era intensa, e algo me dizia que tínhamos dormido até quase o meio-dia.

Callum se espreguiçou cerca de meia hora mais tarde, me procurando com seus braços, como fazia todas as manhãs.

— Que bom que você está aqui — sussurrou ao meu ouvido, com voz ainda sonolenta.

— E onde mais eu poderia estar? — perguntei, sorrindo.

Ele pousou a palma de uma das mãos nas minhas costas, lançando tremores pela minha espinha.

— Em lugar nenhum. Mas eu precisava dizer isso. Sempre fico feliz quando você está aqui.

Um sorriso tomou conta do meu rosto. Eu me inclinei para beijá-lo.

Gritos e uma intensa correria explodiram de repente ao nosso redor. Eu me sentei. Aqueles gritos não eram normais. Eram gritos de pânico.

Saindo da tenda, calcei meus sapatos. Callum me seguiu. Os Reboots se dirigiam à fogueira. Beth passou correndo ao meu lado, sua expressão era de fúria.

— O que está acontecendo? — gritei, começando a correr.

— É Addie! — respondeu ela, olhando para mim.

Senti meu estômago se revirando, pensei no dia em que Ever morreu. Fora mais ou menos assim, com as pessoas correndo, em pânico. E quando consegui chegar perto, era tarde demais.

Comecei a me apressar, passando à frente dos demais Reboots, contornando algumas tendas.

E parei.

Era Addie. Dependurada no meio do acampamento. Seus pulsos estavam atados com cordas a uma tora de madeira, seus pés balançavam no ar. Sua camiseta estava coberta de sangue, a cabeça caída sobre o peito. Uma multidão, formada sobretudo por Reboots do acampamento, reuniu-se à sua volta. As expressões eram duras. Mas ninguém se aproximava para ajudá-la.

Micah estava parado à sua frente, com Jules ao seu lado. Ela segurava um grande pedaço de madeira nas mãos.

Meu coração batia pesado. Estaria morta?

Ela moveu a cabeça, e eu senti um alívio tão repentino e poderoso que quase desmaiei.

— O que...

E olhei para Beth, que corria em direção a Micah, com os punhos no ar.

— Para trás! — gritou ele, postando-se à frente de Addie, furioso. Beth parou de repente, e ele a encarou, apontando para a multidão. — Volte para lá!

Ela o ficou observando durante alguns segundos, depois voltou, murmurando alguma coisa aos Reboots próximos. Todos repassavam uma mensagem rapidamente, seus corpos estavam acesos, eles pareciam prontos para a luta. Até certos Reboots da reserva derem um passo à frente, com expressões raivosas, duras.

— Mantenha essas feridas abertas! — gritou Micah, girando para encarar Addie.

Jules fez que sim com a cabeça e ergueu a enorme tora de madeira. Depois bateu em Addie com tanta força que eu ouvi um estalo.

A raiva explodiu no interior do meu peito, e eu comecei a limpar o meu caminho de Reboots. Passei cinco anos acatando ordens e vendo pessoas de quem eu gostava sendo mortas ou feridas. Eu estava cansada disso.

Micah percebeu que eu me aproximava, e franziu os olhos. Seus ombros ficaram tensos. Ele estava pronto para a batalha.

Parei bem na frente dele, respirando fundo antes de perguntar:

— O que ela está fazendo aí?

E o encarei, com medo de perder o controle da situação e arrancar a cabeça dele, caso olhasse para Addie.

— Eu não tolero esse papo de rebeldia e salvação de humanos — disse ele, finalmente. — Recrutar Reboots para salvar humanos é inaceitável.

Olhei para a multidão. Alguém em quem ela confiava traíra sua amizade. Olhei para Isaac, que tinha uma expressão de horror estampada no rosto, assim como todos à sua volta. Eles não mentiam quando diziam que estavam do nosso lado.

Olhei para Micah e inclinei a cabeça.

— Você não tolera *papo*? Sério?

Ele trincou a mandíbula, depois respondeu:

— Não. Trair os Reboots foi a pior coisa que já vi acontecer nesta reserva. Aliás, nem sei se essa punição é suficiente. — E acenou na direção de Addie.

Um jorro de culpa tomou conta do meu peito no exato momento em que pensei em minha conversa com Addie na noite anterior. E o pior é que eu tinha respondido com meias palavras quando ela me perguntou sobre os tais esquemas. E não demonstrei interesse em ajudá-la, nem mesmo em ajudar Callum, a se aproximar de ninguém, mesmo sabendo que a ira de Micah seria atiçada se ele ouvisse qualquer coisa sobre isso. Por que não ajudei? Teria sido tão complicado? Os Reboots de Austin confiavam em mim quando chegamos ali; deveria ter me mantido ao lado deles.

Uma brisa tomou conta da reserva no momento em que eu disse, calmamente:

— Tire ela daí.

— Não.

— Já deixou clara a sua opinião. Agora tire ela daí.

Ele deu um passo à frente, aproximando-se de mim, e eu fui obrigada a erguer o rosto para encará-lo.

— Já disse que não. Será que deveria pendurar você também?

— Quer tentar? Eu adoraria ver isso.

Com o canto dos olhos, percebi que os Reboots se aproximaram de mim, querendo demonstrar apoio. Querendo *me* apoiar. Micah percebeu a mesma coisa, e sua expressão foi tomada pela raiva.

Ele olhou para trás.

— Bate mais uma vez nela.

Minha visão ficou vermelha, e me atirei para cima dele, atingindo seu peito com as palmas das mãos. Ele caiu no chão, gritando, e eu saltei quando ele tentou agarrar minhas pernas. Ele estava tentando se levantar, por isso cravei meu joelho em seu queixo e ele cambaleou, sangue jorrando da boca.

Eu montei em cima dele e passei meu braço ao redor do seu pescoço, enfiando sua cara na poeira do chão. E me aproximei do seu ouvido para dizer, bem alto:

— Vou tirar Addie de lá. E você vai ficar sentado aqui, sem atrapalhar. Caso contrário, será o próximo a ser pendurado.

Soltei seu pescoço, e ele arquejou no momento em que me levantava. Eu me aproximei de Addie e, com o canto do olho, vi que alguns Reboots apontavam suas armas. Fiz que não com a cabeça, e ele se afastaram.

Jules ergueu sua tora de madeira quando me aproximei, mas Micah a afastou.

— Esquece — disse ele.

Os meus dedos relaxaram, e alívio tomou conta de mim. Dei uma rápida olhada em Micah, que continuava sentado no chão empoeirado, com sangue saindo da boca. Seu rosto era sério, mas não raivoso, e isso me deixou nervosa.

Engoli em seco e olhei para Addie, tirando uma faca do bolso. Suas feridas recentes ainda não estavam curadas, e por isso ela mal podia abrir os olhos quando me aproximei.

Um de seus ombros estava claramente deslocado, e a parte de trás da sua blusa, rasgada de tantos golpes, cheia de sangue. Ela ficou ali um tempo, talvez tenha sido espancada antes de ser posta em evidência. Seus pulsos estavam vermelhos, as feridas das cordas provavelmente voltaram a abrir logo após terem curado. Os nós eram apertados. Suas mãos pareciam púrpura por falta de circulação.

Subi no banco que eles devem ter usado para pendurá-la, passei uma das mãos ao redor de sua cintura e comecei a cortar a corda. Ela mexeu o corpo, respirando fundo, enquanto eu soltava uma de suas mãos. Quando cortei a outra corda, ela caiu em cima de mim, e eu rapidamente segurei seu outro braço para equilibrá-la.

— Obrigada — sussurrou ela no meu ombro, e os soluços começaram a sacudir o seu corpo.

Eu me virei ao ouvir o som de passos. Era Callum, que parou bem ao meu lado. Seu rosto exalava muita raiva e preocupação, além de algo que eu não via com muita frequência. Ele estava orgulhoso de mim.

— Deixa comigo — disse ele, passando um dos braços ao redor da cintura de Addie. Eu dei um passo atrás e permiti que ele a segurasse.

Desci do banco e segui Callum em direção aos fundos da reserva, onde ficava a tenda de Addie. Dei uma olhada para trás e vi uma fila de Reboots, liderados por Beth, que nos acompanhavam. Micah continuava no chão, com um dos braços envolvendo os joelhos, me observando. Sua expressão era dura, seu peito arfava, e ele não tirava os olhos de mim.

QUINZE

CALLUM

PAREI BEM NA FRENTE DA TENDA QUE ADDIE DIVIDIA COM outras pessoas, e bem lentamente deixei-a no chão. Abri a entrada e estendi minha mão para ajudá-la a entrar, mas ela me ignorou e fez um gesto para que Wren colocasse seu braço no lugar. Eu estremeci, mas Addie não deu nenhum pio.

Ela acenou para Wren, agradecendo, e pressionou as pernas contra o peito. As feridas em seus punhos cicatrizavam, mas ela começou a chorar, apoiando a testa nos joelhos.

— Toma — disse Beth, entregando uma toalha limpa e úmida a Wren.

Ela pegou a toalha, hesitou por um momento, mas depois se ajoelhou ao lado de Addie e limpou o sangue dos seus braços.

Alguns Reboots observavam a distância, conversando baixinho. Outros corriam entre as tendas, com roupas e suprimentos nos braços. Era como se nossa estadia na reserva tivesse chegado ao fim.

Addie fungou o nariz, e, sendo a única pessoa com um número inferior a sessenta por ali, comecei a dizer algo reconfortante.

— Sinto muito — desculpou-se Wren, baixinho, limpando o sangue com a toalha. — Eu deveria...

E olhei para ela, surpreso. Eu não sabia muito bem por que Wren "sentia muito", embora tenha vibrado quando ela derrubou Micah para salvar Addie.

Addie fez que não com a cabeça, esfregando os olhos.

— Não, isso foi uma estupidez. Eu contei a muitos Reboots sobre o nosso plano. E fiquei animada quando Isaac se aproximou da gente.

Eu ouvi passos atrás de mim e girei o rosto. Era Riley, com uma expressão alarmada.

— O que está acontecendo? Micah deixou Jeff e Kyle parados na frente de sua tenda, e tudo indica que os Reboots de Austin estão prestes a atacar.

— Beth, você poderia começar a espalhar a notícia de que nós vamos embora? — pedi, olhando para Wren, em busca de confirmação. -- Não importa para onde, mas temos que partir imediatamente.

Ela fez que sim, concordando. Eu não lhe contara nada sobre Austin. Ela não sabia que aquele poderia ser o melhor momento para entrar na cidade e surpreender a CRAH.

Um tiro rompeu o silêncio da reserva, e eu dei um salto, olhando à minha volta, querendo saber de onde viera. Beth correu na direção do barulho, levantando poeira, e Wren ficou de pé, tirando a faca no bolso.

Ela ajudou Addie a se levantar e apontou para sua tenda.

— Você está bem? Seria capaz de pegar suas coisas bem rapidinho?

Addie assentiu e despareceu no interior da tenda.

Wren olhou para Riley.

— E você, vem conosco ou fica com Micah?

— Vou com vocês — respondeu ele, sem hesitar, e um sorriso se desenhou nos lábios de Wren.

— Sendo assim, aproxime-se de Kyle e Jeff para que a gente possa pegar algumas armas naquela tenda.

E olhou para mim, assim que Riley foi embora.

— Para onde vamos?

Quase abri a boca para perguntar a Wren para onde ela gostaria que fôssemos. Porém, deixando nas mãos dela, nós nos afastaríamos ao máximo dos humanos. E eu a entendia, e não poderia exigir que ela nos liderasse em uma batalha da qual não tinha qualquer interesse em participar.

Respirei fundo e respondi:

— Eu... tenho uma ideia.

— E qual é?

— Como Tony me disse que não existem Reboots em Austin, nós poderíamos pegar uma aeronave e lutar contra a CRAH, o que seria bem fácil. E se os humanos nos ajudassem...

Ela ergueu as sobrancelhas, como se duvidasse das minhas palavras.

— Eu sei que você não quer voltar para as cidades, mas...

— Não. Vamos — me interrompeu ela, seguindo em direção à nossa tenda.

Pisquei os olhos, correndo atrás dela.

— Você tem certeza? Porque se...

— Callum, uma pessoa aqui tem um plano — disse ela, me encarando. — E essa pessoa é você. Portanto, vamos arrumar tudo. Eu vou pegar as nossas coisas, e você poderia ajudar Riley com as armas.

Eu sorri, uma felicidade tomou conta do meu corpo completamente, e lhe dei um beijo.

— Nos vemos em poucos minutos.

DEZESSEIS

WREN

APÓS DEIXAR CALLUM, ENTREI NA TENDA E OUVI UM BARULHO bem atrás de mim. Depois senti que alguém tocava minha nuca.

E depois um estalo.

E tudo ficou paralisado.

Meus olhos foram cobertos por alguma coisa, e eu tentei gritar, mas alguém amarrou um tecido que tapou minha boca, prendendo-o firme na parte de trás da minha cabeça.

Tentei lutar, mas meu corpo não se movia.

O resto de luz que chegava aos meus olhos sumiu de repente, e meu rosto foi pressionado contra meus joelhos. Logo depois, fui envolvida em algum tipo de tecido.

Eu estava dentro de um saco. Tentei gritar, mas não podia sequer respirar. Tentei guardar oxigênio no interior das minhas narinas, mas era impossível. E comecei a entrar em pânico.

E tudo ficou preto.

— É possível matar um Reboot por falta de oxigênio?

Tentei piscar os olhos, mas eles não cooperavam.

— Não. — Era a voz de Micah. — Pode confiar em mim, eu passei por essa experiência.

Respirei fundo, e Micah sorriu.

— Viu? — perguntou ele. — Ela está bem.

— Eu não ficaria triste se ela morresse — disse Jules.

— Micah não mata Reboots. Ele é superior aos humanos nesse sentido.

Essa era a voz de Addie, em tom de desdém.

Reconheci os sons ao nosso redor. E também o ar rarefeito, além do zumbido de um motor.

Abri meus olhos. Estávamos em uma aeronave.

Micah e Jules ocupavam assentos Reboot, com armas em seus colos. Addie estava sentada no chão, bem na minha frente, com uma corda atada ao redor do peito.

Olhei para baixo. Meus braços estavam firmemente presos ao meu torso, mas alguém tirara a mordaça da minha boca.

Olhei novamente para Addie. Ela mantinha o pânico sob controle, mas seu peito arfava e seus olhos pareciam enormes quando ela me encarou.

E Callum? Eu olhei em volta, tentando ver o resto da aeronave. Estava vazio. Éramos os quatro e quem estivesse pilotando.

— Eu avisei que morar na reserva era um privilégio — disse Micah.

Consegui, com esforço, me recostar na parede da nave.

— Mas nós estamos indo embora da sua estúpida reserva — retruquei.

— Eu já percebi. Sorte de vocês. Vou ajudá-las a fugir.

Tentei mover meu corpo contra a corda, mas foi impossível. Micah sabia que não deveria se arriscar comigo.

Eu o encarei.

164

— Callum? — perguntei, tentando manter o tom de voz calmo, mas ele tremeu, ainda que só um pouco.

Micah ergueu uma das sobrancelhas.

— Está vendo ele por aqui?

— Você o machucou?

— Quando diz "machucou", você está querendo dizer "matou"? — perguntou Micah. E inclinou o corpo para a frente, pousando os braços nas coxas. — Como disse sua amiga, eu não mato Reboots. Seu namorado está bem, e vou cuidar dele assim que voltar.

Por que não tinha levado Callum? Micah confiaria em Callum, mesmo após ele ter deixado bem claro que estava ao meu lado?

Talvez eu fosse a única que o desafiava abertamente... e Micah parecia ter um código moral estranho, e se aferrava a tal código.

E talvez Callum ainda não justificasse esse tipo de punição.

Respirei fundo e me forcei a acreditar nisso.

— Para onde vamos? — perguntei.

Micah sorriu ao se recostar no assento.

E não disse nada.

Nós voamos por um bom tempo. Muito tempo. Horas. Se estivéssemos indo para o sul, estaríamos perto das cidades, ou já teríamos passado delas. Se estivéssemos indo para o norte, eu não tinha a menor ideia de para onde seguíamos.

Meu estômago se revirou quando pensei nisso. Encontrar o caminho de volta seria complicado. Talvez impossível.

A aeronave diminuíra de velocidade, e Micah foi até o piloto, murmurando algo antes de voltar. Ele indicou Addie. Jules se levantou do seu assento e a agarrou pelos cabelos.

Micah me levantou, me puxando pelas cordas, e me girou. Eu fiquei de frente para ele. Atrás de mim, uma forte lufada de ar fez com que cabelos caíssem no meu rosto.

Eu olhei para a porta da aeronave. Jules aproximava Addie perigosamente do vazio. Do lado de fora não havia nada além do céu azul. O chão parecia muito pequenino de onde estávamos, e repleto de árvores.

Eles nos atirariam da nave? Tentei manter um ritmo normal de respiração, mas o pânico começava a tomar conta de mim.

Micah me levou à porta, agarrando o colarinho da minha camisa.

— Mande um beijo aos humanos que você tanto ama — disse Jules a Addie, com um sorriso estranho no rosto.

Eu senti algo em meus dedos e vi que a mão de Addie procurava pela minha. Agarrei sua mão com força, tentando vencer sua expressão de pânico com minha pretensa calma. Claro que não funcionou.

Micah aproximou seu corpo do meu e, assim, pode me encarar.

— Não bata com a cabeça — gritou ele.

E soltou meu colarinho, empurrando meu peito com as duas mãos.

Eu caí da aeronave, ao lado de Addie, com meus dedos entrelaçados com os dela.

DEZESSETE

CALLUM

NOSSA TENDA ESTAVA VAZIA. NOSSAS ROUPAS E LENÇÓIS empilhados em um canto.

E nenhum sinal de Wren.

Coloquei a cabeça para fora da tenda e estiquei o pescoço, franzindo a testa por conta do sol e dando uma olhada na reserva. Kyle e Jeff continuavam parados na entrada da tenda de Micah, e ganharam a companhia de uns 15 Reboots da reserva, grande parte deles +120.

Vários dos Reboots de Austin postavam-se ao lado de Beth, que estava próxima ao fogo, com as mãos na cintura. Eles pareciam estar realizando algum tipo de formação, os rostos estampavam medo e excitação.

Riley surgiu à frente de todos e veio na minha direção. Ele estava tenso, e não parava de olhar para o perímetro ao meu redor.

— Cadê Wren? — perguntou ele.

— Não sei. Ela foi atrás de você.

— Sério? — Nossos olhares se encontraram, e seu rosto estampou uma expressão de preocupação. — Há quanto tempo ela...

— Callum.

Girei o rosto e vi Isaac liderando um grupo de ao menos trinta Reboots da reserva. A Reboot nova, que Micah matara há pouco tempo, estava com eles, além de praticamente todos os -60.

— O que está acontecendo? — perguntou Isaac.

— Nós vamos embora — respondi, baixinho. Wren me dissera que Isaac se aproximara de nós, mas eu continuava sentindo um pouco de medo de que ficassem contra nós e se unissem aos Reboots que permaneciam na frente da tenda de Micah. — Nós vamos para Austin.

— O quê? Para *onde*? — perguntou Riley, lançando-me um olhar incrédulo.

— Nós vamos para Austin — repeti, olhando para Isaac. — A CRAH está perdendo a luta contra os humanos por lá. Nós vamos pegar em armas para conquistar a cidade. — E olhei para Riley. — Vocês ainda têm combustível para as aeronaves?

— Temos — respondeu ele, ainda confuso.

— Vamos encher o tanque das aeronaves e voar até lá. — Respirei fundo e olhei para os Reboots logo atrás de Isaac. Havia uns trinta, mais ou menos, e ainda contávamos com uma centena de Reboots de Austin. Juntos, poderíamos vencer os +120, mesmo que eles estivessem armados. — Você vai nos ajudar?

Isaac fez uma leve pausa, depois perguntou:

— Quando chegarmos a Austin, os Reboots poderão ir embora se quiserem? Ou seremos obrigados a lutar?

— Vocês são livres para fazer o que quiserem — respondi, mesmo esperando que todos resolvessem lutar.

— Tudo bem. Eu vou com vocês.

Pisquei os olhos ao ouvir sua rápida decisão.

— Sério?

— Sério — respondeu ele, e acenou aos Reboots que o seguiam. — Não sei quanto a eles, mas eu vou explicar o que está acontecendo, e pedir que decidam em uma votação.

— Se eles quiserem ajudar, diga que se unam a Beth e aos outros Reboots de Austin — expliquei, sorrindo para eles.

— Combinado. Tem alguém colocando combustível nas aeronaves?

— Ainda não.

— Eu faço isso. — E olhou para Riley. — Cadê o combustível?

Riley fez um gesto para que Isaac o seguisse ao portão da reserva, depois olhou para mim.

— Me avise quando encontrar Wren, certo?

Assenti e corri à tenda de Addie. Vários Reboots me olharam estranho quando passei, e percebi que a menina que não parava de andar com o bebê para cima e para baixo estava arrumando suas coisas freneticamente, junto a alguns amigos. Diminuí o ritmo, pensando que eles viriam conosco, mas ela me olhou estranho e eu dei um passo atrás.

E parei na tenda de Addie, abri a entrada e vi um Reboot jovem guardando suas roupas em uma bolsa.

— Você viu Addie? — perguntei.

— Não. — Ele me olhou. — Desde que a 178 a salvou.

Fechei a entrada da tenda, sentindo a preocupação invadindo o peito. Wren disse que ajudaria Riley. E não era comum ela não estar onde disse que estaria.

Saí correndo. Subi e desci todas as ruas da reserva, perguntando a todos se tinham visto Wren ou Addie. Mas ninguém as vira.

Quando voltava para perto da fogueira, o nó que se formava no meu estômago era cada vez mais forte.

Riley e Isaac estavam de pé, ao lado de Beth, e meu coração parou de bater quando vi a multidão ao lado deles. Eram todos os Reboots de Austin, além de vários Reboots da reserva. Nós seríamos uns cento e cinquenta, muitos mais do que eu esperava.

Kyle e Jeff continuavam na frente da tenda de armas, junto aos Reboots +120, armados. Eles tentavam manter suas expressões calmas, mas eu notava o medo estampado em certos rostos. Eles eram muito menos, e Micah não estava em nenhum lugar.

Olhei para Riley, com o coração na boca, quando vi a preocupação estampada em seu rosto, e também no de Isaac.

— O que foi? — perguntei, correndo e parando bem na frente deles.

— Micah e Jules estão desaparecidos. Ninguém sabe deles. — Isaac passou a mão pelos cabelos, suspirando. — E uma das aeronaves também desapareceu.

Meu corpo ficou congelado, e tentei manter o tom de voz firme.

— Eles levaram as duas.

— Acho que sim — disse Riley.

— Para onde?

— Sei lá — respondeu Riley, franzindo a testa, depois fazendo um gesto para que eu o acompanhasse. — Vamos. — E olhou para Beth. — Espere um pouco. Eu aviso.

Beth fez que sim, e o meu peito arfava enquanto eu corria ao lado de Riley. Não era Wren quem deveria estar em perigo. Nada, nunca, deveria ter acontecer a ela.

— Toma — disse Riley, me entregando uma pistola. — Eu só posso armar umas dez pessoas com o que tenho, mas talvez seja suficiente.

Eu não disse nada e segurei o cano da pistola.

— Está carregada — avisou ele. — Você poderá precisar em pouco tempo. Eu acho que as coisas vão ficar feias.

Fiz que sim ao guardar a arma no meu bolso. Se Micah levara Wren, as coisas ficariam *muito* feias.

Eu e Riley paramos na frente de Kyle, que estava com a testa suada, embora soprasse um vento frio no acampamento. Ele agarrou sua arma com força e moveu os ombros enormes, olhando para o grupo de Reboots atrás de nós.

Ele me ignorou, com sua atenção focada em Riley, que seria uma espécie de superior para ele. Engoli em seco por conta da vontade de agarrar seu pescoço e exigir que nos contasse tudo.

— Está faltando uma aeronave — disse Riley.

— É — concordou Kyle.

— E o que Micah e Jules estão fazendo com ela? — perguntou Riley, mantendo o tom de voz calmo e equilibrado.

Kyle se contorceu um pouco.

— Micah volta ainda esta noite.

— Após ter feito o quê?

Kyle nos observava, mudo.

— Um lançamento? — perguntou Riley, baixinho.

Eu o encarei. O que seria um "lançamento"?

— É isso mesmo — disse Kyle, com os lábios se curvando ao me dizer: — Certa vez, Micah lançou uns Reboots que se comportaram mal em terreno de caça. Mas isso foi há anos. No entanto, eu sei que algumas pessoas ficaram apreensivas por aqui.

— O quê? Onde é isso?

Riley olhou para Kyle, querendo uma resposta, mas ele deu de ombros.

— Micah disse que estudaria o caso. Ele não tinha certeza.

— Eles costumam ficar perto de Austin — disse Riley. — A maior parte dos Reboots que escaparam vieram de lá.

— É — concordou Kyle —, e com a situação em que se encontram os humanos em Austin...

A CRAH deveria ter colocado caçadores em vários pontos, para lidar com os humanos que tentassem escapar.

Riley olhou para mim, mas eu continuava olhando para Kyle. Ele sabia que Micah estava levando Wren, mas não tentou impedi-lo.

Dei um passo à frente, franzindo a testa.

— O que acontece quando ele atira Reboots em território de caça? — perguntei, lentamente.

— Os caçadores devolvem os Reboots à CRAH — respondeu Kyle, olhando diretamente para mim. — No entanto, eu não tenho certeza. Pois nenhum deles voltou para contar.

Dei um leve passo para trás. Transformei as mãos em punhos. Golpeei.

Kyle foi ao chão, e uma leve dor subiu pela minha mão, chegando ao meu braço. Eu nunca atingira alguém com tanta força.

Segundos mais tarde ele já estava de pé, mas eu lancei um novo soco. Golpeei seu queixo, e ele voltou a cair.

Virei o rosto e olhei para Riley, que estava com as sobrancelhas erguidas, incapaz de mascarar sua surpresa. Ele fez um sinal com a mão, e eu ouvi o som de mais de uma centena de Reboots correndo.

Eu queria bater novamente em Kyle, mas respirei fundo e tentei evitar o pânico que se instaurava em minha mente. Wren teria feito exatamente isso. Ela teria sido racional. Teria se mantido calma.

Empunhei minha arma ao ouvir os Reboots parando logo atrás de mim. Mantive os olhos fixos em Kyle.

— Você não vai querer ficar no meu caminho.

DEZOITO

WREN

EU NÃO PODIA ME MOVER.

Julgando pela dor que irradiava pelo meu corpo eu teria quebrado mais ossos do que imaginava. E algo me dizia que um deles era um osso importante do pescoço ou da coluna, pois eu estava paralisada. Com o canto do olho, vi uma de minhas pernas dobrada de maneira estranha.

O sol atingia minha cara, bem baixo no céu. Era fim de tarde, e o clima era mais ameno do que na reserva. Isso me fez pensar que Micah poderia ter nos levado para o sul... ou seria para o oeste?

Engoli o pânico que subia minha garganta e tentei localizar Addie, mesmo com minha visão limitada. Eu estava em uma rua, com asfalto e cascalhos ao meu redor. À minha direita havia um edifício completamente branco, à esquerda outro de tijolinhos, e os dois eram os mais altos que eu jamais vira. Micah nos atirara em uma das cidades?

— Addie! — gritei. — Addie!

Mas só ouvi o silêncio. Respirei fundo e fechei os olhos. Ela poderia ter caído longe demais para me ouvir.

A dor que eu sentia atingia níveis que quase me fizeram gritar, e isso significava que eu estaria a ponto de me curar. Suspirei e tentei me concentrar em qualquer outra coisa. Em Callum. Em Addie. Em socar a cara de Micah.

De repente, comecei a conseguir mover minhas mãos, e lutei para ficar sentada, mesmo com uma corda atada à minha cintura. O impacto da queda diminuíra a intensidade da tensão da corda, e eu consegui soltar meus braços e retornar minha perna à posição normal.

Franzi a testa ao ver a cena à minha frente. Eu estava no meio da rua, com edifícios altos e árvores entre eles. No entanto, o local estava completamente deserto. Jules dissera: "Mande um beijo aos humanos que você tanto ama", e isso deveria significar que nos atiraria em uma área repleta de humanos.

Mas eu não via nenhum. Na verdade, eu não via qualquer sinal de vida por ali.

Um minuto mais tarde, consegui me levantar e girei o corpo, procurando por Addie. Considerando que se tratava de uma 39, ela provavelmente se curaria bem mais lentamente do que eu. Ainda deveria estar caída em algum lugar.

Mas não estaria morta. Sem dúvida não.

Só de pensar em Addie morta eu entrei em pânico. Ela não poderia estar morta.

— Addie? — chamei, girando meu corpo.

Se ela tivesse caído no topo de um prédio, poderia me ver lá de cima. Acenei e me virei novamente o corpo. Algo parecido a uma aeronave CRAH chamou minha atenção no final da rua, e meu coração disparou. Procurei minha arma.

E percebi: as aeronaves CRAH não eram daquela cor. Todas as aeronaves CRAH eram pretas, e aquela era vermelha, além de estar com a parte da frente completamente amassada.

Era um carro. Mas a CRAH banira todos os carros quando construíram a República do Texas. Movi minha cabeça, girando-a lentamente. Estaríamos em uma das cidades antigas?

Vi uma cabeça se levantar de repente e quase gargalhei ao notar que Addie erguia um braço, acenando para mim. Corri à esquina do edifício de tijolos e fiquei de joelhos ao lado dela, dando uma rápida olhada no seu corpo. Ela estava suja, sua calça preta estava coberta de poeira e ramos de árvores que provavelmente arrancara ao cair. Um de seus braços parecia quebrado, o seu rosto sangrava. Havia um caroço gigante em uma de suas bochechas. Ela apontou para o próprio rosto e fez que não com a cabeça.

— Você quebrou a mandíbula? — perguntei.

Ela fez que sim. Deixei escapar um breve suspiro de alívio e fiquei de pé, pousando as mãos na cintura e dando uma olhada ao redor. Eu precisava adivinhar que direção...

Uma van da CRAH acelerava em nossa direção.

Dessa vez, era verdadeira.

Ela percorreu a colina zunindo e se aproximou de nós, driblando os buracos ao descer a rua.

— Levanta!

Segurei os braços de Addie e ajudei que se levantasse. Ela cambaleou um pouco, depois grunhiu ao apoiar os pés no chão. Seus olhos ficaram arregalados quando viram o veículo.

Eu me aproximei da esquina à minha frente, com Addie ao meu lado. Movi a cabeça para os dois lados quando nos aproximamos de uma rua larga, mas não vi nada além de edifícios altos e alguns carros abandonados. Escondido em um dos prédios avistei uma espécie de mapa, mas estava muito distante. Apalpei meus bolsos em busca de uma arma, mas Micah ficara com minhas pistolas e minha faca.

Demos a volta em uma esquina quando a van apareceu à nossa direita e veio em nossa direção. Se eles descessem da van eu talvez conseguisse derrotá-los e pegar uma de suas armas...

Mas grunhi quando algo afiado atingiu meu pescoço. Addie fez um barulho parecido quando uma agulha mergulhou na mesma parte do seu corpo.

A van parou bem do nosso lado, com a porta lateral aberta. Dois homens desceram do veículo empunhando armas.

Ao meu lado, Addie deixou escapar um grunhido quando cordas amarram seus tornozelos. Eu via estrelas e mal consegui me esquivar de uma segunda corda. O que eles teriam nos aplicado?

Tirei a agulha do meu pescoço e joguei-a no chão quando um dos homens apontou sua arma para o meu rosto.

O mundo parecia girar quando agarrei o cano da arma, erguendo-a tão rapidamente que atingi o queixo do homem. Segurei a arma e atirei para todos os lados. Uma névoa começava a invadir minha mente, eu não conseguia ver muito bem o meu alvo.

Enxerguei brevemente a figura imóvel de Addie. Ela estava caída no chão. Pouco depois, eu também caí, e ouvi meu braço estalar. Senti alguém agarrando meu pescoço e a arma que estava em minhas mãos. A escuridão era cada vez maior, nascendo nos cantos do meus olhos e tomando conta da minha visão.

Um rosto humano surgiu à minha frente. Eu ergui minhas mãos, empurrando sua barriga, apontando a arma para seu peito.

O corpo dele deu um baque ao cair. Depois, o silêncio. Meus olhos se fecharam.

Acordei com o sol nascendo por trás dos prédios. Abri e fechei meus olhos algumas vezes antes de conseguir mantê-los abertos. Imediatamente, senti uma pressão sobre uma de minhas pernas.

Meu braço doía enquanto eu tentava me erguer apoiada nos cotovelos. Uma rápida olhada revelou que ainda continuava quebrado. Meu pescoço queimava no ponto em que fora atingido pela agulha, e eu olhava para o sol, confusa. Ele estava bem mais alto no céu. Teria nascido havia pelo menos uma hora.

A pressão na minha perna era resultado de um humano morto caído em cima de mim, e eu me esquivei dele. O outro humano morto estava caído ao lado da van. Rapidamente, encontrei Addie um pouco além. Suas pernas formavam um ângulo estranho, mas sua mandíbula parecia curada. Toquei o seu ombro, mas ela não se moveu.

Saltei os buracos da estrada e abri a porta traseira da van. O motorista tinha acelerado, batido de frente em um prédio, e seu corpo estava preso ao volante. Ele estava morto. Fora ele, não havia mais humanos no interior do veículo.

Encontrei duas armas lá dentro. Peguei as duas e voltei para junto dos humanos. Cada um deles carregava uma arma, e um deles tinha também uma faca. Fiquei com tudo.

Meu braço ainda queimava quando guardei as armas nos meus bolsos, e franzi a testa ao tocar na marca da agulha no meu pescoço. O que Micah me dissera sobre as drogas que a CRAH lhe injetara?

edifícios altos e alguns carros abandonados. Escondido em um dos prédios avistei uma espécie de mapa, mas estava muito distante. Apalpei meus bolsos em busca de uma arma, mas Micah ficara com minhas pistolas e minha faca.

Demos a volta em uma esquina quando a van apareceu à nossa direita e veio em nossa direção. Se eles descessem da van eu talvez conseguisse derrotá-los e pegar uma de suas armas...

Mas grunhi quando algo afiado atingiu meu pescoço. Addie fez um barulho parecido quando uma agulha mergulhou na mesma parte do seu corpo.

A van parou bem do nosso lado, com a porta lateral aberta. Dois homens desceram do veículo empunhando armas.

Ao meu lado, Addie deixou escapar um grunhido quando cordas amarram seus tornozelos. Eu via estrelas e mal consegui me esquivar de uma segunda corda. O que eles teriam nos aplicado?

Tirei a agulha do meu pescoço e joguei-a no chão quando um dos homens apontou sua arma para o meu rosto.

O mundo parecia girar quando agarrei o cano da arma, erguendo-a tão rapidamente que atingi o queixo do homem. Segurei a arma e atirei para todos os lados. Uma névoa começava a invadir minha mente, eu não conseguia ver muito bem o meu alvo.

Enxerguei brevemente a figura imóvel de Addie. Ela estava caída no chão. Pouco depois, eu também caí, e ouvi meu braço estalar. Senti alguém agarrando meu pescoço e a arma que estava em minhas mãos. A escuridão era cada vez maior, nascendo nos cantos do meus olhos e tomando conta da minha visão.

Um rosto humano surgiu à minha frente. Eu ergui minhas mãos, empurrando sua barriga, apontando a arma para seu peito.

O corpo dele deu um baque ao cair. Depois, o silêncio. Meus olhos se fecharam.

Acordei com o sol nascendo por trás dos prédios. Abri e fechei meus olhos algumas vezes antes de conseguir mantê-los abertos. Imediatamente, senti uma pressão sobre uma de minhas pernas.

Meu braço doía enquanto eu tentava me erguer apoiada nos cotovelos. Uma rápida olhada revelou que ainda continuava quebrado. Meu pescoço queimava no ponto em que fora atingido pela agulha, e eu olhava para o sol, confusa. Ele estava bem mais alto no céu. Teria nascido havia pelo menos uma hora.

A pressão na minha perna era resultado de um humano morto caído em cima de mim, e eu me esquivei dele. O outro humano morto estava caído ao lado da van. Rapidamente, encontrei Addie um pouco além. Suas pernas formavam um ângulo estranho, mas sua mandíbula parecia curada. Toquei o seu ombro, mas ela não se moveu.

Saltei os buracos da estrada e abri a porta traseira da van. O motorista tinha acelerado, batido de frente em um prédio, e seu corpo estava preso ao volante. Ele estava morto. Fora ele, não havia mais humanos no interior do veículo.

Encontrei duas armas lá dentro. Peguei as duas e voltei para junto dos humanos. Cada um deles carregava uma arma, e um deles tinha também uma faca. Fiquei com tudo.

Meu braço ainda queimava quando guardei as armas nos meus bolsos, e franzi a testa ao tocar na marca da agulha no meu pescoço. O que Micah me dissera sobre as drogas que a CRAH lhe injetara?

Grunhi ao me lembrar que uma delas diminuíra sua velocidade de cura. Por que não lhe pedi mais detalhes sobre isso? Quanto ela diminuíra sua velocidade de cura? Por que não perguntei a ele a que drogas da CRAH eu deveria ficar mais atenta?

Por que ele é um louco, e eu não queria passar meu tempo com ele. Suspirei, aborrecida. Não havia desculpa.

Passei uma das mãos pelo rosto e olhei novamente para Addie. Eu não saberia dizer há quanto tempo ela permanecia ausente, mas não poderia ficar sentada, esperando que acordasse. A CRAH estaria monitorando aquela van.

Ergui os olhos, procurando uma dica de onde estaríamos. Uma grande placa branca, e destruída, estava dependurada no edifício contra o qual a van se chocara, mas restavam apenas duas letras dependuradas nela: S e W. No topo da placa havia um P, cercado de um série de cores. A placa, anteriormente, devia estar repleta de luzes (não sei por quê), mas grande parte das lâmpadas estava quebrada ou desaparecida.

Olhei para o outro lado da rua, onde havia um edifício de três andares, muito ornamentado. Suas janelas eram grandes e havia colunas. Era muito mais bonito do que qualquer outro edifício que eu vira nas favelas. O edifício ao lado era menor. E um edifício estava colado ao outro, já que os humanos têm a necessidade de ocupar todos os espaços disponíveis.

Fiquei paralisada ao ver uma placa preta com letreiro branco, em um dos edifícios: *Silhouette Restaurante e Bar.*

Mas isso não ajudava nada.

Virei o corpo e fiquei olhando para o norte. Meus olhos se arregalaram. Aquilo *sim* era muito útil.

Era o edifício do congresso de Austin. O original.

DEZENOVE

CALLUM

MINHAS PALAVRAS FICARAM SUSPENSAS NO AR POR UM momento — *Você não vai querer estar no meu caminho* — até Kyle dar um passo à frente, com a arma apontada para o meu peito.

— Sério?

Eu gritei, e nós dois atiramos. Uma dor intensa atingiu o lado esquerdo do meu corpo quando a bala atravessou minha pele. Os Reboots ao meu redor gritaram e deram um passo à frente. Os Reboots que vigiavam a tenda de armas atiraram.

— Parados! — gritou alguém. — Não nos obriguem a atirar!

Kyle deu um soco no meu queixo, e eu desabei no chão empoeirado. Mais balas zuniram no ar, já que os Reboots ignoraram o aviso. Meu peito ficou apertado de tanto medo. Eu estava parado no chão, tentando me acalmar, procurando Wren para vir resolver aquela situação.

Kyle chutou minhas costelas quando tentei me levantar. Deixei escapar um grunhido.

Fique de pé e levante os braços. Bloqueie o próximo ataque. As palavras de Wren retumbavam na minha mente. Rolei para longe das botas de Kyle, que estavam a ponto de me atingir novamente, e dei um salto.

Ele apontou sua arma na minha direção, e eu percebi que tinha perdido a minha ao cair. Ele atirou no meu ombro, mas eu parti para cima dele mesmo assim, ignorando a dor que irradiava pelo meu braço.

Confunda-me. Surpreenda-me

Agarrei o cano da arma quando Kyle atirou novamente. Ele piscou os olhos, me encarando assustado, já que eu mantinha a arma bem presa. Recuei quando mais uma bala atingiu a carne ainda não curada, depois empurrei a arma com tanta força que Kyle cambaleou. Tentei atingir seu rosto com a arma, mas ele se esquivou muito rapidamente.

O que eu falei? Rápido.

Ele tentou recuperar o controle da arma, mas eu atingi sua cabeça com a minha de maneira tão repentina que ele ficou com dificuldade para respirar. Ele cambaleou para trás, e eu pisquei através das faíscas que surgiram em minha visão e agarrei seu colarinho. Eu o soquei uma, duas, três vezes, até o momento em que ele caiu no chão e tentou escapar.

Mas eu agarrei seus pés e o trouxe de volta. Ergui os olhos ao ouvir meu nome sendo pronunciado. Riley atirou umas algemas na minha direção. Elas pousaram bem perto de mim. Eu as peguei e prendi nos pulsos de Kyle, que se sentou e ficou me encarando, raivoso. Pressionei meu pé em seu peito, atirando-o mais uma vez ao chão empoeirado.

Um grito me fez girar o corpo. A tenda desabava. Os pilares de apoio se quebravam, e o barulho ecoou por toda a reserva, enquanto tudo desmoronava.

— Corre! — disse Riley, apontando uma arma ao rosto de uma Reboot que, relutante, ergueu os braços, com o peito arfando.

— Micah vai te matar — murmurou Kyle, me encarando, ainda sentado sobre a poeira do chão.

Ergui as sobrancelhas, dando uma olhada no que acontecia ao meu redor. Os Reboots +120 estavam no chão, grande parte deles com armas dos Reboots de Austin apontadas para suas cabeças. Tudo indicava que Micah estaria em grande desvantagem numérica quando voltasse. Eu duvidava que ele tivesse a chance de matar alguém.

O vento atingiu meu rosto, e eu, mais uma vez, me peguei a procura de Wren, para checar se ela estava bem e esperar por instruções. Respirei fundo e baixei os olhos, dizendo a Kyle:

— Não se eu o matar primeiro.

A aeronave pousou do lado de fora do portão quando o sol começou a se pôr.

Segurei a arma com mais força em minha mão direita e dei uma olhada nos Reboots ao meu redor. Algumas pessoas do nosso grupo estavam visivelmente cansadas. Eu lancei um olhar preocupado para Beth, que terminava de fazer um inventário sobre os Reboots de Austin.

Kyle e o restante deles estavam sentados, atados ou algemados, a menos de um metro. Posicionamos uns vinte Reboots para que Micah os visse perfeitamente.

O restante dos Reboots da reserva pareciam ter se dividido em dois grupos: alguns se escondiam em suas tendas, arrumando suas coisas, querendo evitar o drama. Eles não tinham interesse em me acompanhar às cidades nem em permanecer ao lado de Micah. Os outros estavam conosco.

— Dois mortos — disse Beth, baixinho, passando as mãos entre os cabelos ao parar ao meu lado, observando a aeronave que pousava.

Meu corpo se contraiu, dei uma olhada ao meu redor. Eu provavelmente nem conhecia os mortos, mas me senti igualmente culpado.

— Isso é melhor do que eu esperava — disse Riley, parado ao meu lado.

A porta da aeronave se abriu, e meu coração saltou no peito. Wren poderia estar por lá. Ela poderia ter vencido Micah, ou talvez tivesse conseguido fazer com que mudasse de ideia.

Micah saiu, logo depois, Jules.

E ninguém mais.

Meu coração ficou apertado.

Deixei escapar um lento suspiro. Tentei me manter calmo. Que chance teria um punhado de caçadores humanos contra Wren? Ela provavelmente teria vencido todos eles e estaria a caminho de Austin.

Dei um passo à frente e segui em direção a Micah. O olhar de satisfação em seu rosto se intensificou quando ele me encarou, mas eu percebi uma pitada de dúvida quando ele finalmente viu os Reboots atrás de mim, sentados no chão, amarrados.

Parei bem na frente dele.

— Cadê Wren? E Addie?

Micah arregaçou as mangas.

— Eu já expliquei que temos regras por aqui. Wren e Addie quebraram essas regras, e eu fui obrigado a agir.

— Você as atirou em um território de caça?

Ele sorriu, como se sentisse orgulho de si mesmo. Como se tivesse vencido. Meu corpo pareceu parar de funcionar por alguns segundos. Eu não conseguia me mover, respirar nem pensar.

Lentamente, recuei um passo. A arma pesava na minha mão. Eu a agarrei com ainda mais força.

— Entrem — gritei, girando a cabeça para trás.

E, de repente, vários Reboots correram para a aeronave, gritando. Isaac passou correndo, carregando recipientes com combustível nas duas mãos, e imediatamente começou a reabastecer a aeronave na qual Micah acabara de chegar. Alguns Reboots da reserva formaram um círculo ao redor de Isaac, protegendo-o, enquanto os demais entravam na aeronave.

— Parem! — gritou Micah.

Mas ninguém parou. Micah olhou para Kyle e para seus outros comparsas sentados no chão, atados, e uma expressão de raiva tomou conta do seu rosto.

Ele tentou me atingir, mas eu me esquivei rapidamente, saindo da sua frente, e ele caiu no chão. Quando ele se levantou, eu empunhei minha arma, que estava engatilhada.

Seu rosto estampava pura fúria, e os olhos estavam focados em mim.

— Vá em frente — disse ele, dando um passo na minha direção, ficando tão perto que o cano da minha arma quase tocou sua testa. — Vamos. Prove a todo mundo que você não é melhor do que os humanos. — E olhou para a reserva. — O trabalho que você está fazendo vai matar a todos nós de qualquer forma.

Lentamente, abaixei a arma. Micah tinha sequestrado Wren, era um assassino e um psicopata, e merecia morrer.

Mas me livrei de um peso ao perceber que não o mataria. Talvez fosse gostar de matá-lo. Talvez me sentisse melhor.

Mas não o faria.

— Nós retiramos o combustível de todas as aeronaves — avisei, tirando o dedo do gatilho. — E revelamos seus planos aos rebeldes. — E acenei com a cabeça em direção aos Reboots derrotados atrás de mim. — Não haverá qualquer nova comunicação sua com eles.

As aeronaves ganharam vida. Olhei para trás e vi Riley fazendo um sinal para que eu subisse.

Encarei Micah e recuei.

— Você realmente acha que se livraria de Wren e todos continuariam seguindo suas ordens? — perguntei, com um sorriso se desenhado em meus lábios. — Você realmente acha que matou Wren atirando-a a um bando de humanos?

E me curvei ao entrar na aeronave, agarrando a porta ao olhar para ele.

— Wren não está morta — afirmei, e a aeronave começou a ganhar os céus. — Se eu fosse você, morreria de medo.

VINTE

WREN

TENTEI LIGAR A VAN, MAS O FATO DE HAVER UMA PORTA no motor não parecia boa coisa. Eu não sabia qual era a distância entre a velha e a nova Austin, mas seria perto o suficiente para ir andando. Uns 30 quilômetros, talvez? Quando Callum descobrisse o que Micah fizera, ele percorreria as cidades atrás de mim. Nós tínhamos planejado voltar a Austin, pois aquela era a nossa casa, e algo me dizia que seria o primeiro lugar em que ele me procuraria.

Deixei as espingardas de lado, enfiei uma pistola na cintura da calça e peguei outra para Addie. Juntei toda a munição que havia no interior da van, mas não era muita.

Depois me aproximei de Addie e me ajoelhei ao seu lado.

— Addie — murmurei, sacudindo seus ombros. Eu não sabia por que estava falando baixo, pois a velha Austin estaria deserta há mais de vinte anos. As ruas estavam silenciosas, vazias. O único som ali era o do vento batendo nas árvores.

— Addie! — repeti, sacudindo-a com mais força, mas ela não se movia.

Deixei escapar um longo suspiro e fiquei olhando para a van. Eles provavelmente enviariam alguém para saber por que estava parada no meio da velha Austin.

Olhei para o congresso. Ele estava ao norte. A nova Austin estaria a noroeste, embora eu não tivesse certeza do quanto exatamente. Passei a mão pelo rosto e tentei me lembrar do mapa do Texas. Eu não conseguia relacionar as cidades antigas e as novas. Precisava de um mapa, ainda que fosse antigo.

Passei um dos braços de Addie por cima do meu ombro. Grunhi ao sentir o seu peso. Com sorte, ela despertaria rápido. Eu não sabia por quanto tempo seria capaz de carregá-la.

Minha perna ardeu quando dei um passo à frente, e mantive meu braço ferido junto ao peito. Com o braço direito, tentava manter Addie equilibrada, agarrando firme seu pescoço para que ela não caísse.

Aquele congresso era realmente muito maior. Eu já tinha ouvido falar sobre isso, e sabia que o do *rico*, em Nova Austin, não passava de uma cópia menor, mas não sabia o quanto. O enorme domo estava pousado em uma base gigantesca, e parecia haver a estátua de uma pessoa no topo. Eles tinham se esquecido desse detalhe na versão mais moderna.

Ao caminhar, dei uma olhada nos edifícios dos dois lados da ampla avenida. Eu gostaria de visitar uma das cidades antigas com Callum, e era uma pena que ele não estivesse comigo. Callum conhecia aquele lugar bem melhor do que eu.

Ainda havia carros estacionados por perto, carros deteriorados e sem algumas peças. Alguns estavam abandonados no meio da rua.

Devia ser divertido ter acesso a algo com rodas o tempo todo. E seria algo bem útil para mim naquele momento.

Segui caminhando até o final da avenida e girei, para ver o congresso, antes de entrar numa rua a oeste. Em parte, eu queria entrar no prédio, queria ver o que restara dele, mas entrar naqueles edifícios não me parecia seguro. Nada parecia muito sólido por ali, e a última coisa que eu queria era ser soterrada viva no meio de uma cidade fantasma.

Voltei a seguir para o norte quando cheguei a uma rua que de certa forma parecia conservada. Os edifícios construídos nela eram enormes, com vinte ou trinta andares, além de centenas de janelas.

Havia alguma destruição. Certos lugares tinham mais escombros que edifícios, mas no geral a paisagem não era tão desoladora quanto eu imaginava. Na minha cabeça, Austin estaria destruída, mas, na verdade, parecia sobretudo deserta. Será que todo mundo ali morrera por conta do KDH?

Era triste que eles tivessem rejeitado os Reboots. Micah tinha razão nesse sentido: nós encontramos uma maneira de sobreviver. Talvez, se os humanos não tivessem entrado em pânico, poderíamos ter permanecido nas cidades. Humanos e Reboots poderiam conviver naqueles edifícios, não em tendas nem em casas compartilhadas.

Mas a CRAH sempre quis estar no controle. Portanto, construir suas próprias cidades e cercar os humanos parecia mais divertido. Ou talvez fosse a única maneira de conter o vírus e manter os humanos a salvo. Sei lá...

Estava escurecendo quando minha perna finalmente começou a curar, e Addie murmurou alguma coisa, se movendo. Eu parei, me ajoelhei e deitei seu corpo no concreto.

Ela piscou os olhos para mim, esfregando um dos braços. As feridas em seus braços e pernas continuavam abertas, e uma de suas pernas estava quebrada. Se eu demorei tanto para me curar, ela demoraria muito mais.

Pelos meus cálculos, tínhamos caminhado apenas 4 quilômetros, talvez menos, e paramos no meio de uma rua. Um edifício enorme, de tijolos vermelhos, assomava à minha direita, e à minha esquerda havia um edifício cinza, com janelas enormes e uma placa azul indicando *Kerbey Lane Café*. Ela olhou para a esquerda, depois para a direita e novamente para a esquerda.

— Onde estamos?

— Austin — respondi. — A original.

Ela ergueu o rosto e ficou observando o edifício ao nosso lado, com olhos arregalados.

— E aqueles caras da van?

— Eles tentaram nos pegar.

Ela me deu um olhar de aprovação.

— Mas não tiveram muita sorte, certo?

Eu me sentei no meio da rua, ao lado dela.

— Não — respondi.

Ela examinou a área ao redor, estremecendo ao se mover. Depois olhou para a grande ferida em seu braço.

— Eles diminuíram nossa velocidade de cura — comentei. — Demorei algumas horas.

Ela gemeu.

— Se você demorou horas, vou demorar uma semana.

— Não exagere — retruquei, sorrindo.

— Você me arrastou até aqui? — perguntou ela, dando uma olhada para trás. — Nós já percorremos muitos quilômetros?

— Três ou quatro.

— Ah, só isso... — E revirou os olhos, sorrindo ao bater de leve um ombro contra o meu. — Deve ser incrível ser você, certo? Você não faz muito esforço na hora de demonstrar suas maravilhas.

Eu a encarei, confusa, pois não sabia como responder àquilo. Ela gargalhou, jogando seus cabelos escuros para trás dos ombros.

— Obrigada — disse ela, em tom mais sério.

— De nada.

Addie parou por um momento, passando a mão pela testa.

— Sinto muito por ter nos metido nisso.

— Não foi você que nos atirou de uma nave.

— Mas fui eu quem espalhou os planos de Micah pela reserva. Isso não teria acontecido se não fosse por mim.

— Não sei — respondi, dando de ombros. — Eu poderia ter deixado você pendurada por lá, para ser torturada. Não é como se você fosse ter algum dano permanente.

Ela grunhiu, depois deu uma boa risada.

— É verdade. Você poderia ter feito isso. Mas eu prefiro que não tenha feito. — E passou as mãos pelos cabelos. — Eu estava perdendo a cabeça naquele lugar.

— Nós duas estávamos — retruquei, depois me levantei, estendendo a mão. — Você consegue andar? Nós deveríamos procurar um lugar para passar a noite.

Ela tomou minha mão e se levantou, lentamente, apoiando todo o peso do corpo em sua perna direita. Ao tentar dar um passo à frente, ela gemeu.

— Continua quebrada — disse Addie. — Eu poderia arrastá-la ou...

— Vamos entrar ali — sugeri, apontando para o café. — As janelas estão praticamente intactas. Isso não parece a ponto de ruir.

190

Ela me lançou um olhar de gratidão, e eu fiz um gesto para que se apoiasse em mim. Lentamente, atravessamos a rua juntas.

A porta estava quebrada há tempos, e o que restava dela abria e fechava ao sabor do vento. Quando entramos, um pequeno animal atravessou o chão e Addie choramingou.

— Eu odeio ratos.

— O gosto deles não é tão ruim.

— Meu Deus, nunca mais fale sobre isso.

Fechei a porta e coloquei uma cadeira para bloqueá-la. Aquele lugar, em seus tempos de glória, seria verde brilhante, mas a pintura escorria pelas paredes. Mesas e cadeiras estavam espalhadas para todo lado, e havia apenas uma cabine telefônica na parede. O plástico dos móveis parecia quebradiço, os assentos, rasgados. Achei melhor não comentar com Addie que provavelmente haveria mais ratos que cadeiras por ali. Gentilmente, coloquei-a sentada. Depois me sentei à sua frente, limpando as teias de aranha da mesa.

— Para onde vamos? — perguntou Addie, recostando-se na parede. — Austin? Para a verdadeira Austin?

— Sim, se conseguirmos encontrá-la — respondi, erguendo minhas sobrancelhas. — Aliás, você não tem um mapa do Texas na sua cabeça, certo?

— Não. Sinto muito. — E olhou para a janela suja. — Mas certamente encontraríamos um mapa por aqui, em algum lugar. Em um posto de gasolina, talvez? Eles costumavam vender mapas, além de várias outras coisas. Sem dúvida, durante a guerra, as pessoas pegaram comida e não mapas.

— Na verdade essa é uma boa ideia!

— Vou fingir que você não pareceu surpresa ao ouvir isso.

Sorri, dobrando as pernas em cima da cadeira e apoiando a cabeça entre os joelhos.

— Foi mal.

— Você acha que Callum e os Reboots ainda irão para Austin? — perguntou ela.

Assenti, passando um dos dedos em uma rachadura da mesa.

— Eles não ficariam na reserva. E Callum sabe que minha primeira opção para encontrá-lo seria Austin.

— Concordo. E ele pode ter assassinado Micah quando descobriu o que aconteceu, tomando conta de tudo.

Eu a encarei, cética.

— Callum não é chegado a matar. Ele tem seu próprio código moral.

— A moral sempre desmorona. Aposto que, quando descobrir o que Micah fez conosco, ele vai surtar. — E apoiou a cabeça na parede. — Ele só age dessa forma superior em relação a matar pessoas porque viveu poucas semanas na CRAH. Ele não passou pelo que nós passamos.

Assenti, tentando esconder minha surpresa.

— Ele conversou sobre isso com você?

— Não exatamente. Mas percebi certas coisas observando vocês dois. Algumas vezes, pensei em dizer: *Cara, fique calmo. Você às vezes é tão arrogante.*

Eu ri, mas rapidamente cobri a boca com uma das mãos, e pigarreei.

— Ele não é arrogante. Ele é cabeça-dura.

— Não importa — disse Addie, sacudindo uma das mãos no ar. — Eu ficaria entediada se tivesse que bancar a malvada o tempo todo.

Dei de ombros.

— Estou acostumada com isso.

— Que seja, então — declarou ela, erguendo o rosto e gritando ao puxar sua perna machucada. — Obrigada por não ter me deixado por lá.

— Eu vou fingir que você não ficou surpresa quanto a isso... Addie sorriu.

— Na verdade, eu fiquei um pouco surpresa.

— Não exagere.

— Ah, vamos, você mal falava comigo na reserva, parece que tem aversão a amizades.

— Eu não tenho aversão a amizades — retruquei, brincando com os fiapos soltos na minha calça.

— Simplesmente não gostava de mim, então?

— Eu sempre tive apenas uma amiga — respondi, sem olhar para ela. — No entanto, ela foi morta pela CRAH pouco antes do dia em que fugi ao lado de Callum.

— Ah... — Ela ficou muda alguns instantes. — E por quê?

— Ela era uma 56 e estava em sua primeira experiência com aquelas drogas loucas. Ela só piorava, e acho que perdeu um pouco a esperança. Ela me atacava todas as noites e ficava chateada ao fazer isso. Nós éramos colegas de quarto. — Engoli em seco. — Ela causou confusões, matou alguns guardas, depois basicamente se entregou à CRAH.

Addie deixou escapar um longo suspiro.

— Nossa. Eu sinto muito.

Eu me recostei à mesma parede e fiquei olhando o teto.

— Eu sabia que certos Reboots tinham escapado — comentei, baixinho. — Leb me contou, mais ou menos uma semana antes da sua morte, mas eu não fiz nada para ajudá-la.

— Você estaria na mesma posição que esteve com Callum se a tivesse ajudado — disse Addie. — Fugindo, com uma Reboot enlouquecida que precisava de um antídoto.

— Consegui o antídoto de Callum — retruquei, mantendo o tom de voz baixo. — E poderia ter feito o mesmo por ela.

Addie ficou um tempo em silêncio.

— Duvido que ela gostaria de ver você carregando esse tipo de culpa.

— Não gostaria mesmo.

— Sendo assim, o que você poderia fazer para aliviar esse problema?

Olhei para ela e respondi:

— Nada. Ela está morta.

— Sim. Está. Mas você poderia fazer outras coisas para melhorar a situação, não é?

— O quê, por exemplo?

— O que ela gostaria que você tivesse feito? Ela preferiria que você se fechasse e nunca mais fizesse amigos... — Addie de repente parou e estremeceu. — Promete que não vai me bater até essa droga perder o efeito?

— Combinado — respondi, deixando escapar uma leve risada.

— Ela gostaria que você fugisse com Callum, deixando todos os Reboots sozinhos nas cidades? Essa menina tinha família? Ela gostaria que você abandonasse os humanos?

— Tinha quatro irmãs em Nova Dallas — respondi, baixinho.

— Sendo assim, o que ela gostaria que você fizesse?

Fiquei olhando para o tampo da mesa, ouvindo o que ela dizia. Não achava que Ever esperasse que eu salvasse todo mundo ou lutasse em favor dos humanos. Ela nunca esperaria isso, mas posso imaginar sua expressão se lhe dissesse que faria uma coisa dessas.

Ela ficaria muito orgulhosa.

VINTE E UM

CALLUM

JÁ ESTAVA ESCURO QUANDO AUSTIN APARECEU À NOSSA frente.

Eu me sentei ao lado de George, o pequeno Reboot que pilotava a aeronave. Ele parecia ter uns 14 anos e dava a impressão de se sentir muito confortável na poltrona do piloto. Segundo ele, Micah obrigava todas as crianças de 10 anos a aprender a pilotar, pois nessa posição elas seriam mais "úteis". Eu ri, de uma maneira um pouco histérica, e George não falou muito mais.

A segunda aeronave vinha atrás de nós, seguindo nosso rastro. Estava repleta de Reboots da reserva, e meu medo era que tomassem outro caminho, abandonando nosso plano de seguir até Austin. Mas eles se mantiveram em nossa cola durante toda a viagem.

Riley apareceu na porta, com os braços cruzados.

— Instruí a todos que colocassem os capacetes, pois estamos nos aproximando.

— Obrigado.

— Nossa!

Os olhos de George brilharam quando viu o horizonte de Austin. Os edifícios da cidade estavam vivos e certamente pareciam enormes aos olhos de alguém que passara a vida em uma tenda.

Mas eu me virei de costas, olhando para a escuridão. Não conseguia parar de pensar em Wren, certo de que sua situação naquele momento era inteiramente minha culpa.

Por que a fizera ficar na reserva? Por que não ouvi quando ela implorou para que eu fosse embora? E ela me disse: *Um de nós, ou mesmo nós dois, poderia terminar morto.* Ainda que ela tenha dito *nós dois*, eu não a escutei, pois imaginei que ela estivesse apenas preocupada comigo. Por que imaginei que ela fosse invencível? Por que não considerei que, fazendo-a ficar por ali, eu arriscava perdê-la?

— Callum.

Ergui os olhos e vi Riley e George me encarando. Riley tombou a cabeça em direção ao piloto.

— Você precisa avisar a ele onde pretende aterrissar.

— Ah... — Olhei para o *skyline* de Austin. — Vire para o leste. Nós vamos aterrissar em uma favela, perto de uma escola. Aponto quando chegarmos perto.

— Bem no meio do bairro, certo? — perguntou Riley, cético.

— A menos que você tenha um plano melhor — comentei, imaginando que Riley consideraria meu plano inteiro ruim. Ele não estava conversando muito comigo naquela viagem.

Riley enfiou as mãos nos bolsos e se apoiou na parede da aeronave.

— Se os humanos das favelas e da cidade se uniram à CRAH, estamos perdidos.

— E por que eles fariam isso?

— Porque têm medo da gente. Porque você disse a Tony que Micah planejava matar a todos. Eles poderiam ter abandonado nosso lado. Se é que um dia estiveram.

Vesti meu capacete.

— Sendo assim, nós vamos demonstrar que não existe motivo para ficar com medo. Tente não matar ninguém.

Ele me olhou, com um ar divertido.

— Vou tentar. — E olhou para os Reboots atrás dele. — Acho que você deveria explicar isso a eles também. Talvez devesse dizer o que fazer quando chegarmos lá?

Assenti e me levantei da poltrona. Riley entrou na cabine dos passageiros, e os Reboots ficaram em silêncio quando me viram. Até Beth e os demais Reboots com mais de 120 ficaram prestando atenção em mim, e mudei de posição sob o olhar de tanta gente.

Fiquei pensando se Wren se sentia assim. Ela sempre parecia confiar nos próprios planos, ainda que os tivesse concebido cinco minutos antes. Eu sei que ela não gostava muito de ser o centro das atenções, de ser a pessoa que todo mundo procura quando precisa de ajuda, mas será que ficava nervosa? Será que se estressava quando tantas vidas dependiam dela?

Pigarreei.

— Quando aterrissarmos, irei à casa de Tony. Não fica longe, uns dez minutos caminhando. Fiquem aqui. Nossos melhores atiradores estarão do lado de fora da aeronave. Não sei se deveríamos esperar um ataque da CRAH ou não.

Alguns rostos exibiam nervosismo, mas em geral ninguém parecia animado com a possibilidade de um ataque da CRAH.

— É muito importante que vocês não matem nenhum humano, a menos que seja imprescindível — instruí, em tom baixo. — Se estiverem sendo atacados, entenderei. Mas queremos os humanos das favelas ao nosso lado. Para recuperar Wren, Addie e todos os Reboots que estão sob o comando da CRAH, precisamos de ajuda. Caso os humanos se aproximem, abaixem suas armas. Expliquem isso a eles.

— E se eles não nos escutarem? — perguntou Beth.

— Não entrem em confronto. Se as coisas complicarem, tentem ferir, não matar. — E dei uma olhada geral nos Reboots. — Algum de vocês tem família neste bairro de Austin?

Ninguém levantou a mão. E imagino que isso seria esperado, pois quase todos os Reboots tinham escapado das instalações de Austin, e a CRAH nunca deixa os Reboots em suas cidades natal.

— E em Rosa? — perguntei.

Vários ergueram suas mãos.

— Tudo bem. Ótimo. Assim que encontrarmos Wren e Addie, e assim que conseguirmos deixar Austin livre da CRAH, quem quiser ir até Rosa será bem-vindo. Vamos seguir os planos originais de Micah, livrando todos os Reboots do controle da CRAH. Quem não quiser fazer isso, ou se considerar incapaz de permanecer ao lado dos humanos, poderá partir assim que pousarmos em Austin.

A aeronave foi atingida por um estrondo, e eu cambaleei, agarrando-me na parede. Tombamos para a esquerda, e os Reboots também cambalearam uns sobre os outros.

— Os guardas da cerca estão atirando! — gritou George, lutando para nos manter estabilizados.

Eu corri à poltrona do piloto, curvando-me sobre seus ombros e vendo George conseguir se esquivar de um tiro vindo da terra.

— Devemos responder aos tiros? — perguntei, me segurando firme na sua poltrona.

— Não — respondeu ele, aumentando a velocidade enquanto nos aproximávamos da terra. — Eles não estavam nos esperando. E não tem mais ninguém no ar.

Fiz que sim e apontei para o edifício da escola.

— Lá. Tente aterrissar naquela rua.

— Entendido.

— Temos alguma chance de aterrissar suavemente? Seria bom se pudéssemos levantar voo daqui, caso seja necessário.

Ele me olhou assustado.

— Você está brincando?

Eu não sabia o que dizer, até o momento em que ele fez um pouso perfeito, bem na frente da escola. A área ao nosso redor estava deserta, quieta, com o caminho que levava à escola abrindo espaço até a rua empoeirada onde pousamos. A distância, podíamos ver casas e prédios, mas nenhum ser humano.

— Fique aqui, tudo bem? — pedi a George. — Se as coisas ficarem muito ruins quando eu for embora, pode decolar. Não espere por mim.

Ele fez que sim.

— Entendido.

A porta da aeronave se abriu, e Beth desembarcou comigo, com Riley logo atrás da gente. A segunda aeronave pousou bem ao lado da primeira, e sua porta se abriu. Isaac deu uma olhada ao redor, depois fez um sinal para que os Reboots o acompanhassem.

199

— Eu vou com você à casa de Tony — disse Riley, tirando a arma da cintura.

— Avisei a George que poderia decolar caso as coisas fiquem fora de controle por aqui. Você ficaria sem escapatória.

— E você também.

— Eu não vou embora antes de encontrar Wren.

Ele assentiu, olhando para Beth.

— Você ouviu isso? Caso tenha que ir embora, não se preocupe conosco.

Olhei para o céu. Não vi aeronaves CRAH, da mesma maneira que não havia ninguém em terra. Se os humanos ouviram alguma coisa, ainda não tinham começado a investigar.

— Para onde? — perguntou Riley.

Eu apontei. As direções estavam confusas na minha mente, mas eu guardava uma ideia geral. E sabia como era a casa de Tony.

Dei uma olhada para trás e comecei a correr ao lado de Riley. Os Reboots de números mais altos formavam uma fila em frente às aeronaves, com as armas apontadas para o chão. Se morressem ou algo desse errado, a culpa seria minha. Claro que eu lhes dera uma alternativa, mas eles estavam lá por conta do meu plano.

— Eles vão ficar bem — assegurou Riley, tocando na manga da minha camisa e me obrigando a olhar para a frente. — O seu plano é bom, Callum.

Eu não sabia se ele estava falando sério, mas sorri mesmo assim. Virei à direita, em uma rua conhecida, e aumentei o ritmo correndo ao lado de Riley.

O som de um tiroteio tomou conta do ar noturno quando entramos na rua de Tony. Senti um aperto no peito ao olhar para o céu. Dois fachos de luz. A CRAH estava chegando

Tony já estava na varanda da casa quando chegamos, com uma arma na mão, procurando pela fonte da confusão. Desmond saiu logo atrás dele, com os olhos raivosos ao nos ver.

— Vão embora daqui! — gritou ele, aproximando-se de mim, com a arma apontada ao meu peito.

— Estamos aqui para ajudar — retruquei, erguendo meus braços como quem se rende. Riley deu um passo à frente, e eu fiz que não, pedindo que ele ficasse quieto.

— Ajudar?! — zombou Tony, aproximando-se de nós, mas fazendo Desmond abaixar sua arma. Seu rosto não era amigável como na noite anterior.

— Micah está por aqui? — perguntou ele, apontando para as aeronaves CRAH no céu.

— Não. Nós o deixamos na reserva. Os Reboots que trouxemos estão dispostos a ajudar.

Desmond arfou.

— Que alívio. E nós devemos acreditar em tudo o que você diz a partir de agora? — E olhou para Riley.

— Estou do lado de vocês — repeti, subindo o tom de voz enquanto olhava para Desmond e Tony. — E trouxe os Reboots para fazer o que vocês quiserem. — E apontei na direção da escola. — Eles estão por lá, lutando contra a CRAH, para que vocês possam recuperar a cidade.

— E para onde eles vão? — perguntou Tony, cruzando os braços sobre o peito.

— Nós não temos para onde ir — respondeu Riley.

— Vamos ficar por aqui — comentei, fazendo que sim com a cabeça. — Estou esperando por Wren, e vamos precisar de aliados se quisermos resgatar os Reboots presos nas instalações da CRAH.

201

— Sendo assim, parece que você está se aproveitando de nós mais do que nos ajudando — argumentou Desmond.

Fechei as mãos em punhos, tentando controlar minha raiva. Wren dizia que eu dava muito crédito aos humanos. Talvez ela estivesse certa. Quem sabe eu não deveria ir embora, deixando-os sozinhos para que resolvessem os próprios problemas?

— O que você esperava? — perguntei, tentando manter meu tom de voz sob controle. — Que viéssemos, ajudássemos e fossemos embora? Não estamos aqui para servir vocês, mas como parceiros.

Uma explosão iluminou o céu, e eu instintivamente me abaixei, assim como Tony e Desmond.

— Os Reboots estão ao lado da escola — avisei. — Dei instruções para que lutassem contra a CRAH, mas sempre matando o menor número possível de humanos.

— Você está esperando por Wren? — perguntou Tony.

— Micah traiu Wren e a jogou, com Addie, em um território de caça — expliquei. — Você não sabe nada sobre as pessoas que vivem nesses territórios, certo?

— Não. Elas formam uma divisão à parte na CRAH. Costumam ser criminosos que ganharam uma segunda chance. — E esfregou uma das mãos na nuca. — Addie também foi lançada aos caçadores? Leb vai me matar.

— Ela vai ficar bem — comentei, rapidamente. — Essa gente não é páreo para Wren.

— Mas nós precisamos lidar com isso antes — disse Riley, apontando para novas aeronaves no céu. — Poderíamos conseguir algum apoio.

Tony e Desmond se entreolharam, a raiva voltou a invadir o meu peito. Eu contava com a ajuda deles, contava com sua gratidão e vontade de trabalhar conosco.

202

— Vamos ver o que podemos fazer — disse Tony, o que não soou muito promissor.

Girei o corpo, em parte esperando que Tony dissesse algo mais encorajador após ter visto minha expressão de raiva. Mas tudo que ouvi foi o silêncio, e saí correndo. Riley apareceu ao meu lado. Nós voltávamos em direção à escola.

— Você e Wren tinham razão — comentei, olhando para ele.

— Não sei. Isso foi melhor do que eu esperava. Eles não tentaram nos matar.

Fiz que não com a cabeça, tentando vencer a raiva que sentia dos humanos enquanto virava numa esquina. Uma aeronave CRAH estava caída no chão, partida ao meio, e alguém conseguira atar um oficial à lataria. O homem sangrava, mas continuava vivo. Eu fiquei com vontade de rir. Eles pareciam ter escutado meu pedido de "matar apenas se for necessário".

Os humanos começaram a sair de suas casas, surgindo nas ruas, e Beth estava por perto, oferecendo uma arma a um humano adolescente que me pareceu vagamente familiar. Fiquei paralisado ao ver seu corpo franzino e seus cabelos encaracolados. Era Gabe. Ele estava presente no dia em que conhecemos Tony. Uma leve pitada de esperança surgiu no meio do meu desapontamento. Pelo menos alguém estava disposto a nos ajudar.

Ele me viu e acenou, mas uma aeronave passou sob as nossas cabeças, e uma rajada de tiros levantou poeira ao meu redor. Consegui driblar os tiros e saí correndo, passando ao lado de Isaac e de três outros Reboots, que revidavam com tiros em direção à nave.

203

Parei ao lado de Beth, que apontava para algo atrás de mim.

— Veja.

Me virei. Um grupo de pelo menos vinte humanos corria em nossa direção, alguns deles armados. Suas expressões eram duras, cheias de medo e preocupação, mas eles não apontavam suas armas para nós, e sim para a CRAH.

VINTE E DOIS

WREN

— SERÁ QUE COMER ESTE DOCE SERIA MUITO RUIM?

Olhei para o pacote rosa e empoeirado que Addie segurava.

— Na minha opinião, seria pior do que comer ratos.

Ela examinou o pacote.

— Não sei. Estou intrigada. Na embalagem dizem que "azedo" é algo bom.

— Deve haver um motivo para que seja a única comida restante por aqui — respondi, saltando uma pilha de prateleiras e garrafas vazias caídas pelo chão.

Encontramos um posto de gasolina assim que saímos do café, mas ele parecia ter sido pilhado várias vezes antes da nossa chegada.

Um objeto azul e branco chamou minha atenção. Peguei. Era um livro gigante. Na capa estava escrito *Mapa dos Estados Unidos*.

— Consegui! — gritei, procurando no índice a palavra Texas. Localizei o lago às margens de Nova Austin, o lago

Trevis, e tracei uma rota com os dedos. — Há uma velha passagem até a avenida Market que começa bem aqui. Se a encontrarmos e seguirmos esse caminho, dará certo. — E olhei para ela. — No entanto, precisamos ter cuidado. A CRAH pode estar utilizando essa estrada.

Ela fez que sim com a cabeça, e nós saltamos os dejetos da loja do posto de gasolina, chegando à porta. O dia era ensolarado e frio, e minha perna congelava nos pontos em que a calça estava rasgada. A noite fora tranquila, sem humanos por perto, e com Addie completamente curada poderíamos seguir em bom ritmo até Nova Austin.

Ela cruzou os braços sobre o peito ao sair da loja.

— Fica muito longe?

— Nem tanto. Uns 25 quilômetros, talvez.

Continuávamos no meio da cidade, com edifícios enormes ao nosso lado.

— Ah... — respondeu ela, com um olhar preocupado. — Quando encontrarmos Callum iremos para Rosa, certo? Para resgatar todo mundo, não é? Eu sei que você não era muito partidária dessa ideia, mas você e Callum conhecem Rosa.

— Vamos — respondi. — Eu disse a Callum que iríamos.

E aquela ideia me parecia menos irritante do que antes. Se Ever ainda estivesse por lá, eu não hesitaria. E quanto aos demais? E quanto aos instrutores que eu conhecia? E quanto aos -60 que recebiam drogas? Não parecia certo abandoná-los.

— Ótimo — disse ela, com um sorriso. — Além do mais, ninguém deve ter pensado que você morreu. Eles devem estar esperando.

— E por que não imaginariam que eu poderia estar morta?

— Nem todo mundo recebeu uma lavagem cerebral da CRAH como você, Wren. Alguns de nós suspeitávamos quando os Reboots desapareciam, sobretudo os de número mais alto.

— Eu não recebi uma lavagem cerebral.

— Ah, não. Claro que não.

— Não mesmo!

Addie revirou os olhos, como se duvidasse seriamente.

— Seja lá como for, eles devem estar esperando a sua volta... ou pelo menos esperando que isso aconteça.

— O que seria altamente otimista da parte deles.

Addie tocou o meu ombro.

— Pare de agir como se não se importasse. Você se importa, e muito. Sua generosidade é um poço sem fundo.

— Sim — respondi, em tom seco. — É assim que costumam me descrever.

— Mas a questão é que as instalações de Rosa são as maiores. Lá estão os números mais altos, mais próximos a você. Se os soltarmos, eles poderiam nos ajudar no restante das cidades, poderiam nos ajudar a vencer a CRAH, a salvar todos os humanos. Bum!

— Bum?

— Sim. Bum! Trabalho encerrado. Sem complicações.

Ergui uma das sobrancelhas.

— Talvez não seja tão simples — disse ela, concordando comigo.

— Talvez. — E coloquei o mapa debaixo do braço. — Um passo de cada vez, combinado? Eu não vou fazer nada até encontrar Callum. Depois, não seria má ideia estrangular Micah.

— Seria uma ótima ideia estrangular Micah. Depois o arrastaríamos para fora de uma aeronave. Depois cortaríamos sua cabeça.

Gargalhei, e ela sorriu pra mim.

— Não estou brincando — disse ela.

— Eu sei que não.

Após alguns quilômetros, os grandes edifícios da cidade começaram a rarear e a avenida ficou mais estreita, além de em melhor estado do que no centro da cidade, confirmando minhas suspeitas de que a CRAH a utilizava para suas viagens, mas as casas às suas margens estavam destruídas. A impressão era de que a região fora bombardeada. Poderia ter sido uma área rica, mas tudo agora parecia em ruínas.

Quando chegamos à avenida Market encontramos uma rua larga, vazia e bem cuidada. Ergui os olhos, apontando para as árvores do lado esquerdo.

— Deveríamos caminhar entre as árvores — sugeri. — Não sei se esta avenida ampla é uma boa ideia.

— Concordo — disse Addie, que me seguiu, saindo do asfalto negro e chegando às árvores.

Elas não ofereciam tanta cobertura quando eu teria gostado, já que muitas começavam a perder suas folhas. O rio que seguia em direção à Nova Austin estava ao nosso lado, e as árvores abriam espaço para pedras em um terreno inclinado.

— Para onde você pretende ir quando tudo isso chegar ao fim? — perguntou Addie.

— Não sei — respondi, pisando em folhas secas ao caminhar com minhas botas. — Callum e eu conversamos pouco sobre isso. Ele queria ver o mar.

— Isso seria legal.

— E você? — perguntei. — Se os rebeldes conseguirem vencer a CRAH, ficaria na cidade, com a sua família?

— Talvez. Se eles não se importassem, claro. Eu sinto falta de Rosa.

— Ah, claro. O cheiro, o lixo, as pessoas adoráveis. Como não sentir falta dessas coisas?

Ela me encarou e disse:

— Eu gostava disso tudo.

— Claro que sua família não vai se importar — comentei. — Leb passou por muitos problemas para conseguir que você fosse libertada. E acredito que tenha feito isso por esperar um reencontro.

Ela sorriu levemente e concordou:

— É.

Um som familiar surgiu acima de nossas cabeças. Addie ficou paralisada.

Era uma aeronave.

Eu me escondi atrás de uma árvore, Addie fez o mesmo. Lentamente, peguei a arma da cintura e engatilhei.

A aeronave fez um barulhão ao aterrissar, e eu deixei escapar um suspiro. Ela não estava muito longe de nós, no máximo a 50 metros.

Olhei para Addie, vendo sua expressão de medo. Ela agarrava firme sua arma. Fiz um gesto para que se mantivesse em alerta, e ela assentiu. O chão estava repleto de folhas e mato seco. Se corrêssemos, eles nos escutariam.

Um silêncio se seguiu à aterrissagem da aeronave, e fiquei pensando se os tripulantes não teriam ido na direção contrária à nossa. Aliás, por que estariam atrás da gente? Não tinham se passado nem 24 horas desde a morte daqueles homens.

No entanto, um som de passos destruiu minha esperança. Vários passos. E na nossa direção.

Addie me encarou enquanto ouvíamos. Quando os passos chegaram ainda mais perto, espiei e vi um ombro escondido em uma roupa preta. Depois outro.

Ergui minha pistola e acenei com a cabeça para Addie.

Saí de trás da árvore bem a tempo de ver os oficiais da CRAH surgindo na estrada, marchando em nossa direção. Ergui minha pistola, com o dedo no gatilho.

E parei.

Eles vinham preparados. Usavam capacetes cobertos de um plástico duro. Cada um deles com um grande escudo preto à frente do corpo.

Um dos oficiais começou a correr ao nos ver. Atirei duas vezes na sua direção. Os tiros se chocaram contra sua armadura.

Girei o corpo, agarrando o pulso de Addie. Nós começamos a correr assim que eles abriram fogo. Algumas balas atingiram meus ombros e pernas.

Algo se enrolou nos meus tornozelos, e eu soltei um arquejo ao cair no chão. Movi minhas pernas, mas o fio as apertava com força, cravando na minha pele.

Addie parou e me alcançou, mas nesse momento a terra foi atingida por uma explosão e ela caiu no chão.

Alguém arrebatou a arma das minhas mãos, mas eu apertei seu braço com tanta força que ele gritou. No entanto, havia outro oficial por perto, agarrando meu pescoço.

Estávamos sem armas. Consegui me livrar do oficial, quebrando dois dos seus dedos no processo. Addie estava um pouco além, socando um oficial da CRAH. Atingi seu tornozelo e o atirei no chão.

Ela se sentou sobre o homem e tentou me soltar, mas o fio que me prendia estava atado a algo mais distante.

Dois humanos a atingiram ao mesmo tempo. Ela deixou escapar um grunhido, caindo no chão. Fui atrás dela, mas os humanos agarraram meus braços, depois minha cintura. Eram quatro homens me agarrando, e, mesmo me contorcendo inteira, eu não conseguia me livrar deles.

Comecei a pensar em derrota quando vi dois oficiais arrastando Addie pelos pés.

— Envie uma mensagem de rádio. Diga que capturamos a 178 — disse um dos oficiais.

Ele não mencionou Addie. Claro que não. Eles só queriam a mim. E me queriam viva, o que ficava visível pelo fato de eu ainda não ter uma bala cravada na cabeça.

Encarei Addie. Depois olhei para trás, para o espaço vazio. Para a colina que levava ao rio.

Usando os oficiais como alavanca, ergui minhas pernas e bati no peito de Addie, que gritou ao cair para trás.

Um dos oficiais a soltou, mas o outro segurou seu braço, gritando, pois começavam a cair pela colina. No entanto, logo a soltou e ficou tentando se equilibrar entre as rochas. O outro oficial agarrou sua jaqueta e conseguiu trazê-lo de volta.

Addie desapareceu.

VINTE E TRÊS

CALLUM

— TODOS OS HUMANOS DEVEM DEIXAR IMEDIATAMENTE *este recinto. Por favor, sigam ao portão da CRAH mais próximo e saiam agora. Uma aeronave aparecerá em pouco tempo. Repito. Todos os humanos...*

— Que beleza — murmurou Isaac, quando, pela centésima vez, esse aviso ecoou em todas as torres CRAH ao redor de Austin. — Conseguimos.

— Eu poderia atirar nos autofalantes de todas as torres — disse Beth, com sua pistola dependurada em um dos ombros.

Eu fiz que não, limpando a poeira da calça ao me levantar.

— Não. Deixe livres os humanos que quiserem ir embora. — E dei uma olhada nos humanos ao nosso redor.

A escola continuava de pé, mas várias moradias estavam destruídas.

Uma família de três pessoas corria pela rua, balançando as bolsas, e olhei novamente. *Não era minha família.* Eles estariam correndo à saída mais próxima ou ficariam lá dentro?

212

Aparentemente, grande parte dos humanos ficaria por ali. Muitos não falavam conosco, reunindo-se nas portas de suas casas ou nas ruas. Mas não saíam correndo nem lutavam contra nós.

Alguns Reboots ergueram as mãos, acenando, com bolsas penduradas em seus ombros, e engoli em seco ao vê-los indo embora. Eram uns cinquenta e tinham decidido que não queriam permanecer em Austin. Muitos que não tinham família não poderiam ser convencidos a ficar e ajudar depois que perdemos alguns Reboots na noite passada, e nós seríamos talvez uns cem depois que partissem. Riley ainda estava tentando fazer uma conta mais apurada. De qualquer forma, o número era bem menor do que esperávamos.

Tony e Desmond ficaram parados no final da rua, logo após uma pilha de destroços de aeronaves, e eu atravessei tudo isso quando me aproximei deles. Os humanos que estavam por lá pararam de falar ao me ver, mas Gabe sorriu para mim.

— Esse é Callum — disse Tony, dando um tapinha nas minhas costas. — Ele é um 22. Foi ele quem organizou tudo. — A atitude de Tony frente a mim melhorara tremendamente quando a CRAH bateu em retirada, antes do pôr do sol, e os humanos recuperaram a cidade. Desmond continuava carrancudo.

Os humanos relaxaram visivelmente ao ouvir o meu nome. Eu não sabia se gostava daquela reação. Se Wren estivesse por ali, teria sido o oposto. Eles poderiam ter fugido, horrorizados.

— Estive perguntando por aí, mas ainda não sei nada sobre os caçadores — disse Tony, antes que eu tivesse a chance de perguntar. — E agora, obviamente, fiquei sem contatos na CRAH.

— Eu já dei uma olhada, os portões estão liberados — disse Gabe. — Se ela quiser entrar, não terá muito problema.

Engoli em seco, tentando me esquecer do medo. Já estávamos no meio da manhã, sem qualquer sinal de Wren. Eu queria pegar uma aeronave e começar a voar pelo perímetro da cidade, mas isso seria muito perigoso. Tínhamos conseguido tirar a CRAH de Austin, mas eles estariam em algum lugar, preparando-se para lutar. Uma aeronave, ao sair de Austin, fora claramente abatida. Sem contar o fato de que Wren se esconderia ao perceber qualquer sinal de uma nave CRAH.

Riley parou ao meu lado, franzindo a testa.

— Deveríamos colocar algumas pessoas nas torres de vigia da CRAH. Assim saberíamos quando eles voltassem. E essas pessoas também poderiam ficar de olho em Wren e Addie.

— Eu conheço algumas pessoas que não se importariam — avisou Gabe, equilibrando-se nos calcanhares.

— E poderíamos colocar pessoas fora da cidade? — perguntei. — Wren provavelmente tentará entrar por este lado, pois vai procurar o túnel.

— Eu ainda não fui ao *rico* — disse Tony. — Vocês deveriam dar uma olhada naquela área, ver quantos humanos restaram e qual é a sua atitude.

— Deixa comigo — respondi, e olhei para minhas roupas sujas de poeira e lama.

Eu tinha algumas peças de roupa na mochila que trouxera em meus ombros, mas também poderia passar pela minha antiga casa e pegar algo limpo antes que a explodissem ou algo parecido. Alguns Reboots explorariam os guetos em busca de casas vazias para morar. E não demorariam até chegar à cidade.

Tony me ofereceu um comunicador.

— Canal três — disse ele. — Não diga nada que não queira que a CRAH escute. Esse equipamento é deles. Enviarei uma mensagem se Wren aparecer, para que você volte.

Assenti e guardei o comunicador no bolso. Gabe encontrou dois humanos dispostos a me acompanhar, e três Reboots vieram atrás de nós, além de Beth. Eles não pareciam dispostos a conversar uns com os outros enquanto caminhávamos, e não puxei papo. Nossa aliança com os humanos parecia, no mínimo, muito frágil.

O muro estava vazio, o ambiente, calmo, e eu cravei meus dedos nos tijolos e escalei até o topo. Ofereci minha mão a um humano que estava no chão. Ele olhou para trás, como se pensasse se deveria desistir.

— A morte não é contagiosa, prometo — disse ao homem, enquanto mais Reboots pulavam o muro. Um deles bufou.

O homem se rendeu, segurou minha mão e começou a escalar o muro. Eu o puxei em direção ao topo e continuei segurando sua mão enquanto ele começava a descer pelo outro lado. Fiz o mesmo com o seguinte, depois desci.

— Obrigado — agradeceu o mais jovem, com os olhos vidrados em mim por um tempo, como se buscasse alguma coisa, mas não quisesse dizer nada.

Caminhamos diretamente à cidade, descendo o bulevar Lake Travis. Havia alguns humanos nas ruas, sentados na frente das lojas, conversando casualmente ou comendo, como se não houvesse nada de errado por ali. Tudo indicava que a CRAH não tomara aquele lado da cidade, pois tudo permanecia impecável, embora isso não me surpreendesse.

Acenei com a cabeça para um dos humanos que me acompanhava.

— Você gostaria de conversar com as pessoas daqui, dizer que visitem as favelas caso queiram instruções para permanecer na cidade?

— Claro — respondeu ele, e começou a caminhar. E eu fiquei parado ao sol, na mesma parte da cidade em que costumava viver.

— Vocês irão às torres sozinhos? As coisas estão bastante paradas por aqui. — E apontei em direção à minha antiga casa.

— Eu vou naquela direção. Vou subir às áreas residenciais, quero ver se encontro alguns humanos por lá.

— Tudo bem — disse Beth, empunhando seu comunicador. — Enviaremos uma mensagem de rádio caso surja algum problema.

O vento era frio quando me virei de costas, por isso apertei minha jaqueta contra o peito. Wren estaria nos arredores da cidade? Se estivesse fazendo frio, ela estaria congelada.

Dei uma rápida olhada no meu comunicador, desejando que a voz de Tony surgisse a qualquer momento. Em parte, fui voluntário para voltar pois queria fazer alguma coisa, algo que não me deixasse explodir, mas de repente fiquei com vontade de voltar, de subir em uma aeronave ou de percorrer a cerca de Austin.

Entrei na minha rua e aumentei o volume do comunicador. Se não podia correr atrás de Wren, essa seria a melhor coisa a ser feita. Eu deveria me manter ocupado. Ela teria me instruído a fazer exatamente isso.

Olhei para a casa de Eduardo quando me aproximei dela, buscando sinais de vida. Ele era um dos meus melhores amigos e se mostrou disposto a me ajudar mesmo após minha transformação em Reboot, mas eu não sabia muito bem o que seus pais pensariam disso. O balanço em frente à casa deles se movia ao sabor do vento, mas esse era o único sinal de vida em toda a rua.

Eu sempre soube que vivia em uma das áreas mais pobres fora da favela, mas gostava do meu bairro. O homem que morava na casa azul, do outro lado da rua, costumava me dizer que eu estava "crescendo como erva daninha" sempre que nos encontrávamos, mesmo que tivesse me visto no dia anterior.

Minha casa continuava com a placa de que seria leiloada, e respirei fundo ao me aproximar da entrada. Não tinha olhado para a placa quando fui embora, havia alguns dias, e a maçaneta abriu facilmente quando a girei.

A casa estava vazia, exatamente como no dia em que parti. As gavetas da cozinha estavam abertas, pois eu passara por ali procurando comida.

Desci o corredor em direção ao meu quarto. A porta estava entreaberta, e terminei de abri-la.

Eu não tinha feito a cama antes de sair, e isso foi a primeira coisa que notei. Os lençóis estavam amassados, um travesseiro caído no chão. Senti um aperto no peito. Eu mal dormi naquela noite, que foi a primeira e única que passei com uma garota na minha cama, e subitamente me lembrei de como Wren curvou seu corpo contra o meu, enquanto dormia, e tal lembrança era dolorosa.

Respirei fundo e tentei não pensar nessas coisas. Um lado da minha mente tentava me preparar para o fato de que Wren poderia ter morrido, mas eu me recusava a aceitar. Desistir da minha busca, mesmo que por um segundo, era tão doloroso que fui obrigado a franzir os olhos e focar em outra coisa.

Abri uma gaveta e comecei a enfiar roupas na minha mochila vazia. Ao terminar, segui para a porta, mas acabei voltando e me deitando na cama. A mochila caiu no chão e fechei os olhos.

O que eu faria se ela tivesse morrido? Lideraria os Reboots até Rosa? Encontraria os caçadores e me vingaria?

Na noite em que passamos na casa de Tony, eu disse a Wren que ela deveria ajudar os humanos e continuar lutando, caso eu morresse. Eu estava certo de que morreria naquele dia, e também estava certo de que ela não tinha qualquer intenção de ajudar ou continuar lutando. Wren tentou me acalmar, dizendo que me obedeceria, mas seus olhos diziam o contrário. E só entendi isso deitado na minha cama. A ideia de voltar a lutar, caso Wren estivesse morta, era exaustiva. Mas eu provavelmente lutaria, nem que fosse por vingança.

Passei uma das mãos na testa. Se ela voltasse (*quando* ela voltasse) faríamos o que ela quisesse. Ficar, partir, lutar. Qualquer coisa. Talvez ela tivesse com a razão sobre ficarmos fora daquilo. Assumir a liderança dos Reboots e voltar para Austin fora fácil. Mas conseguir o apoio dos humanos... nem tanto. Talvez eu devesse focar em salvar os Reboots, e deixar que os humanos resolvessem seus problemas sozinhos.

O barulho da porta se abrindo me fez erguer a cabeça.

Havia alguém em casa.

Fiquei de pé e coloquei a mochila nos ombros. Meus pais teriam voltado? Por que não pensei nisso? A CRAH fora embora, eles poderiam voltar e reclamar o que era deles. Ou será que Wren me encontrara? Meu coração parou de bater por um instante, mas logo me lembrei de que alguém teria me avisado. Todos sabiam que eu esperava por ela.

— Callum?

Pisquei os olhos ao ouvir a voz do meu irmão mais novo na entrada de casa. Como ele sabia que eu estava ali?

Passos vieram na minha direção. Eu abri a porta do quarto e entrei no corredor. David parou bem perto de mim, parecendo muito animado quando saí do quarto.

— Oi — cumprimentou ele.

Eu tinha falecido há poucas semanas, mas ele parecia mais velho, diferente. Não parecia ser o mesmo que eu vira no dia que persegui meus pais pelas favelas de Austin, ao lado de Wren. Ele estava com quase 14 anos, mas os círculos negros sob seus olhos e a expressão dura em seu rosto faziam com que parecesse ter a minha idade.

— Oi — respondi.

Eu ainda me lembrava do seu rosto no momento em que apareci na porta àquela noite. Meus pais ficaram apavorados, mas a expressão de David era de surpresa. E fiquei pensando que ele talvez não me odiasse tanto quanto os meus pais, e fiquei com as mãos trêmulas ao vê-lo novamente.

Ele engoliu em seco, movendo o peso do corpo de um pé a outro. Nós éramos muito próximos antes da minha morte, e ele nunca ficava nervoso do meu lado. Dei um leve passo para trás, tentando esconder meu nervosismo.

— Conversei com alguns Reboots das favelas — disse ele. — E eles disseram que você viria para cá. Imaginei que estivesse aqui em casa.

Com uma das mãos, agarrei a tira da minha mochila.

— Mamãe e papai sabem que você está aqui?

— Não. — Ele deu de ombros e sorriu. — Eles estão trancados no apartamento. Eu fugi. Quando soube que havia um bando de Reboots na cidade, tinha certeza de que você estaria entre eles.

Inclinei a cabeça.

— Como você teve certeza disso?

— Porque você veio até nossa casa, e depois, um dia mais tarde, a cidade inteira explodiu e todos os Reboots desapareceram. Agora a cidade explode novamente, os Reboots voltam. — Ele sorriu. — Você vive trazendo problemas.

219

— A primeira vez não foi culpa minha. Eu estava inconsciente. — E sorri ao ver sua expressão perplexa. — É uma longa história.

Fui tomado por uma onda de alívio, driblando a vontade louca de abraçá-lo. Não éramos muito de abraçar quando eu era humano, e seria estranho começar naquele momento.

Ele fez que sim, pigarreando.

— Você deve ter um monte de histórias para contar. Você esteve na CRAH?

— Estive.

— Qual é o seu número?

Estendi o braço.

— 22.

Ele ergueu as sobrancelhas.

— Você é, tipo... basicamente ainda humano.

Eu quase gargalhei, quase abri minha boca para dizer que os Reboots pensavam a mesma coisa, mas hesitei. Eu seria praticamente humano? Da última vez que o vi, teria respondido que sim, mas tudo mudara. Eu tinha matado uma pessoa e estava perfeitamente preparado para matar Micah. Não matei e certamente não mataria ninguém quando era humano. Por outro lado, eu não era o monstro que meus pais enxergavam.

Dei de ombros, ainda sem saber o que responder, e ele pousou o olhar na minha cintura. Viu as duas armas que eu carregava.

— Mamãe e papai se arrependem do que aconteceu. Eles se assustaram...

Desci o corredor, passando ao lado dele e entrando na sala de estar.

— Tudo bem. As pessoas me avisaram o que poderia acontecer se eu procurasse a minha família. Eu deveria ter escutado. — E mantive o rosto virado para o outro lado, pois não queria que uma expressão de dor me traísse.

— Não. Você não deveria ter escutado ninguém — assegurou David, me seguindo quando me aproximei da porta de entrada. — Nem sabíamos que você tinha virado Reboot. Fiquei feliz ao saber que você estava vivo... novamente.

Eu abri um sorriso ao tocar na maçaneta da porta.

— Mamãe e papai vai ficar loucos quando perceberem que você saiu de casa.

— E daí?

Abri a porta e olhei para ele. David estava mais magro do que antes. Raramente tínhamos muito o que comer, mas ele parecia ter piorado, e eu pensei que minha imagem teria melhorado. Ganhei peso e músculos na CRAH, e muito mais rapidamente do que se fosse humano. Nunca tinha pensado nisso antes, mas talvez eu fosse o sortudo da família.

— Você deveria dizer a eles que voltem para esta casa — sugeri. — Caso contrário, ela será invadida.

— Por que você não diz isso pessoalmente?

Dei um passo para fora de casa.

— Não...

— Acho que eles querem ver você.

— E podem me procurar. Vou avisar onde estarei na favela. — E franzi a testa, seguindo em direção à placa de leilão fincada no jardim. — Eu deveria ter imaginado isso...

E atirei a placa na entrada da casa, olhando para David. Eu não queria que ele fosse embora. Queria conversar com ele, queria que ele tivesse a certeza de que, embora fosse diferente, eu não era um monstro.

Acenei com a cabeça em direção à rua.

— Vou dar uma voltas por aí, vou deixar que os humanos desta área saibam que podem se encontrar com as pessoas das favelas. Quer vir comigo? Algumas pessoas correm quando veem um Reboot. Poderia ser útil a companhia de um humano.

Ele inclinou a cabeça.

— Tem certeza de que é porque você é Reboot? O problema poderia ser o seu rosto.

Ao ouvir isso, eu sorri, tentando reprimir uma gargalhada.

— Quer vir ou não?

— Tudo bem. Vamos.

Duas horas mais tarde, voltei ao muro da favela, com David ao meu lado. Havia mais gente do que eu esperava nas cidades. Todos ignoravam as ordens da CRAH e pareciam curiosos para descobrir o que os Reboots tramavam. Tony e os rebeldes tinham feito um bom trabalho espalhando a mensagem sobre sua parceria com Wren e Addie, e a atitude dos humanos frente aos Reboots parecia envolver uma esperança cautelosa, mas não medo. Por sorte, os rebeldes não tiveram tempo para conversar sobre Micah, o que eu agradecia.

— Você já foi baleado? — perguntou David, continuando com seu fluxo ininterrupto de perguntas.

— Sim. Várias vezes.

— E apunhalado?

— Também. E queimado. E eletrocutado. E já tive vários dos meus ossos quebrados.

— Eletrocutado? — perguntou David, de boca aberta.

— Na cerca da CRAH, em Rosa. Mas não foi tão ruim. O pior, na minha opinião, é ser queimado.

Ele chutou a poeira, franzindo a testa, e olhou para o chão.

— A CRAH sempre dizia que vocês eram malvados ou algo assim, mas eles estavam claramente enganados. Na sua opinião, vocês são bons? Tipo, será que eles deveriam transformar todo mundo em Reboot, em vez de lutar contra vocês?

— Não sei.

— Por quê? Nós seríamos praticamente invencíveis.

— E seríamos todos iguais. Eu acho que nem todo mundo deveria ser Reboot.

David deu de ombros.

— Pode ser...

Parei quando nos aproximamos do muro da favela e acenei com a cabeça em direção a ele.

— Vá em frente. Vou passar a noite em uma torre de vigia.

— Para quê? Para ver se a CRAH está voltando?

— Entre outras coisas — respondi, pensando em Wren, o que fez meu estômago se revirar.

— Tudo bem. — Ele começou a escalar o muro, depois me olhou e perguntou: — Volto amanhã para procurar você, tudo bem?

Abri um sorriso.

— Tudo bem. E se cuide. Da próxima vez, avise à mamãe e ao papai para onde estiver indo.

Ele grunhiu ao escalar o muro.

— Ah, claro.

— David.

— Claro, eu já disse.

E sorriu antes de desaparecer do outro lado do muro.

VINTE E QUATRO

WREN

OS OFICIAIS COLOCARAM ALGO NA MINHA CABEÇA.

Fiquei sem visão, e eles me arrastaram pelo chão empoeirado, em direção ao local onde uma aeronave estava zunindo. Para mim, era cada vez mais complicado respirar no interior daquele saco, firmei meus punhos enquanto girava as mãos presas pelas algemas, que eram muito resistentes.

— Segure as pernas dela antes de colocá-la na aeronave. Não podemos nos arriscar.

Respirei fundo ao ouvir a voz do oficial Mayer. Ele parecia satisfeito consigo mesmo.

Alguém me atirou ao chão, e eu sacudi minhas pernas, mas não atingi nada, apenas o ar.

— Dê uma dose a ela. Estou falando sério quando digo que devemos ser cuidadosos, rapazes.

E uma agulha perfurou minha nuca. Eu trinquei os lábios, tentando engolir uma necessidade urgente de gritar.

O mundo inteiro ficou escuro.

*

Meus olhos não abriram imediatamente. Eu estava acordada, ouvia o som dos humanos ao meu redor, mas minhas pálpebras pareciam coladas.

— Ela está voltando, acho — disse uma voz desconhecida.

— Está tudo em segurança? — perguntou o oficial Mayer.

— Sim — respondeu alguém. Seguiu-se o som de correntes sendo arrastadas, e eu senti algo roçando meu pulso. — Está tudo pronto.

Respirei fundo e tentei piscar os olhos. Uma pequena porção de luz invadiu minha visão. O saco que tinham colocado na minha cabeça desaparecera. Minha perna doía, e eu me curvei, procurando o joelho esmagado. Havia sangue nas minhas calças imundas. *Que maravilha...*

Estávamos em uma aeronave. Fiquei deitada no chão de metal, algemada a uma barra, presa pelos pulsos. E alguém acorrentara meus tornozelos. O oficial Mayer se sentou à minha frente, com uma expressão de enorme satisfação no rosto.

Eles não tinham me matado. Eu o encarei ao pensar nisso. Será que ainda seria valiosa para eles, mesmo após ter causado tanto dano?

Movi levemente o corpo, e o oficial Mayer me observou com atenção. Ele olhou para minha perna, que sem dúvida demoraria horas para ficar curada por conta das drogas que tinham injetado em meu corpo. E poderia demorar ainda mais se eu não fosse capaz de colocar os ossos de volta no lugar. Ele parecia um tanto raivoso ao me observar.

— Está doendo um pouco, 178?

Rosnei. Ele estava de brincadeira?

A aeronave começou a descer, e eu tentei girar o corpo para ver onde estávamos. A porta do piloto estava fechada.

225

Nós aterrissamos, e a porta da aeronave se abriu, revelando quatro guardas, todos com as armas apontadas para meu peito. Suzanna Palm, presidente da CRAH, estava atrás dos guardas, com uma expressão animada no rosto.

— Vocês quatro — disse o oficial Mayer, fazendo um gesto para os guardas. — Eu quero que dois a carreguem e dois mantenham pistolas apontadas na direção dela, o tempo todo. Não a percam de vista nem por um minuto.

Deixei escapar um levíssimo sorriso. Era divertido ver o medo que eles sentiam de mim.

Um dos guardas soltou minhas correntes e também a algema. Ele me agarrou por baixo dos braços, fazendo com que eu ficasse de pé, e uma dor subiu pelas minhas pernas. Outro guarda as ergueu, e eu cravei minhas unhas na palma da mão, para não chorar.

O guarda que me agarrava pelas botas moveu o nariz, afastando o rosto de mim. Para ele, eu estava fria, morta e nojenta.

Por um momento, entendi por que Micah queria acabar com toda aquela gente.

Eles me carregaram para fora da aeronave, e eu me remexia nos braços dos humanos, tentando ver para onde me levavam. Mas não reconheci o enorme edifício de tijolos. Não estávamos em Rosa. Nem em Austin.

Quando passamos pela entrada, um ar frio artificial atingiu minha pele, e eu tremi. O chão era de ladrilho branco, as paredes tinham um bonito tom de creme.

— Desçam — disse Suzanna. E olhou para o oficial Mayer. — Ela já está preparada?

— Está.

— Ótimo. Que fique na cela, por enquanto.

Os guardas me levaram a um elevador, e nós descemos vários andares, antes que as portas se abrissem novamente.

Lá embaixo, o ambiente não era nada bom.

Fileiras de celas vazias apareceram na minha frente. As celas da CRAH costumavam ser de vidro, brancas, estéreis, mas aqueles espaços eram pequenos e fechados com barras.

Eles me atiraram no chão de uma das celas do meio, e eu enterrei o rosto no concreto para me distrair da dor que sentia.

A porta de barras foi fechada com um estrondo, e lutei para me manter sentada. Não havia camas na cela. Apenas um vaso sanitário em um canto. As celas à minha frente estavam desocupadas. O silêncio tomava conta do lugar.

Eu me recostei na parede e fiquei olhando para o pequeno espaço vazio em que estava. Não havia janelas. Não havia maneira de saber que horas eram. E, julgando pelos vários andares que descemos de elevador, quem estivesse ali permaneceria bem escondido.

Meu coração ficou apertado, e eu respirei fundo. Se aceitasse que morreria ali, talvez tudo ficasse mais fácil. Algumas semanas antes, eu convivia com a certeza de que poderia morrer a qualquer minuto, e sabia que morreria em alguns anos. Eu precisava recuperar tais certezas.

No entanto, isso parecia impossível. Callum se tornara minha certeza, e senti um aperto no peito ao pensar que poderia ter me despedido melhor dele. Eu não saberia dizer como faria para me despedir propriamente, mas encontraria algo adequado.

Movi lentamente as pernas, me esquecendo de que uma delas continuava quebrada. Fechei os olhos ao sentir uma dor lancinante, tentando me concentrar a fim de parar de senti-la, e a situação ficaria pior enquanto eu não conseguisse me curar. Eu não estava acostumada a lidar com ossos quebrados por mais de cinco minutos. Até nos treinamentos, quando Riley quebrava vários dos meus ossos em um único dia, eu me recuperava rapidamente entre uma lesão e outra. Naquele momento, a dor era constante, e eu não gostava nada daquilo.

Eu me recostei na parede, examinando minha perna ferida. E se nunca mais curasse? E se eles tivessem descoberto uma maneira de bloquear nossa capacidade curativa? E se aquelas balas fossem mais potentes do que o normal, fazendo com que a perna se curasse mal, ficando feia? Ela provavelmente ficaria mais terrível que o meu peito.

Comecei a rir, o que levou a uma gargalhada histérica, uma gargalhada cada vez mais alta, acompanhando o progresso do pânico que se instalava em meu peito.

VINTE E CINCO

CALLUM

A ÁREA AO REDOR DA TORRE DE VIGIA ESTEVE TRANQUILA toda a noite, exceto por uma ou outra árvore que balançava seus galhos. Encontrei a torre mais próxima ao túnel dos rebeldes e fiquei dando voltas sozinho naquele espaço apertado a noite inteira. Quando a manhã chegou, atravessei a cerca e dei uma olhada na área. Nada.

Já era hora de procurá-la.

— Vou deixar o meu posto — avisei, usando o comunicador. — Estou entrando.

— *Entendido* — respondeu Riley.

Atravessei a colina, passei pelos arredores da cidade e cheguei ao muro do gueto. A cidade começava a ganhar vida, e encontrei muito mais humanos naquele dia. Eles pareciam querer manter a distância, como se tivessem decidido ignorar os Reboots, fingindo que nada daquilo estivesse acontecendo. O que melhor funcionasse para eles.

Eu esperava que meus pais e David tivessem voltado para casa na noite anterior. Caso contrário, ela já estaria sendo disputada por outras pessoas.

Cheguei ao lado do muro e saltei, pousando suavemente do outro lado. Depois desci o sujo caminho em direção à escola. Fiquei pensando na quantidade de equipamento que a CRAH teria abandonado nas instalações de Austin. Teriam deixado vans ou aeronaves? Eu poderia dar uma olhada, roubar alguma coisa e sair à procura de Wren e Addie. E não me importaria se todos me dissessem que isso seria muito perigoso. Ela procuraria por mim, mesmo com uma grande possibilidade de ser interceptada pela CRAH.

Um Reboot passou correndo na minha frente, depois outro. Eu franzi a testa, girando o rosto, pois queria ver para onde seguiam.

Eu não via nada além de casas e árvores, mas logo à frente estava a cerca da CRAH.

Comecei a correr.

Não havia aeronaves, tiroteio nem pânico. A CRAH não estava na cerca.

— Tem um Reboot na cerca sul — gritou Riley no meu comunicador.

Corri o mais rápido possível quando vi uma série de Reboots. Eles estavam de pé, na frente da cerca, rodeando alguém.

Eu não enxergava, até que...

Fique paralisado. Era Addie. E estava sozinha.

Esfreguei a palma da mão na testa e tentei respirar. O ar estava preso no meu peito, não conseguia passar pela minha garganta.

230

Wren fora capturada.

— Ela me jogou no rio, para me salvar — disse Addie, arrumando o cobertor que um dos Reboots pousara em seus ombros.

E Addie se sentou na grama, no meio do círculo de Reboots, não muito longe da cerca por onde entrara. Eu me aproximei, tentando não entrar em pânico, o que era impossível.

Ela me encarou, e eu engoli em seco.

— Sinto muito.

Fiz que não com a cabeça.

— A culpa não foi sua.

Claro que Wren teria feito isso, sem dúvida. Mesmo tentando salvar sua vida, ela enxergou uma oportunidade de salvar a vida de Addie, e a agarrou.

Eu pigarreei para evitar uma vontade repentina de chorar.

— Tentei chegar aqui o mais rápido possível, mas passei quilômetros andando na direção errada e tive que voltar.

— Você reconheceu os oficiais da CRAH? — perguntei.

Ela fez que não, com uma expressão triste no rosto.

— Mas eles não a mataram, certo? Se quisessem matar, já teriam matado — comentei. — Eles tiveram uma oportunidade?

— Sem dúvida — respondeu ela. — Eles nos agarraram, e um deles avisou que estava com Wren.

Senti uma pontada de esperança e olhei para Riley, perguntando:

— Para onde a teriam levado?

— Meu primeiro palpite seria para cá, para Austin. Suzanna Palms usa o capitólio de Austin para interrogar criminosos. Porém, dada a situação atual, eu não acredito que arriscariam tanto.

— Então foram para Rosa, certo? Seria a segunda opção.

— Talvez — respondeu Riley. — Mas Tony me disse que eles estão levando todos os refugiados de Austin para Nova Dallas. A CRAH poderia estar se estabelecendo por lá.

Addie olhou para algo atrás de mim. Virei o rosto e vi Tony e Gabe correndo na nossa direção, com expressões animadas.

— Graças a Deus — disse Tony, suspirando ao ver Addie. — O seu pai me mataria... — E deu uma olhada ao redor. — Cadê Wren?

— Ela foi capturada por um grupo de oficiais da CRAH — respondi, levantando e passando as mãos trêmulas pelos cabelos.

Eu queria surtar. Sentia aquela necessidade urgente tomando conta de mim. Pensar era complicado. Dei uma olhada ao meu redor, alguém poderia ter uma ideia.

Riley franziu a testa, pensando, e todos os demais olhavam para mim, sem dúvida imaginando que *eu* deveria encontrar uma saída.

E eles tinham razão. Se quisesse recuperar Wren, eu deveria montar um plano de ação e organizar todo mundo, antes que fosse tarde demais.

— Nós precisamos descobrir onde ela está. — E olhei para Tony. — Você poderia entrar em contato com Leb, em Rosa? Você conhece alguém em Nova Dallas?

Tony assentiu.

— Já estamos tentando entrar em contato com as outras cidades, para comentar o que aconteceu por aqui. Eu não conheço muita gente em Nova Dallas, mas poderia tentar.

— Vocês sabem o que eles poderiam ter feito com ela? — perguntou Addie. — Isso poderia ajudar, certo? Se soubéssemos o que eles querem...

Tony pigarreou, olhando para o chão.

232

— A CRAH sempre quis saber por que algumas crianças demoram tanto para se transformar em Reboot, e por que ficam tão fortes quanto Wren. Na minha opinião, eles tentariam fazer experiências com ela. — E suspirou, depois falou com mais calma: — Talvez não tenhamos muito tempo para encontrá-la.

Fiquei com o coração na boca, transformei minhas mãos em punhos. Ao pensar neles dissecando Wren, o mundo sumiu debaixo dos meus pés.

— Eles devem ter ido para Rosa — continuou ele. — A presença de rebeldes por lá nunca foi forte, e eles devem saber disso.

Respirei fundo, tentando evitar minhas preocupações por um instante. Ela teria feito isso. Ela mergulharia na ação, depois (talvez) se preocuparia, mas em privado.

— Você acredita mesmo que poderia descobrir?

— Vou me esforçar ao máximo.

Eu o encarei, com uma expressão de gratidão no rosto, depois olhei para Riley.

— Vamos começar montando um grupo para ir atrás dela. Mas vamos esperar até amanhã, pois seria melhor se conseguíssemos uma confirmação de onde ela está. No entanto, se não houver confirmação, eu vou sair assim mesmo. Não aguento mais esperar.

VINTE E SEIS

WREN

ACORDEI AMARRADA A UMA MESA. MAIS UMA VEZ, ABRIR os olhos foi complicado, mas, quando consegui, as luzes do teto eram fortes e brilhantes demais se comparadas à cela escura.

Dobrei os tornozelos. Estavam presos à mesa de metal, assim como minhas mãos, e não havia maneira de me soltar, ainda que minha perna já estivesse curada. Há quanto tempo eu estaria ali? Não me lembrava de ninguém entrando na cela e aplicando algo para me apagar, mas alguém o fizera.

Virei o rosto ao ouvir vozes atrás de mim. Eram Suzanna e o oficial Mayer, as cabeças curvadas, conversando entre si. Suzanna fez um gesto na minha direção, e o oficial ficou paralisado. Ele mantinha a mesma expressão pretensiosa em seu rosto, expressão que eu estava louca para destruir.

Dei uma olhada ao redor. Aquilo parecia menor que um laboratório médico da CRAH. Eu estava sentada na mesa, no meio da sala, e havia uma bandeja com instrumentos afiados

234

à minha esquerda. Um computador rangia em uma esquina, ao lado de um gabinete repleto de frascos com líquidos. Eles estariam planejando me deixar louca como Ever?

Suzanna cruzou os braços sobre o peito e olhou para mim. Louca, talvez não. Ever ficou mais forte quando enlouqueceu, e aquela situação não terminou muito bem para eles. Engoli em seco quando olhei para o equipamento. Aquilo não parecia nada promissor.

O oficial Mayer se sentou ao meu lado, com um sorriso falso no rosto. Ele já me lançara o mesmo sorriso antes, quando completei uma missão em seu nome. De certa maneira, aquele homem um dia gostou de mim, e talvez por isso eu notava certo ódio em seus olhos. Eu o decepcionara.

Sorri de volta.

Suzanna caminhou pela sala, depois pegou alguns frascos. Eu me penitenciei novamente por não ter pedido maiores informações a Micah sobre o que acontecia na CRAH. O que ele dissera mesmo? Que um dos experimentos fazia com que enxergássemos tudo roxo?

Eles já tinham me aplicado o que diminuía nossa velocidade de cura. E não foi nada divertido.

De repente, Suzanna apareceu ao meu lado e picou minha nuca com algo afiado. Em um primeiro momento, o líquido que ela injetava não queimava muito, mas depois a sensação era tão forte que cravei os dedos na palma da mão. E a queimação se estendeu por todo o meu corpo. Engoli em seco, resistindo à urgência de gritar.

Fechei os olhos. Eles nunca me treinaram especificamente para tortura, mas deveriam ter treinado. Eu talvez não tenha percebido antes de conhecer Callum, mas o que eles faziam com os Reboots era uma espécie de tortura.

Quando abri os olhos, Suzanna estava em cima de mim, e parecia um pouco perdida.

— Essa expressão significa que ela está sentindo dor?

— É sua única expressão.

— Ah... — E curvou a cabeça, observando meu corpo e apontando para meus punhos cerrados. — Isso parece uma expressão de dor. Ótimo. — E fez um gesto em direção a alguma coisa. — Vamos ao próximo.

— Suzanna...

O oficial Mayer parecia nervoso ao se levantar da cadeira.

— O quê? — perguntou ela.

— Vamos... — Ele se virou de costas e baixou o tom de voz, mas eu o ouvia mesmo assim. — Vamos matar essa garota. Vamos matar todos eles.

Um arrepio percorreu minha espinha. Engoli em seco, em pânico.

Suzanna o encarava.

— Matar todos os Reboots que saem da linha seria uma estratégia idiota. Com a combinação certa de drogas, poderíamos limpar as áreas desafiadoras de seus cérebros. — E fez um gesto na minha direção. — Nós poderíamos colocar nossos melhores Reboots de volta à ativa, ainda que um dia tenham pensado em se rebelar. Poderíamos, por exemplo, fazer com que esta volte a ser obediente.

Eu finquei ainda mais os dedos nas palmas das mãos, pois a minha vontade era de arrebentar as algemas. Eu não queria voltar a acatar ordens nem queria matar ninguém.

— Se você... — disse o oficial Mayer.

— Albert, quando quiser sua opinião sobre meus Reboots, pedirei — retrucou Suzanna, interrompendo-o.

Ela puxou o computador e o posicionou ao meu lado, depois franziu a testa ao olhar para a tela.

— Vamos começar.

Grunhi quando o guarda me atirou contra o piso de cimento. Ele não se preocupou em tirar as algemas das minhas mãos nem dos meus pés antes de bater a porta, e fui obrigada a lutar para conseguir me sentar.

Recostei-me num canto e fechei os olhos. Tudo girava. Fiquei horas sentada àquela mesa, e a sensação de que tudo estava girando era constante, desde a segunda injeção.

Eu teria preferido a morte a ter ficado ali, como um rato de laboratório. Aliás, eu teria preferido a morte a ser *posta de volta à ativa* por conta das drogas, retornando a uma das instalações CRAH.

Enterrei o rosto entre os joelhos quando a imagem de Callum surgiu em minha mente. Ao pensar nele, lembrei daquele dia na CRAH quando o obriguei a bater em mim. Naquele momento, estávamos na porta do seu quarto, ele pousara os braços ao redor do meu corpo, e estávamos tão próximos que ele poderia ter me beijado. Seu rosto, naquele dia, exibia a expressão mais bonita de todos os tempos. Misturava diversão ao desejo, além de uma dose saudável de aborrecimento. E o mais provável era que eu nunca mais voltasse a ver tal expressão... e nunca mais voltasse a vê-lo.

Será que Addie tinha conseguido voltar? Será que o encontrara? Se eu estivesse no lugar dela, teria ido diretamente às instalações da CRAH, correndo atrás dele. E algo me dizia que Callum faria o mesmo.

Um sorriso tomou conta dos meus lábios.

VINTE E SETE

CALLUM

— NOVA DALLAS — REPETI, OLHANDO PARA TONY E Desmond. — Vocês têm certeza?

— Temos — respondeu Tony. — Eu acabei de falar com um oficial de lá. Ela está afastada dos demais Reboots, nas antigas celas humanas.

— Eu imaginava que seria mais provável em Rosa — disse Riley, aproximando-se de mim.

Tony se recostou em sua cadeira. Estávamos na cozinha de sua casa, cercados de uns vinte humanos. Um grupo deles estava sentado conosco à mesa, o restante se espalhou pela sala de estar e pela entrada da casa.

— Eles estão montando um centro de comando em Rosa — disse Tony. — E estão transferindo funcionários da CRAH de Austin para lá. Basicamente, Rosa é hoje a base de operações humanas, e eles não levariam a 178 para lá. Especialmente sabendo que ela conhece bem aquelas instalações. Além disso,

Nova Dallas está mais bem equipada para prisioneiros. Eles fizeram muitas experiências com Reboots adultos por lá.

Addie olhou para mim, animada.

— Nós poderíamos viajar esta noite, certo?

— Claro, sem dúvida — respondi, e olhei para Tony, engolindo em seco. — Eles sabem algo sobre... a condição de Wren?

— Só sei que ela está lá, nada mais. Sinto muito.

— Tudo bem — comentei, suspirando aliviado.

Se ela estivesse por lá, provavelmente estaria viva. Sim, ela estaria viva. Tony demorara apenas 24 horas para descobrir seu paradeiro, e isso me parecia bem rápido, o que aumentava minhas esperanças.

— Vou começar a preparar os Reboots e as aeronaves — avisou Riley. — Mas precisamos deixar pessoas de guarda na cidade. — E olhou para Tony. — Como você gostaria de dividir os seus homens? Quantos deveriam vir conosco?

Um longo silêncio se seguiu às palavras de Riley, e meu coração ficou na boca quando vi a expressão no rosto de Tony.

— Nenhum humano viajará a Nova Dallas — disse ele, baixinho.

— Por que não? — perguntou Addie. — Se vamos entrar na cidade, tentaremos libertar os Reboots que vivem lá, certo?

E olhou para mim, buscando a confirmação de suas palavras.

— É o que o espero — comentei, olhando pra Riley, que assentiu, concordando.

— Perguntem por aí, mas eu já falei com muita gente — disse Tony, cruzando os braços e apoiando-os no tampo da mesa. — Nós não vamos participar de outra invasão de instalações da CRAH. Não nos parece o melhor uso de nossos recursos neste momento.

Eu o encarei, depois perguntei:

— Você está querendo dizer que resgatar Reboots não seria um bom uso dos seus recursos? Nem resgatar Wren?

Ele baixou os olhos.

— Exatamente.

Raivoso, olhei para ele, depois para Desmond.

— Nada disso teria acontecido se não fosse por Wren! As instalações da CRAH nesta cidade ainda estariam funcionando, e vocês estariam perdidos, se não fosse por ela!

— Nós também participamos daquele movimento — retrucou Desmond, embora uma sombra de culpa surgisse em seu rosto. — Ela não fez nada sozinha.

— Nem vocês — rebati.

— Será que, ao menos, teríamos algum apoio dos humanos de Nova Dallas? — perguntou Riley. — Eles poderiam nos ajudar a entrar nas instalações?

— Posso dizer a vocês onde ficam os quartos dos Reboots, e também onde fica a sala de controle — respondeu Tony. — E conheço um homem, lá dentro, que concordou em deixar a porta aberta, assim vocês poderiam entrar. Aliás, o mais provável é que vocês consigam atravessar a cerca com a aeronave sem qualquer problema. Aparentemente, as aeronaves da CRAH não param de voar entre uma cidade e outra nos dias de hoje. — Ele suspirou. — Mas isso é tudo. Ajudar seria muito arriscado para os humanos.

Addie deixou escapar um som indignado, lançando suas mãos ao ar.

— Parem como isso — disse Desmond. — Vocês não precisam da gente. Vocês não precisam de ajuda humana. Vocês têm uma centena de Reboots. Quando libertarem outros, em Nova Dallas, esse número poderá dobrar.

— São 83 — corrigiu Riley. — Vários partiram.

— Deixem as portas destrancadas como da última vez — disse Tony a Addie. — E tudo ficará bem.

Tudo ficará bem me pareceu uma previsão otimista. Eu nunca tinha pensado nisso, mas Wren e Addie assumiram um sério risco ao entrar nas instalações de Austin. Elas poderiam ter ficado presas lá dentro. A CRAH não constrói apenas trincos, mas também fechaduras, portas de aço, códigos e câmeras, além de duas cercas em cada instalação.

Entrar em outra instalação seria assumir um risco enorme, ainda que tivéssemos a companhia de 87 Reboots.

— E as demais instalações? — perguntou Addie. — Vocês nos ajudariam nelas?

Uma expressão de dor tomou conta do rosto de Tony, e Desmond respondeu por ele:

— Não. Nós já conversamos com os humanos que vivem aqui, e todos concordam que deveríamos focar na reconstrução da cidade. Vamos transformar esse lugar em uma região livre da CRAH e tentar atrair humanos de outras cidades.

Passei minhas mãos pelo rosto, deixando escapar um leve suspiro. Eles esperavam que invadíssemos as instalações e resgatássemos os Reboots, o que talvez não fosse uma expectativa muito disparatada. Afinal de contas, eles sempre deixaram bem claro que esperavam a nossa retirada após termos livrado os Reboots da CRAH. Sendo assim, por que eu ainda ficava surpreso?

Olhei para Riley e para Addie. Nós três éramos os únicos Reboots da casa. Era como se os humanos tivessem desenhado um círculo invisível ao nosso redor. E eles se movimentavam ao redor desse círculo, mantendo distância, como se não fôssemos confiáveis, como se pudéssemos virar o jogo e atacar a qualquer momento. Aliás, alguns deles me viram fazendo exatamente isso, e talvez nunca mais conseguissem enxergar outra coisa em mim, além de um Reboot que assassinou um humano.

Wren estava certa. Eu dava muito crédito aos humanos, e fazia isso porque ainda os via com meus antigos olhos de humano, e ainda me lembrava de como eles me tratavam quando eu estava vivo, quando ainda era um deles. E ignorava como me tratavam desde a minha transformação... eles gritavam, eles atacavam, eles sentiam medo.

Portanto, por que eu continuava disposto a salvá-los? Por que fiquei horrorizado quando Wren me disse que não estava disposta a fazer isso? Claro que ela não estaria. Wren lidava com eles havia cinco anos. Ela sabia que os humanos nunca confiariam em nós.

— Tudo bem — respondi, cruzando os braços sobre o peito. — Hoje à noite, vamos levar a Nova Dallas todos os Reboots dispostos a nos ajudar. Mas levaremos apenas os que entrem em uma aeronave, pois a outra vamos deixar para os novos Reboots.

Riley franziu a testa.

— Você acha que conseguiríamos entrar e sair de uma cidade com duas aeronaves?

— Não sei — respondi, olhando para Addie. — Precisamos explicar a todo mundo que a operação é arriscada. Eles precisam saber que existe uma possibilidade de sermos abatidos, aprisionados pela CRAH ou mortos. Ninguém será obrigado a participar contra a vontade.

— Entendido — disse Addie. — Algo me diz que vários deles nos acompanharão. Afinal de contas, Wren salvou os Reboots de Austin.

— Os Reboots da reserva podem se sentir menos inclinados... — disse Riley. — Mas aposto que alguns virão conosco.

— Diga a eles que serei eternamente grato. — E olhei para Tony e para os demais humanos. — Estamos combinados.

Tony ergueu as sobrancelhas.

— Assim que recuperarmos Wren, vou esvaziar o resto das instalações... ou o máximo que conseguirmos. Depois iremos embora. Boa sorte com a CRAH. Boa sorte se Micah aparecer por aqui. Vocês estarão sozinhos.

Naquela tarde, quando o sol começou a se pôr, fiquei caminhando na grama à frente da aeronave maior. Eu já havia preparado os Reboots, e Riley tinha feito uma batida na CRAH em busca de combustível. Dos 87 Reboots que nos restavam, quase todos concordaram em nos acompanhar. Os humanos seriam obrigados a defender Austin sozinhos.

Tudo o que me restava era esperar, e a espera estava me matando.

— Callum — gritou Addie, agarrando meu braço e fazendo com que eu parasse de caminhar. Ela carregava um prato. — Você deveria comer alguma coisa.

Olhei para o sanduíche. Eu não tinha fome, e nem me lembrava da última vez que tinha comido. Teria sido ainda na reserva. Se Wren estivesse por ali, ela diria que eu deveria recuperar minhas forças.

Peguei o sanduíche e ofereci metade a David, que estava sentado na grama, ao lado de Addie. Ele hesitou, depois abriu um leve sorriso e aceitou.

— Agradeça a Gabe — disse Addie, acenando com a cabeça na direção dele. — Foi ele quem pensou em pegar a comida disponível na CRAH antes que tudo estragasse.

243

— Eles cortaram a luz das instalações há horas — comentou Gabe. — Mas nós temos algumas pessoas trabalhando para reverter a situação.

— Obrigado — agradeci, entre uma mordida e outra.

Gabe se sentou na grama, ao lado de Riley e Addie, e franziu a testa ao olhar para David.

— Você fez várias pessoas que estavam na casa de Tony se sentirem mal.

David o encarou, perdido, comendo um pedaço do sanduíche.

— O que eu fiz?

— Alguns deles têm filhos Reboot. Vendo você tão tranquilo com o fato de ter um membro da família Reboot, eles se sentiram culpados.

— E deveriam mesmo — murmurei. — Nossos pais montaram um escândalo quando me viram, pelo jeito não foram os únicos que fizeram isso.

— Eles querem ver você mais uma vez — disse David, lançando um olhar de esperança na minha direção. — E comentaram novamente hoje de manhã.

— Eles poderiam vir aqui. Eu estarei nas instalações da CRAH, no final da rua.

David fez que sim, e o sorriso em seu rosto diminuiu de intensidade. Eu duvidava de que meus pais estivessem dispostos a colocar os pés em instalações da CRAH, especialmente em instalações conquistadas por Reboots. Mas eu não me desviaria do meu caminho para me encontrar com eles.

— Fico feliz por não ter conhecido minha família — disse Riley. — Ter pais parece estressante.

Quase gargalhei, mas a risada morreu na minha garganta, pressionada pela terrível dor que tomava conta do meu peito.

244

— Vai ficar tudo bem — disse Addie, em tom suave. — Ela vai ficar bem.

Assenti e parei de caminhar.

— Claro que vai — concordei. — Ela já deve estar bem. E já deve ter queimado Nova Dallas, sem precisar da nossa ajuda.

Todos sorriram e concordaram comigo. Eu tentei forçar um sorriso, tentei fingir que não estava preocupado.

— Vou me sentir eternamente culpado se ela não estiver bem — disse Riley, baixinho, após uma longa pausa. E arrancou um punhado de grama. — Eu sabia que Micah costumava atirar Reboots que se rebelavam aos caçadores. Deveria ter avisado a vocês.

— Culpa não vai resolver nada — disse Addie. E me encarou, perguntando: — Concorda?

Eu não sabia se ela falava sobre minha culpa por ter deixado Wren permanecer na reserva, ou sobre minha culpa por ter matado um humano. E essa dúvida fez um nó gigante tomar conta do meu estômago.

— Não — respondi. — Mas isso não significa que ela não exista.

— No entanto, a notícia não é ruim — comentou David, olhando para mim. — Antes do seu retorno, eu imaginava que os Reboots não sentiam culpa. E é uma boa notícia saber que sim, que vocês sentem.

— É verdade — concordei.

Há apenas alguns dias, eu queria me livrar da culpa por ter matado um homem, mas David tinha razão. Sem a culpa, seria pior.

— Prefiro usar a culpa para me defender de certas pessoas — disse Addie.

David lançou um olhar de preocupação em direção a Addie, e se afastou um pouco dela. Eu engoli uma risada e Addie arqueou sua sobrancelha, se divertindo.

Voltei a olhar para as aeronaves, que estavam armadas, preparadas para a decolagem, e disse:

— Esse me parece um excelente plano, Addie.

VINTE E OITO

WREN

CARNE.

Meus braços não se moviam. Minhas pernas não se moviam. Eu estava sentada numa mesa, sem poder me mover.

E não conseguia pegar a carne.

Por conta da luz forte, franzi os olhos ao observar as figuras ao meu redor, trinquei os dentes e sacudi o metal que prendia meus pulsos.

Vozes murmuradas tomaram conta do ar, um homem surgiu à minha frente. Ele era feito de uma carne suculenta, tenra, gordurosa.

Grunhi, erguendo minha cabeça ao máximo. A carne foi embora.

As vozes ao meu redor ficaram apenas um pouco mais altas, a carne prendeu meus braços e pernas. Me mexi, até que a mesa começou a tremer e as vozes ficaram mais altas. Pânico. Eu gostava do pânico. O pânico fazia com que a carne cheirasse melhor.

Libertei um dos meus braços e agarrei a carne mais próxima.

Tudo ficou preto.

Pisquei os olhos, franzindo a testa ao observar as paredes enevoadas da minha cela. Minha cabeça estava pesada e fria. Minhas bochechas, pressionadas contra o concreto gelado.

Firmei minhas mãos no chão e comecei a tentar me levantar, grunhindo quando uma onda de tontura me assolou. Eu ia vomitar.

Não, eu não ia. Não havia nada no meu estômago. Eu não poderia vomitar.

A fome era intensa, tanto que eu mal conseguia respirar. Eu me sentia mal, quente, fria, perdida. Pisquei novamente os olhos, as barras da cela entraram em foco. Há quanto tempo eu estaria ali?

Fechei meus olhos com força e caí no chão novamente, sem me importar que estivesse gelado.

A porta se abriu, e reuni forças para olhar em direção ao guarda que entrara.

Ele tentou me carregar pelo corredor, acorrentada, mas eu estava fraca e não parava de cair em cima dele, que deixava escapar alguns sons nojentos sempre que o tocava, até que caí completamente sobre ele. Ele gritou, e eu terminei no chão. Aquele não era o meu melhor plano.

Ele passou o resto do caminho me arrastando à sua frente. Quando saímos do elevador, Suzanna e o oficial Mayer estavam nos esperando na porta do laboratório. O oficial Mayer grunhiu ao me ver.

Vi a mim mesma refletida na grande janela do laboratório. Meus cabelos estavam sujos e despenteados. Não consegui ver muito bem minhas feições, mas os olhos pareciam escuros e fundos. De certa maneira, eu parecia menor, como se tivesse encolhido ainda mais. Isso não parecia justo. Eu não era muito alta.

— Está se sentindo melhor, pelo que vejo — disse Suzanna, enquanto o guarda me sentava à mesa. — Eu não tinha certeza da eficácia do antídoto.

Melhor? Quando ela me vira pela última vez? O rosto de Ever surgiu na minha mente, aquele rosto enlouquecido e faminto que ela exibia em seus últimos dias, e eu me retraí no exato momento em que os humanos começaram a entrar na sala. Passei a entender o pânico de Ever, e também seu susto, quando lhe revelei o que estava acontecendo. E, até aquele momento, eu ainda não tinha entendido completamente o horror que ela vivera.

Suzanna cravou uma agulha no meu braço. Baixei a cabeça e vi meu sangue caindo em uma bolsa. Ela cravou outra agulha, no meu outro braço, e conectou essa agulha a outra bolsa.

— O que aconteceria se drenássemos o corpo de um Reboot? — perguntou o oficial Mayer.

— Ele desmaiaria. Mas voltaria, claro. — Ela curvou os lábios ao me encarar. — Eles sempre voltam.

Nem sempre voltam, sabia? Algumas vezes, os Reboots morrem de verdade.

Tombei minha cabeça ao me lembrar disso. A voz de Riley era tão clara quando no dia em que me disse essas palavras, logo no início do meu treinamento Reboot.

É assim que você quer se sentir em campo? Você quer que todo mundo a enxergue como uma patética desastrada?, me perguntou ele, logo após ter perdido em um treinamento e curvado meu corpo em uma bola, caída no chão, implorando por um pouco de ar.

Levanta, ele me puxou pelo colarinho. Riley era alto para seus 14 anos. Fiquei surpresa quando ele me revelou sua idade. O homem que lutou comigo estava no chão, ao lado dele, de mãos e pés atadas.

Riley tirou as balas da arma do homem e me entregou. *Sempre leve as balas antes de voltar à aeronave. E segure a arma pelo cano. Se um guarda perceber que você está se aproximando e segurando uma arma pelo cabo, ele vai atirar.*

Eu choraminguei, cruzando os braços com firmeza sobre minha camisa ensanguentada.

Riley suspirou, abaixando a arma e as balas. *Você quer morrer? Novamente? E dessa vez de verdade?*

Fiquei olhando para ele. Talvez sim. Talvez a morte fosse melhor do que aquilo.

Você vai permitir que eles te matem, o que isso diria de você? Você quer ficar com essa fama?

Engoli em seco, as palavras de Riley percorriam todo meu corpo. Eu não queria ficar com essa fama.

Você poderia ser a melhor, disse ele. *Você é uma 178. Quer ser a maior decepção ou o maior sucesso do mundo?*

Eu não queria ser uma decepção, pois passara grande parte da vida me sentindo dessa maneira.

Sei que é muita responsabilidade, explicou ele, em um tom de voz mais suave que o habitual. *E sei que você é muito jovem. Mas a vida não é justa... ou transformar-se em Reboot não é justo. Seja lá como for, as cartas estão na sua mão. Cabe a você decidir o que fazer com elas.*

Respirei fundo, longamente. Eu escolheria a responsabilidade, escolheria a pressão de ser a melhor. E deixaria que isso me consumisse, e chegaria ao outro lado da vida sendo alguém de quem vagamente me orgulhasse. Porém, naquele momento, eu seria apenas uma pessoa de quem a CRAH se orgulharia.

Cabe a você decidir o que fazer com as cartas que tem na mão.

Suzanna e o oficial Mayer juntaram suas cabeças, e eu senti um jorro repentino de pânico atravessando meu corpo. Eu não queria morrer ali. Não queria que eles vencessem. Não queria que Callum pensasse que eu escolhera apenas salvar a mim, e que não ligava para o que acontecesse com os demais Reboots ou com os humanos que tinham nos ajudado.

Não queria ser uma escrava sem consciência, uma pessoa disposta a fazer tudo o que eles ordenassem. Uma pessoa que acabou fugindo na primeira oportunidade e que não estava disposta a ajudar outras pessoas na mesma situação.

Eu não queria fazer essa escolha. Não me orgulharia de ser uma pessoa assim.

VINTE E NOVE

CALLUM

QUANDO ENTREI, O METAL DA AERONAVE RANGEU SOB minhas botas. Os assentos estavam todos ocupados, e Reboots continuavam subindo atrás de mim. Éramos uns sessenta, menos do que eu imaginava. No entanto, eu não poderia esperar que todos subissem na aeronave para libertar Wren, ainda que, no processo, fôssemos libertar os Reboots de Nova Dallas.

Quando me acomodei na aeronave, percebi o olhar de Tony. Ele estava do lado de fora, ao lado de Desmond, observando os Reboots embarcarem. Eu achara que Wren estava enganada quanto ao egoísmo dos humanos, mas, naquele momento, eu me sentia incrivelmente burro. Estava ansioso para dizer a Wren o quão certa ela estava.

— Espere! Espere! — gritou alguém, no momento em que a porta da aeronave se fechava. Era Gabe, que entrou, vestido de preto e armado. Ele acenou com a cabeça na minha direção, e eu pisquei os olhos.

— Gabe... — disse Tony, dando um passo à frente.

— Quando me uni a vocês, você disse que eu tomaria minhas próprias decisões e assumiria as consequências. Ir com eles é a coisa certa a ser feita. E aceito as consequências.

Tony fechou a boca ao perceber a derrota. Por um momento, imaginei que a atitude de Gabe poderia fazer com que outros humanos demonstrassem seu apoio. Desmond tinha um olhar perdido e o cenho franzido, mas a expressão de raiva que demonstrava desde a nossa chegada desaparecera. No entanto, a porta se fechou e ele não disse nada.

Lancei um olhar de gratidão a Gabe no exato momento em que decolamos.

— Obrigado.

Ele deu de ombros, alternando o peso do corpo de um pé a outro.

— Poderia ter sido eu... quase morri de KDH há alguns anos. Na minha opinião, permanecer humano não passa de um golpe de sorte. Não me parece grande coisa.

— Eu diria que permanecer humano é uma falta de sorte — disse Addie, com um leve sorriso no canto da boca.

— Ei, talvez eu morra hoje; posso dar minha opinião sobre isso amanhã — brincou Gabe.

Addie gargalhou.

— Para isso, eu teria que aguentar você gritando de dor. Fique ao meu lado, certo? Vou receber todas as balas que vierem na sua direção.

— Essa foi a proposta mais legal que uma menina fez para mim.

Addie piscou os olhos, e sua bochecha ficou levemente rosada quando Gabe sorriu e começou a caminhar no interior da aeronave, seguindo em direção à porta da cabine do piloto.

— Isso foi estranho, não acha? — me perguntou ela.

— Não sei, Addie.

— Um humano flertando com uma Reboot é estranho — disse ela, olhando para mim, querendo uma confirmação, mas eu simplesmente fiz que não com a cabeça, pois a história me parecia divertida. Ela fez que sim, como se estivesse se convencendo. — É estranho.

Sorri, mas rapidamente tirei o sorriso da minha boca. Eu não deveria sorrir. Deveria focar em Wren. Poderia ser tarde demais, e eu não deveria ficar rindo enquanto ela estivesse morta.

O olhar de Addie foi até onde Gabe estava com Riley e Isaac. Ele olhava para ela também. Fiz um gesto para que ela fosse até eles, Addie parou por um instante e começou a caminhar lentamente.

Fechei os olhos e recostei minha cabeça na parede da aeronave.

Mantenha o foco, era o que Wren me diria nesse momento.

Minha mente não queria focar. Ela queria entrar em pânico e imaginar terríveis cenários. Estar naquele lado da situação era uma droga. Eu não gostava de estar bem enquanto Wren permanecia presa. E não gostava de ser o fornecedor de planos para os demais Reboots. Nesse momento, passei a entender por que ela sempre evitava essa posição.

Enfiei as mãos nos bolsos e tentei escutar o zumbido da aeronave, deixando de lado os rumores da minha mente. Mantive meus olhos fechados durante o voo, ignorando as conversas ao meu redor.

— Preparem-se! — gritou o piloto da aeronave, uns 15 minutos mais tarde. — Estamos nos aproximando de Nova Dallas.

Mantenha o foco.

TRINTA

WREN

MINHA CABEÇA DOÍA QUANDO ABRI OS OLHOS. FIZ UMA careta, imaginando que a dor poderia ser um efeito colateral das drogas. Por outro lado, eles poderiam ter feito isso de propósito. Quando minha visão começou a clarear, o incômodo diminuiu um pouco e percebi que estava mais uma vez no laboratório. Eu odiava o fato de eles poderem roubar meu tempo e fazer com que eu acordasse sem saber onde estava nem há quanto tempo ficaria naquele lugar. Se não fosse pela fome crescente no meu estômago (que ainda não era tão forte, indicando que não comia há dois ou três dias), seria impossível saber há quanto tempo eu estava sendo mantida como prisioneira.

O oficial Mayer se postou à frente da luz, depois voltou a sair de foco, e eu ouvi Suzanna falando em algum ponto atrás de mim.

Havia uma agulha no meu braço, meu sangue gotejava em uma bolsa. Ao lado dessa bolsa, havia outra, cheia de sangue, e isso era perturbador.

— ...eliminá-la? — perguntou o oficial Mayer, em um sussurro.

Movi minha cabeça de um lado para o outro, esticando levemente os braços. As algemas de metal nos meus punhos estavam frouxas.

Fiquei imaginando o que Callum estaria fazendo. Será que ainda estaria buscando...

Respirei fundo. As algemas. Elas se moviam nos meus pulsos.

Dei uma olhada no outro lado da sala, onde o oficial Mayer e Suzanna continuavam sua conversa. Fiz um leve movimento com os braços.

Alguém se esquecera de apertar as algemas.

Comecei a mover minhas mãos, uma delas escapou em poucos segundos.

Engoli em seco, sentindo uma onda de excitação. Lentamente, movi meu outro pulso, o que estava no raio de visão deles. O oficial Mayer olhou para mim, e parei de me mover, piscando os olhos em sua direção. Ele voltou a olhar para Suzanna.

Minha pele queimava enquanto eu movia meu pulso com cada vez mais força. Suzanna arregalou os olhos.

— Segura! Ela está...

Soltei minha mão e arranquei a agulha do meu braço. O mundo parecia sem equilíbrio, e minha tentativa de levantar acabou resultando em uma queda de cara no chão.

Senti que alguém agarrava meu pé e chutei, arquejando e tentando me manter firmemente presa ao chão. O mundo pareceu sacudir por um momento, e pensei que as drogas poderiam estar me deixando tonta, mas o rosto de Suzanna deixava claro sua confusão. Uma explosão soou em algum ponto, logo abaixo de onde eu estava.

O oficial Mayer agarrou meus ombros, me mantendo sentada.

— Eu avisei que deveríamos matar essa mulher — disse ele.

Gritos surgiram do lado de fora. Olhei para a porta, uma pitada de esperança tomando conta do meu corpo.

— Vá — ordenou Suzanna, afastando um cacho de cabelo dos olhos. O oficial Mayer saiu correndo, e ela me encarou e apontou sua arma para minha testa. — Eu cuido disso.

Eu a encarei. Ela não segurava muito bem a pistola, e eu não entendia por que pedira ao oficial Mayer que fosse embora. Suzanna, claramente, não tinha o costume de usar pistolas.

Ela hesitou, e eu me forcei a focar enquanto a encarava. No entanto, ela *não* hesitava por duvidar se seria certo me matar, isso não. Na verdade, ela estava pesando seu investimento, pensando no que perderia se não pudesse fazer novas experiências comigo e me mandar de volta à ativa. Sua decepção era tão óbvia quanto a do oficial Mayer.

Um sorriso começou a se formar em meu rosto, e Suzanna me encarava, perdida. Eu sentia orgulho por tê-los desapontado. E eu não era o monstro sem emoção e duro como pedra que eles imaginavam. Tinha sido treinada.

Atirei meu corpo para a frente, e Suzanna engoliu em seco. Ela quase deixou sua arma cair no chão ao tentar atirar. Arranquei sua arma e bati com a palma da mão no seu peito. Ela caiu de costas.

Suzanna tentou recuperar a arma, grunhindo, com as unhas cravadas no meu braço. Dei um tiro na sua cabeça.

Deixei escapar um suspiro de alívio quando minhas pernas fraquejaram, e caí no chão. Eu não costumava olhar para os humanos após matá-los, mas fiquei olhando para ela. Eu a matei para me defender, e não diria que me importava com o

257

fato de ela estar morta, mas preferia não ter feito isso. Talvez fosse essa a questão de Callum quando ele tentava me explicar o que me diferenciava de Micah. Eu nunca matava ninguém sem propósito.

Afastei os olhos de Suzanna, com uma estranha mistura de alívio e tristeza no peito, e comecei a engatinhar em direção à porta.

TRINTA E UM

CALLUM

AS RECENTES INSTALAÇÕES DA CRAH EM NOVA DALLAS, vistas de cima, se pareciam muito com as de Rosa. A entrada estava deserta, mas a porta, aberta, como me dissera Tony. A reduzida equipe tinha acabado de descer de outra aeronave, e uma coluna de fumaça subia pela lateral do edifício por conta das bombas lançadas.

A aeronave levantou voo assim que o último Reboot desembarcou, seguindo à entrada principal para recolher os Reboots que conseguissem escapar.

— *Estamos no porão.* — Ouvi, e coloquei uma das mãos no ouvido quando a voz de Isaac surgiu no meu comunicador. — *Ela não está aqui. Um guarda nos disse que a levaram para cima.*

— Para que andar? — perguntei, correndo às escadarias e tirando a pistola da minha cintura.

— *Espere.* — Seguiu-se um breve silêncio, depois ele disse: — *Segundo ou terceiro. Ele não tem certeza. No andar dos médicos.*

— Certo — respondi, e comecei a descer as escadas, com sessenta Reboots me seguindo.

— *Todos os Reboots, de volta aos seus quartos, imediatamente* — disse uma voz no sistema de som, em alto e bom som.

Murmurei um xingamento e comecei a correr mais rápido. Eu estava no décimo andar e esperava encontrar os Reboots ainda jantando no refeitório, pois, se seguissem a ordem da CRAH, seriam trancados em seus quartos. Porém, após o anúncio ter sido feito, a situação não era nada boa. Com sorte, Addie conseguiria encontrar a sala de controle para destrancar as portas novamente, como fez em Austin. Virei o corpo e vi Gabe e um bando de Reboots abrindo a porta do oitavo andar, onde ficava a sala de controle.

Passei pelo sexto andar, onde ficavam os quartos, e o restante dos Reboots pararam ali. Comigo, estavam apenas Riley e Beth.

Segui correndo ao terceiro andar, com Riley e Beth na minha cola. Tudo estava bem trancado por lá. As paredes eram quase imaculadas, de tão brancas. Virei o corpo e voltei correndo às escadas, descendo ao segundo andar. Dei uma olhada para trás e abri a porta o suficiente para que Riley e Beth entrassem.

Bati contra alguma coisa e pisquei os olhos, agarrando minha arma com mais força.

Era o oficial Mayer. Ele arregalou os olhos ao me reconhecer, e deu vários passos para trás, tropeçando levemente. Ergui minha arma ao correr na direção dele, encarando-o, e apontei o cano da pistola para sua cabeça.

Ele pegou uma arma na cintura e deu um passo à frente, movendo a mão e apontando a pistola enquanto gritava.

Mayer se movia como quem quisesse sair correndo, mas eu chutei a parte de trás de seus joelhos, com muita força, e ele caiu no chão, com um estrondo. Ao meu redor, o edifício sacudiu, e o eco de um tiro invadiu o corredor.

Agarrei sua camisa e o obriguei a me encarar. Aproximando-me dele, pressionei minha arma contra sua testa.

— Wren? — perguntei.

A respiração dele era pesada. Uma expressão de medo tomara conta do seu rosto. Ele fez que não com a cabeça.

— Não sei.

— Sendo assim, devemos eliminar você — ameacei, falando lentamente. — Não temos espaço para humanos que não fazem bem o seu trabalho.

Ele abriu e fechou a boca, os olhos demonstravam um profundo pânico.

— Eu... eu posso...

— Quer dizer que não acha que eu devia eliminar você? — E agarrei seu colarinho com tanta força que ele mal podia respirar. Agarrava meus dedos, desesperado.

— Callum.

Ergui os olhos ao ouvir a voz de Riley, que me indicou uma cabeça loira caída na entrada de uma sala, alguns metros à frente.

Wren.

Fui tomado por uma onda de alívio e comecei a correr atrás dela, esquecendo-me por um momento do oficial Mayer. Virei o rosto e vi o oficial descendo o corredor, dando umas olhadelas aterrorizadas para trás. Riley e Beth me seguiam de perto, e Mayer corria na direção contrária. Riley atirou duas vezes, mas o oficial escapou pela porta das escadarias.

Beth fez um movimento, como se quisesse seguir atrás dele, mas dois oficiais apareceram na porta, e ela e Riley começaram a atirar.

Wren ergueu a cabeça, com os olhos arregalados ao me ver. Eu a levantei do chão, e a arma que ela carregava caiu da sua mão no momento em que a deixei encostar na parede. Uma mulher estava morta na sala, ao seu lado. Os oficiais na porta da escadaria caíram no chão, e Riley olhou para trás, acenando para mim.

Afastei os cabelos de Wren do rosto, mantendo um dos meus braços ao redor da sua cintura para que ela continuasse de pé.

— Você estava tentando se salvar?

Ela deu uma fraca risada. Wren estava pálida e suja. Suas roupas manchadas de sangue. Seus olhos não focavam muito bem, e algo me dizia que, se eu a soltasse, ela cairia no chão.

— Acho que preciso de ajuda — disse ela.

— *Os quartos dos Reboots estão trancados.* — Eu apertei a cintura de Wren com mais força ao ouvir a voz de Addie, que saía do comunicador preso ao meu ouvido. — *Eles mudaram o programa. Não podemos tirá-los de lá. E os guardas não param de subir. Não seremos capazes de resistir por muito tempo.*

Xinguei baixinho, e Wren ergueu sua cabeça, curiosa.

— Eu estou com Wren — disse no comunicador. — Eles estão prontos na frente do edifício?

— *Estão* — respondeu Addie, com uma pitada de alívio no tom de voz. — *A equipe de extração está pronta por lá. E eu acho que, neste momento, devemos deixar os Reboots para trás. Estão chegando reforços da CRAH, e não temos pessoal suficiente para tomar o edifício inteiro.*

262

— Tudo bem — respondi, suspirando, depois olhei para Riley e Beth. — Temos que ir embora. Eles não conseguiram libertar os Reboots.

— Poderíamos arrombar as portas — sugeriu Beth, pegando sua arma. — Somos muitos. Vamos conseguir.

— Segundo Addie, a CRAH está enviando reforços. Eles mal estão conseguindo manter os guardas sob controle.

Beth olhou para Riley, agitada.

— Não poderíamos sequer tentar?

Riley deu uma olhada no corredor.

— Vamos até lá dar uma olhada, tudo bem? Tire Wren daqui — pediu ele, depois correu com Beth em direção à escadaria do outro lado do edifício.

Segurei Wren nos meus braços e murmurei:

— Você conseguiu fazer isso com dois Reboots e alguns humanos.

— Mal e porcamente — comentou ela, tossindo.

Falei rapidamente no meu comunicador, avisando a Addie que Riley e Beth estavam a caminho do sexto andar. Wren passou os braços ao redor do meu pescoço no momento em que comecei a correr para as escadas.

Desci ao primeiro andar, e Wren só ergueu a cabeça quando chegamos na portaria. As portas da frente estavam arrombadas, com uns poucos Reboots feridos em volta do balcão da recepção. Dei uma olhada ao meu redor, procurando outros Reboots, e encontrei Isaac acenando freneticamente ao lado da porta.

— Vamos! — gritava ele.

Um barulho de tiro tomou conta do meu comunicador, seguido pela voz de Addie:

— *Está um caos nos quartos dos Reboots. Tem muitos guardas.*

— Saiam daí — ordenei, com o coração na boca. — Depois a gente volta para buscá-los.

Eu não consegui entender sua resposta com tantos gritos e tiros. Trincando os dentes, apertei meus braços em volta de Wren, passando pelas portas e chegando ao gramado da CRAH, onde nossa aeronave começou a pousar.

Ouvi um ruído seco nas minhas costas, virei o corpo e vi Reboots saltando das janelas dos terceiro e quarto andar. Outros atravessavam a recepção, e Isaac animava todos a saírem do prédio e correrem ao gramado.

Um mar de oficiais CRAH vestidos de preto os seguia.

Eu me curvei, tentando proteger a cabeça de Wren com a minha, pois balas zuniam ao nosso redor. Riley apareceu bem ao meu lado, arrastando uma perna claramente quebrada, e com sua camiseta cinza coberta de manchas de sangue.

— Beth? — perguntei, enquanto corríamos.

Ele fez que não com a cabeça. A expressão no seu rosto era dura.

— Addie? — perguntei, em pânico, com a voz entrecortada.

Ele apontou. Girei o rosto e vi Addie correndo logo atrás de Gabe, tentando bloquear as balas que poderiam atingi-lo.

A aeronave pousou e eu entrei imediatamente, correndo até um dos cantos e me sentando no chão, com Wren nos braços. Vários Reboots surgiram ao meu lado, sangrando e falando em voz alta. Mas não eram tantos. Estiquei o pescoço, querendo ver se entrariam mais. Havia alguns feridos do lado de fora, caídos sobre a grama, mas teríamos perdido todos os demais? Chegamos com sessenta e voltaríamos com... trinta? Quarenta? Além de uma extra.

Pressionei meus lábios no rosto de Wren e passei os dedos entre seus cabelos, deixando escapar um suspiro trêmulo.

264

— Você me deixou muito assustado — murmurei, com a respiração pesada.

Ela sorriu, recostando-se em meu pescoço.

— Eu sempre deixo muita gente assustada.

E a abracei com mais força, mas um barulho na porta da aeronave fez com que me curvasse sobre ela. Estávamos a ponto de levantar voo, e olhei para Addie, sua expressão era de puro medo. Suas mãos estavam cobertas de sangue, pressionando o peito de outra pessoa. Eu me estiquei para ver quem era.

Gabe.

— E agora? — perguntou Addie, olhando freneticamente para os lados. Os Reboots se entreolharam, perdidos. — Quem sabe o que fazer quando um humano é baleado?

TRINTA E DOIS

WREN

QUANDO ACORDEI, SENTI ALGO QUENTE E SÓLIDO. MINHA visão estava tingida de roxo, o que seria um efeito colateral de algo que Suzanna e o oficial Mayer tinham me dado. Olhei através da parede de vidro à minha frente. Respirei fundo.

Eu estava em uma instalação CRAH.

— Está tudo bem — disse Callum ao meu ouvido, me segurando, com o braço envolvendo meu ventre, antes que eu saltasse. — Estamos nas instalações de Austin. A CRAH abandonou isso aqui.

Lentamente, me afastei dele, piscando os olhos quando manchas atrapalharam minha visão. Eu estava fraca e faminta, e meu corpo não parecia muito bem.

Estávamos em um quarto Reboot, em uma das camas. A outra cama estava vazia, e não havia nada por ali além das duas camas e um armário. Pela parede envidraçada, era possível ver que as instalações estavam vazias, mas eu ouvia um murmúrio de vozes por perto.

Callum tinham círculos escuros ao redor dos olhos, além de manchas de sangue em sua camiseta branca, mas ele sorria para mim, e eu me aninhei em seu colo. Passei meus braços ao redor do seu pescoço, e ele me puxou para perto.

— Desculpa — pedi, afastando-me dele e olhando para minhas roupas sujas. — Estou nojenta.

— Não — disse ele, aninhando-me novamente em seu colo. — Você está ótima, considerando tudo o que passou nos últimos três dias.

Gemi contra seu ombro.

— Foram só três dias? Pareceram centenas.

Ele me abraçou com mais força.

— É verdade.

E ficamos sentados em silêncio por vários minutos, ouvindo o som de pessoas conversando que invadia o quarto. Depois, me afastei o suficiente para observar o seu rosto.

— Você gostaria de me explicar o que estamos fazendo em umas instalações vazias da CRAH?

— Depois do seu desaparecimento, reuni os Reboots e voamos para cá. Conseguimos fazer com que a CRAH fosse embora. E imaginávamos que, se pudesse, você viria para cá, por isso resolvemos ficar.

Assenti.

— Eu tentei.

— Eu sei. Addie me contou.

— Em quais instalações da CRAH eu estava?

— Em Nova Dallas. Nós tentamos libertar todos os Reboots de lá, mas... — Uma expressão de dor atravessou seu rosto. — Não tínhamos Reboots suficientes nem apoio humano. E não conseguimos destrancar as portas. — Ele mexeu nos meus cabelos, com um leve sorriso no rosto. — No entanto, parte da nossa missão era o seu resgate. Portanto, eu diria que deu certo.

— Os humanos de Austin foram todos embora? — perguntei, confusa.

Ele fez que não com a cabeça.

— Não. A CRAH exigiu que todos fossem para Nova Dallas, mas vários ficaram por aqui.

— Ah... e eles não quiseram participar da missão de resgate dos Reboots?

— Libertar Reboots deixou de ser uma prioridade para eles. — E Callum revirou os olhos, saindo rápido da cama. — Mas não importa. Você está com fome? Eu peguei algumas coisa na despensa.

— Estou morta de fome, não como desde que saí da reserva.

Eu me levantei da cama, mas rapidamente percebi que levantar não seria uma boa ideia. Minhas pernas tremiam, e o mundo voltou a ficar desequilibrado. Agarrei a beira da cama e me sentei no chão.

— Você está bem? — perguntou Callum, sentando-se à minha frente, com dois pedaços de pão e um pote de pasta de amendoim. Ele mergulhou a faca no pote e espalhou a pasta em um pedaço de pão, que me ofereceu.

— Sim, eu estou bem — respondi, dando uma boa mordida, e logo depois outra.

— Você desmaiou na aeronave, fiquei um pouco preocupado. Você não precisa de antídoto contra nada, certo? — perguntou ele, com um leve sorriso. — Temos alguns deles por aqui. Poderíamos tentar alguma coisa.

Eu gemi.

— Não, obrigada. Eu estou bem. Acho que já tomei drogas estranhas demais.

— Tudo bem. No entanto, se você tentar me comer, vou buscar alguns antídotos.

Eu sorri e peguei o segundo pedaço de pão que ele me oferecia.

— Aliás, falando em humanos... deve estar tudo bem, já que vocês estão morando juntos aqui.

A expressão de Callum ficou mais dura. Ele escondeu o rosto por trás das mãos, depois disse:

— Mais ou menos. Os rebeldes estão chateados com a traição de Micah, e grande parte dos humanos nos toleram porque precisam de nós.

Ergui minhas sobrancelhas, surpresa.

— Você voltou a ver Micah depois que saiu da reserva?

— Não, e isso não deve ser um bom sinal. Quem sabe que tipo de vingança ele está planejando? — E curvou o corpo para a frente, pegando mais um pedaço de pão, assim que eu terminei o que comia. — Acho que você estava certa. Talvez o melhor seja ir embora.

— Antes de libertarmos todo mundo das instalações?

— Não acredito que isso seja possível. Perdemos mais Reboots por conta do meu plano idiota, e os humanos não ligam para o que acontece com a gente. Você tinha razão.

— O seu plano não era idiota — retruquei, com um tom suave e pegando mais um pedaço de pão. — No meu caso, deu certo.

— É verdade — disse ele. — E ainda bem, pois eu teria ficado louco se tivéssemos perdido você. — E me encarou. — Mas você tinha razão. Não vale a pena arriscar. Eu só queria ir embora com você e deixar que os humanos descobrissem isso sozinhos. Será que isso é problema nosso mesmo?

269

A voz de Callum era pesada, seus ombros se curvaram, e eu senti falta do Callum otimista, mesmo que tanto otimismo às vezes me deixasse louca.

— Os humanos não vão se aproximar de nós rapidamente — comentei. — E não finja que você se sentiria bem partindo, abandonando todo mundo. Isso não é verdade.

— Mas eu insisti que para ficássemos, e você foi ferida, e depois...

— Eu estou bem — retruquei, franzindo a testa. — E fiz minhas próprias escolhas. Eu poderia ter ido embora sozinha se quisesse.

— Sabemos que você nunca faria isso. Você gosta muito de mim.

Eu sorri, e ele sorriu de volta.

— Isso é verdade.

O humor de Callum mudou, e ele deu de ombros, baixando os olhos.

— Mas eu acho que você estava certa. Eles nos odeiam. E *não* nos ajudariam.

— Eles estão com medo — comentei. — Se livraram da CRAH e agora querem ficar por aqui, sem se importar com nada mais. Eu entendo.

A expressão de Callum era de incredulidade.

— Você está realmente enxergando o lado dos humanos?

— Eu...

Tentei responder, mas fiquei sem saber o que dizer. O mais fácil seria concordar com Callum e seguir em frente. Há alguns dias, era isso o que eu queria fazer.

Porém, naquele momento, isso parecia errado.

— Eu estava pensando — comecei, em tom suave. — Na noite anterior ao ataque a Addie, lá na reserva, ela me pediu ajuda. Não dei importância. Não queria me envolver. Mas ela foi ferida. E nós duas fomos lançadas de uma aeronave. — Parei e olhei para a cama do outro lado do quarto. — Com Ever, foi mais ou menos parecido. Eu tive uma oportunidade de salvá-la, mas nem tentei. E fiz o mesmo de sempre: segui ordens e mantive minha cabeça baixa.

— A morte de Ever não foi culpa sua — disse Callum.

— Eu sei. Foi culpa da CRAH. Mas isso não impede que eu me sinta culpada pelo que aconteceu.

Ele pegou minha mão.

— Eu não sabia disso.

Acariciei sua mão.

— Estou cansada de ver a CRAH controlando tudo, nos ameaçando o tempo todo. A primeira vez que me senti melhor foi quando finalmente me levantei e lutei por você. Portanto, vamos em frente. Eu estou pronta.

Ele abriu um leve sorriso, olhando para mim, com seus olhos felizes e esperançosos.

— Tem certeza? Os rebeldes não estão mais do nosso lado.

— Vamos conversar com eles — sugeri. — Se não quiserem ajudar, vamos descobrir outra saída.

Ele assentiu, apertando minha mão.

— Tudo bem — disse Callum.

— Agora não — retruquei, olhando para minhas roupas sujas. — Eu queria tomar um banho antes. Ainda temos água por aqui?

— Temos. A CRAH cortou a energia, mas conseguimos religá-la. — Ele se levantou e me ofereceu sua mão. — Gabe reuniu algumas pessoas para cuidar disso, ainda antes da nossa partida. Aliás, ele foi baleado em Nova Dallas, mas Tony acredita que ficará bem.

Segurei sua mão e deixei que ele me levantasse. Vagamente, me lembrei da comoção na aeronave e de alguém gritando para um humano.

— Sobe — disse ele, apontando para as próprias costas. — Vamos dar um passeio.

Após comer, eu conseguia manter meus pés mais estáveis, porém o mundo continuava sem equilíbrio. Olhei para Callum, expressando gratidão, e subi nas suas costas, colocando meus braços ao redor do seu pescoço.

Ele seguiu em direção ao corredor. Os quartos pelos quais passávamos estavam vazios. Giramos uma esquina. Havia um grupo de Reboots parado logo à frente no corredor, e outros reunidos nos quartos. Reconheci alguns deles, que acenaram para mim.

— Ainda falta gente, certo? — perguntei, girando meu rosto quando Callum chegou à escadaria. Deveria haver uns vinte ou trinta Reboots por ali.

— Não. Grande parte deles ficou na cidade. Eles invadiram casas e apartamentos que os humanos deixaram vazios. Alguns construíram suas próprias tendas. Eles disseram que ficar aqui seria muito triste.

Eu também devia me sentir assim, mas não me sentia. A CRAH fora embora, e eu vivi em instalações da CRAH durante cinco anos. Eu me sentia em casa. E em segurança, por mais estranho que parecesse.

— Nós perdemos alguns deles em Nova Dallas — confessou ele, em tom suave. — Perdemos Beth, além de outros Reboots de Austin.

Apertei os ombros dele, bem lentamente. Eu não conhecia muito bem Beth nem os demais Reboots de Austin, mas sei que deve ter sido duro para Callum perder essas pessoas em uma missão comandada por ele.

Callum entrou na área de chuveiros femininos e me deixou no chão. O ambiente era parecido com o que existia em Rosa, com chuveiros enfileirados e fechados por cortinas. Eu abri uma gaveta à minha direita e encontrei um pequeno estoque de toalhas.

— Ah, eu trouxe algumas roupas suas — disse ele, dando um passo atrás. — Você não se importa de esperar um minuto? Vou pegá-las.

Fiz que sim, e ele desapareceu. Lentamente, caminhei pelo chão de ladrilhos e me sentei na frente de um box.

O ambiente era de pura calma, o único som vinha de uma goteira de água em algum ponto. Os chuveiros sempre foram uma fonte de desconforto para mim. Eu odiava ser observada pelos Reboots, que gargalhavam e flertavam, seminus.

No entanto, seria uma bobagem julgá-los naquele momento, pois os Reboots simplesmente estavam tentando tirar o melhor proveito possível de uma situação terrível. Passei os dedos pelas minhas cicatrizes, através da blusa. Parecia ridículo me preocupar tanto com aquilo. Acho que exagerei um pouco nesse assunto, fiquei um pouco obcecada.

A porta se abriu, e Callum entrou. Ele carregava uma bolsa e se sentou ao meu lado.

— São algumas de suas coisas. Eu trouxe lá da reserva.

— Obrigada.

E me agarrei na parede do chuveiro para me levantar.

— Vou tomar um banho do outro lado — avisou ele, recuando um passo. — Você ficará bem sozinha?

Eu fiz que sim, e ele sorriu para mim, antes de girar o corpo para ir embora.

— Callum...

Eu segurei o colarinho da minha blusa rapidamente, pois não queria mudar de ideia, e puxei o tecido, expondo o centro do meu colo.

Ele girou o corpo, ficando corado ao ver o estado da minha blusa. Depois me encarou e logo depois se aproximou, observando as marcas no meu peito, marcas que desapareciam no interior do sutiã. Ele ficou observando por vários segundos, depois me encarou novamente.

— Estou um pouco desapontado — agradeceu ele. — Eu imaginava que fossem maiores.

Eu explodi em uma gargalhada, soltando minha blusa. Ele deu dois passos à frente, pousou uma das mãos no meu queixo, curvou levemente o corpo e me beijou.

— Obrigado por me deixar ver — agradeceu ele, em tom baixo e agora mais sério.

— Obrigada por querer ver — respondi.

— Ah sim... eu queria ver — disse ele, curvando o corpo para a frente, olhando para minha blusa. — E poderia ver de novo?

Eu sorri, ficando na ponta do pés para beijá-lo mais uma vez. Ele sorriu contra os meus lábios, e me perdi em seus braços, decidida a esquecer da insanidade que nos rodeava pelo tempo que fosse possível.

TRINTA E TRÊS

CALLUM

NAQUELA TARDE, CAMINHEI PELA RECEPÇÃO DAS INSTALA-
ções da CRAH, em Austin, com os dedos entrelaçados aos de
Wren. Após tomar um banho, comer e descansar por várias
horas, ela finalmente estava recuperada por inteiro e voltava
a estampar sua imagem um tanto assustadora.

Pelo menos em parte, pois ela percebeu que eu a observava
e sorriu, e seu sorriso era tranquilo. Nos dias anteriores, não
tínhamos conversado muito sobre suas experiências, mas
algo me dizia que eles a tranquilizaram um pouco, que não
colocaram ainda mais peso sobre seus ombros. Ela parecia
mais leve, mais feliz. E chegou a abrir a blusa que usava para
me mostrar novamente suas cicatrizes, coisa que eu pedira
brincando.

Eu queria permanecer nas instalações durante a noite,
mas ela insistiu em visitar os rebeldes.

Eu não sabia muito bem de que isso serviria. Em parte, estava feliz por tê-la ao meu lado. Por outro lado, queria pegá-la

nos braços e ir para bem longe, para que ela não fosse ferida novamente. Mas ela parecia calma e alegre com sua decisão, tanto que deixei de lado a ideia de partir quando ela, pela segunda vez, se recusou. Embora estivesse chateado com os humanos, eu precisava admitir que sentia um alívio ao ver que ela mudara de ideia e pretendia ficar por ali e ajudar.

Olhei novamente para ela. Não era apenas Wren que estava um pouco diferente, mas tudo ao nosso redor. O ar entre nós parecia mais leve e mais pesado ao mesmo tempo, e isso acontecia desde o momento em que vi suas cicatrizes. Ela não parava de me olhar, era como se quisesse que eu a agarrasse e pressionasse meu corpo contra o dela.

Ela girou o rosto, olhando para as ruínas do que um dia fora uma casa, e disse:

— Isso é incrível, Callum!

— O quê? O fato de eu ter destruído tudo?

— Não. O fato de você ter conseguido manter os Reboots unidos e conquistado Austin. Sempre imaginei que demoraríamos anos para conseguir isso. Se é que algum dia conseguiríamos.

— Meu segredo foi manter uma abordagem do tipo: estou chegando, segurem as pontas.

Após ter dito isso, eu sorri e apertei sua mão.

— Gostei dessa abordagem — disse ela, fazendo uma pausa. — Você procurou sua família?

— David me procurou — respondi. — Ele queria que eu fosse visitar meus pais. Mas eu lhe disse que estaria disponível se eles quisessem me procurar.

— Mas ele veio, certo?

— Veio — confirmei, e sorri para ela.

Entramos na rua de Tony, e o caos de sempre surgiu à nossa frente. Humanos entravam e saíam pela porta da frente, e várias pessoas se sentaram na entrada. Imediatamente identifiquei um deles, David, que se levantou ao ver que eu me aproximava. Um lampejo de reconhecimento surgiu no seu rosto quando ele olhou para Wren.

— Oi — disse ele, quando nos aproximamos.

— Oi — respondi, e acenei com a cabeça em direção a Wren. — Esta é Wren. Este é o meu irmão, David.

— Muito prazer — disse ela, estendendo a mão, e, quando David a cumprimentou, eu notei uma expressão de surpresa em seu rosto, provavelmente por conta da pele fria de Wren. Ele deu uma olhada rápida em seu pulso e arregalou levemente os olhos.

— Igualmente — disse ele, passando a olhar para mim.

Ouvi um grito vindo do interior da casa e ergui minhas sobrancelhas.

— O que está acontecendo aqui?

— Não sei. Eles já estavam gritando quando cheguei. E resolvi ficar aqui fora.

Wren soltou sua mão da minha e subiu as escadas que levavam à casa. Eu a segui, com David atrás de mim, passando por alguns humanos que se amontoavam na entrada.

Tony e Desmond estavam na porta da cozinha, com expressões raivosas em seus rostos. Havia humanos resmungando por todos os lados. Gabe, pálido, mas agitado, estava sentado no sofá, ao lado de Addie e Riley. Uma atadura branca pendia de seu ombro direito, e ele sorriu quando me viu ao lado de Wren.

A sala ficou em silêncio quando perceberam a presença de Wren, e Desmond passou uma das mãos pelos cabelos, suspirando.

— Oi, 178 — disse ele. — É ótimo ver você novamente.

Ela o encarou, um pouco perdida, pois o tom de voz de Desmond não era tão animado quando o teor de suas palavras.

— Digo o mesmo. Mas o que está acontecendo por aqui?

— Aconteceram ataques em Richards e Bonito — respondeu Tony, cruzando os braços sobre o peito. — Ataques Reboot nas cidades. E eles tentaram tirar os Reboots das instalações, sem pensar nas vidas humanas. Como resultado, as cidades estão bem destruídas e vários humanos acabaram mortos.

Wren me olhou rapidamente; fiz que não com a cabeça.

— Não fomos nós — expliquei a Tony. — Está todo mundo aqui. Só pode ser Micah, com a ajuda dos que ficaram ao lado dele.

— Addie disse a mesma coisa — comentou Tony. — Mas eles eram menos e não deu certo. A CRAH matou todos os Reboots dessas instalações. E também em Nova Dallas.

Wren me lançou um olhar de terror, antes de voltar a atenção a Tony.

— Todos?

— É o que estão dizendo.

— E em Rosa?

— As instalações continuam funcionando, e o pessoal remanescente foi enviado para lá. Nova Dallas ficou mais tempo aberta, mas eles devem ter decidido eliminar todos os Reboots restantes por conta do ataque. Porém...

Tony grunhiu, depois olhou para Desmond.

— Provavelmente também serão eliminados em Rosa — finalizou Desmond. — A CRAH não quer arriscar um novo incidente como o daqui. Não querem novos Reboots escapando.

— Parece que estão encerrando o programa — disse Tony. — Suzanna era a maior incentivadora do programa Reboot, e tudo indica que está morta.

— Na última vez que a vi, ela estava morta — disse Wren.

— Mas Suzanna tinha aliados — comentou Tony. — No entanto, após tudo o que aconteceu, a impressão não é boa. Isso não vai durar muito.

Dei um passo à frente.

— Sendo assim, nós precisamos agir rapidamente. Precisamos montar um plano de ataque.

A sala ficou em silêncio. Os humanos evitavam me olhar, e eu não me surpreendia com isso.

— Vocês querem deixar que todos morram — disse Wren, baixinho.

— Aparentemente, esse seria o plano mais inteligente — comentou Riley.

— Considerando o que os Reboots fizeram em Richards e Bonito, é nossa única opção — disse Desmond.

— Nós não tivemos nada a ver com isso — retrucou Wren, mantendo o tom de voz calmo, mas notei uma pitada de raiva surgindo bem no fundo. — Trabalhamos contra Micah desde o início. Callum arriscou a vida para que vocês tivessem certeza do que ele estava planejando!

— E nós agradecemos — comentou Tom, baixinho.

— Vocês agradecem tanto que resolveram matar centenas de Reboots — retrucou Addie.

Seguiu-se um novo silêncio, um silêncio de vários segundos, e eu disse:

— Nós não podemos fazer isso sozinhos. Tentamos em Nova Dallas, e não deu certo. A CRAH aumentou sua segurança. Precisamos de apoio humano se quisermos ter alguma chance.

Tony olhou para Desmond.

— Eles poderiam nos ajudar a acabar com a CRAH.

Desmond ergueu os braços.

— Nós já fizemos isso! Eu não...

A gritaria recomeçou na sala, e Wren me olhou, com uma expressão preocupada no rosto.

— Esperem — disse Riley, erguendo a voz acima dos demais. — Parem! Parem! — Os humanos ficaram em silêncio, e ele se levantou do sofá, colocou o comunicador no ouvido e ficou escutando alguma coisa. — Tem aeronaves perto das cercas. Várias, e estão vindo para a favela. — Ele olhou para os demais Reboots naquela sala. — Estão dizendo que o piloto parece ser um Reboot.

Micah, pensei, cravando meus dedos na palma da mão

— Nós precisamos...

As palavras de Riley se perderam em uma explosão gigante que sacudiu a terra. Eu me joguei em cima de David no momento em que a casa tremeu.

TRINTA E QUATRO

WREN

TOSSI AO AFASTAR RESTOS DE MADEIRA E DETRITOS DAS pernas, lutando para levantar no que restava da sala.

E não restava muita coisa. A casa fora praticamente destruída. Cerca de metade da cozinha continuava de pé, além de uma parte do muro traseiro, mas um buraco surgira no teto da sala, e eu conseguia ver o céu lá de dentro. Percebi alguns humanos mortos, outros gritando e gemendo.

— Wren? Wren!

Subi em uma parte da mesa da cozinha, de onde podia ouvir Callum gritando. Ele segurava o irmão pelo braço, puxando-o do meio dos escombros. Sua expressão ficou mais aliviada quando me viu.

David parecia bem, exceto por alguns cortes nos braços. Callum, por sua vez, parecia ter recebido o ataque em cheio. Um de seus braços estava tão profundamente ferido que era possível ver o osso, e a parte da frente de sua camisa tinha rasgado, revelando um peito tingido de preto e vermelho.

— Você está bem? — perguntou Callum a David, dando uma rápida olhada nele.

David fez que sim, com os olhos arregalados, aterrorizado ao ver as feridas de Callum.

Ouvi um barulho atrás de mim. Girei o corpo e vi Riley, Addie e Gabe mancando, do lado de fora da casa. Riley gritou algo em seu comunicador.

Agarrei o braço de Callum, pergutando:

— Você tem armas, certo? Onde estão?

— Na aeronave estacionada na porta da escola — respondeu ele, passando as mãos entre os cabelos e dando uma olhada à sua volta. — Tem gente viva por aí. Eu preciso resgatá-las.

— Posso ajudar — disse David.

Fiquei na ponta dos pés e dei um beijo nos lábios de Callum. Não importava o que ele dissesse sobre trabalhar ou não com humanos, seu primeiro impulso fora ficar por ali e ajudar a salvá-los, e eu adorava isso nele. Em um primeiro momento, não percebi, mas gostava do seu profundo discernimento sobre o que é certo ou errado, e também da sua capacidade de insistir no que acredita.

— Cuidado — disse ele, em tom baixo.

— Você também — retruquei, apertando sua mão, antes de descer do tampo da mesa e seguir Riley em direção à rua.

Havia apenas duas aeronaves no meu campo de visão, e os Reboots passavam ao meu lado, carregando armas. Uma das aeronaves pairava sobre várias casas do outro lado da rua. Atirou até que não restasse nada além de uma pilha de escombros.

Riley chegou antes à aeronave parada em frente à escola, lançando um revólver e uma faca gigante na minha direção, além de um capacete.

— Não sobrou muita coisa! — gritou ele, enfiando uma arma no bolso.

— Isso é suficiente — respondi, olhando para trás, depois enfiando o capacete na minha cabeça e começando a descer a rua. Um rugido de motocicletas me fez olhar para trás novamente. Eram Micah, Kyle e Jules, que zuniam em direção ao centro dos guetos. Uns dez ou 15 Reboots da reserva seguiam na direção contrária, empunhando suas armas.

Saí correndo. Riley e vários outros Reboots comeram poeira atrás de mim enquanto eu perseguia Micah a toda velocidade. A aeronave que eu vira antes começou a girar em todas as direções, caindo no chão com um forte ruído.

Um supermercado e outras lojas formavam o centro das favelas de Austin; eu me aproximei dos edifícios de madeira e percebi colunas de fumaça subindo de vários deles. Passei entre duas lojas e saí em uma rua larga e suja que corria pelo centro da cidade.

Micah estava a alguns metros, em uma moto, posicionando a mira de um lançador de mísseis a uma loja próxima. Ele virou o rosto e me viu, atirando duas vezes no seu alvo. Depois, bem rapidamente, mascarou sua surpresa com um sorriso que poderia significar qualquer coisa, menos alegria.

Ele saltou da moto e gritou:

— Wren! Que alegria vê-la de novo. Os caçadores te trataram bem?

Peguei minha arma, mesmo sabendo que nós dois usávamos capacetes. Eu não queria ficar de papo com ele. Micah também empunhou uma arma, e eu atirei na sua mão. A arma voou pelo ar, pousando bem longe dele. Mirei novamente quando Micah atirou, utilizando outra pistola, mas consegui me esquivar. Meu tiro passou zunindo pela sua orelha enquanto ele se jogava em cima de mim.

Caímos no chão juntos, e a arma escapou da minha mão quando começamos a lutar. Micah tentou agarrar minha garganta, mas eu o chutei e consegui me erguer.

Quando ele se levantou, seu olhar era de fúria e sua mandíbula estava trincada. Ele correu novamente em minha direção, mas eu pisei no seu joelho. Ele cambaleou, arfando, e aproveitei para o atingir em cheio no queixo.

Ele retaliou com rapidez, tanto que conseguiu dar um soco no meu estômago sem que eu percebesse o movimento, depois atingiu meu rosto. Fiquei ofegante, mas consegui me esquivar do próximo golpe e socar seu peito com as duas mãos.

Ele caiu no chão, gritando.

— Você deveria ficar envergonhada — disse ele, erguendo uma das pernas.

— Por quê? Não fui eu quem lançou duas Reboots de uma aeronave.

— Não, mas foi você quem garantiu a extinção dos Reboots.

Eu gargalhei, tocando a faca que guardava na bainha da calça.

— Na verdade, quem está nos matando é você. Centenas de Reboots foram mortos nas instalações, e por sua culpa.

Ele cerrou os olhos, suas mãos se transformaram em punhos. Micah gritou ao correr na minha direção, arrastando a perna esquerda.

Empunhei minha faca, movendo-a no ar.

O corpo de Micah caiu no chão, com a cabeça rolando na direção contrária.

Eu me contraí inteira e desviei o olhar, limpando a lâmina ensanguentada na minha calça.

Riley estava de pé, em cima do corpo de outro Reboot morto logo à frente. Erguendo os braços, ele gritou:

— Vitória!

Na minha cabeça, aquilo não parecia uma vitória. Certa vez, Callum me disse que só devemos matar em defesa própria (e eu matei Micah para me defender), mas ainda assim me sentia mal, o que era uma sensação estranha e nova para mim.

Guardei a faca no bolso e peguei as duas pistolas caídas no chão. Suspirando, segui em direção a um tiroteio

Uma hora mais tarde, não restava muita coisa de pé em Austin. As casas ao meu redor estavam destruídas. Eu continuava na mesma rua larga, no centro da cidade, vendo as lojas e os edifícios de apartamentos salpicados de grandes buracos

Guardei minha pistola enquanto observava Riley e Addie arrastando o corpo de Micah até a pilha que criamos. Enterrar Micah e seus companheiros seria impraticável, por isso decidimos reunir seus corpos e levá-los para fora da cidade, onde seriam cremados.

Riley suspirou, passando uma das mãos sujas na testa. Era tarde, o céu estava escuro, e meu corpo, cansado e pesado. Os corpos já tinham sido reunidos e empilhados. Quando Addie avisou que seguiria à casa de Tony, nós a acompanhamos.

As ruas estavam repletas de humanos, e todos seguiam para a escola. Um deles me olhou, e fiquei esperando que berrasse comigo ou que me encarasse, mas ele abriu um leve sorriso. Pisquei os olhos, surpresa, e olhei para Riley e Addie. Eu estava confusa, mas uma figura alta, parada no final da rua, atraiu minha atenção.

Apressei o passo, e Callum ergueu o rosto ao me ver. Havia um menino bem jovem pendurado atrás dele, os braços envolvendo seus ombros.

— Ei — disse Callum, aproximando-se de mim. Ele curvou o corpo para me beijar. — Está tudo bem?

Assenti, olhando para os vários humanos que o seguiam e para o menino em suas costas.

— Quem é?

— Não sei. Eu o resgatei no meio dos escombros, mas ele não fala nada.

O menino franziu a testa, depois afundou o rosto no ombro de Callum.

— Vou à escola, ver se alguém o conhece. Vários humanos estão se reunindo por lá para passar a noite. Quer vir comigo?

Assenti e limpei a poeira de sua testa. Ele estava coberto de poeira, do pescoço à barra da calça, dois grandes buracos bem na altura dos joelhos.

— Seu irmão está bem? — perguntei.

— Está sim. O outro lado da cidade não foi tão atingido, e David voltou para casa. Ele estava bem, e me ajudou a resgatar algumas pessoas que permaneciam presas em suas casas.

Passei uma das mãos em seu braços, e seguimos em direção à escola. Humanos estavam espalhados pela entrada, uma mulher gritou ao nos ver, gerando uma espécie de barulho bem estranho, entrecortado, que me fez querer dar um passo para trás.

Callum se ajoelhou, tirando o menino das suas costas, e a mulher o tomou nos braços, chorando enquanto beijava suas bochechas.

— Obrigada, obrigada — disse ela, agarrando Callum.

Depois o afagou com um dos braços, murmurando algo que não consegui entender.

— De nada — respondeu Callum, hesitante, me olhando quando ela o soltou.

286

Tony estava do outro lado da entrada. Ele agarrou Callum e o abraçou. Ele lhe agradecia. Sua voz tremia um pouco. Logo depois, Tony girou o corpo e se afastou.

— Por que você está recebendo tantos abraços? — perguntei.

— Não sei. Acho que sou querido.

Eu sorri, pois sabia exatamente por que ele estava recebendo tantos abraços, e ele também sabia. Uma humana o olhou e sorriu, e ele retribuiu o sorriso. Certa vez, Callum me disse que salvar pessoas era uma de minhas atividades preferidas, mas na verdade era ele quem gostava de fazer isso, era ele a pessoa capaz de reunir tanto amor por gente que mal conhecia.

— Dizem que as instalações da CRAH não foram atingidas — disse ele. — Mas acho que vou descansar antes de pensar no que fazer.

— Eu também.

Entrelacei meus dedos nos dele e me aproximei enquanto nos afastávamos da escola. Caminhávamos em um silêncio confortável, seu polegar desenhando círculos na palma da minha mão. Pensei em lhe dizer que eu tinha matado Micah, mas não disse nada. Eu estava feliz por ele ter morrido, mas não queria festejar sua morte nem me gabar, muito menos falar sobre o assunto. Callum não perguntou nada, mas alguém poderia ter lhe contado o que acontecera.

No entanto, a maneira como ele me olhava não dava indícios de que sabia do ocorrido com Micah. Ele parecia exausto, mas seus olhos brilhavam quando encontraram os meus.

Quando paramos, bem na entrada das instalações, fiquei na ponta dos pés e o beijei. Ele agarrou minha cintura e pressionou suas mãos nas minhas costas, aproximando nossos corpos. Passei meus dedos em seu queixo no exato momento em que nossos lábios se encontraram.

287

Ele aproximava ainda mais nossos corpos, mas de repente se afastou, dando uma olhada nas suas roupas.

— Acho que eu deveria tomar um banho antes... — comentou ele, sem dizer mais nada, como se quisesse me fazer imaginar o que aconteceria em seguida.

— Eu também — falei. Minhas bochechas ardiam, mas eu o encarava, e seus olhos escuros se perdiam nos meus.

Seguimos aos nossos quartos em busca de roupas limpas, e voltamos aos chuveiros. Dei uma olhada para trás, sorri, depois abri a porta do banheiro feminino.

Fui a primeira a voltar ao quarto e me sentei na cama, engolindo em seco, completamente tomada por um intenso nervosismo. Como aquilo funcionaria? O que eu deveria dizer? *Ei, vamos fazer sexo?* Ou será que ele já tinha entendido? Algo me dizia que estávamos lançando sinais um ao outro, mas isso poderia ser coisa da minha cabeça.

Olhei para a parede envidraçada. Os demais Reboots estavam distantes, longe da vista, mas eu nunca ficaria nua na frente de todo mundo.

A outra cama continuava preparada. Eu me aproximei e tirei os lençóis. Depois empurrei o armário para perto da porta, subi no móvel e pendurei uma ponta do lençol em uma esquina, esticando-o entre o vidro e a parede. O lençol caiu até quase o chão, cobrindo metade do quarto. Agarrei a outra ponta e a prendi do outro lado. O quarto ficou escuro. Era um pouco óbvio o que faríamos ali, mas isso talvez operasse em meu favor. Eu não teria que dizer nada a Callum. Ele entenderia tudo sozinho.

O lençol se moveu quando empurrei o armário, e Callum entrou imediatamente no quarto.

Ele olhou para o lençol, depois para mim, abrindo um leve sorriso e dizendo:

— Boa ideia.

— Estou cansada dessas paredes envidraçadas — comentei, depois me sentei na cama.

Ele se aproximou, lentamente, as mãos nos bolsos, uma expressão nervosa no rosto. Era bom ver que Callum não estava completamente relaxado, pois minha mão tremia quando toquei seu braço. Ao passar meus dedos sobre sua pele, ele tirou as mãos dos bolsos e se curvou na minha direção.

Envolvi seu pescoço com meus braços e me aproximei dele na cama, tanto que nossas pernas se tocaram. Callum pousou uma das mãos do outro lado do meu corpo, seus lábios roçando os meus. Agarrei os botões da sua camisa e o aproximei de mim. Ao sentir seu beijo se aprofundar, um calor começou a percorrer todo o meu corpo.

Eu me aproximava cada vez mais, até o ponto em que ficamos completamente colados um no outro. Callum passava os dedos entre minhas cicatrizes, e ri quando ele me disse que eu parecia uma deliciosa ciborgue. Logo depois, tudo o que havia era o som da sua respiração, além de sua pele quente colada à minha, e me esqueci de ficar atenta à porta e às possíveis ameaças, além de ter me esquecido de pensar em onde deixara as armas. Tudo o que havia era ele, que sorria para mim, que me envolvia nos braços, e me deixei levar.

TRINTA E CINCO

CALLUM

NA MANHÃ SEGUINTE, ACORDEI COM WREN DORMINDO sobre meu peito, os braços enrolados sob o queixo. Ela vestia minha camisa, que usei para envolvê-la quando seus braços começaram a tremer. Ela a abotoara de qualquer maneira, deixando entrever suas cicatrizes, além dos grampos de metal que uniam sua pele. Eu a abracei e beijei sua testa.

Eu não dormia tão bem por tanto tempo havia semanas (desde os tempos de humano) e pisquei os olhos naquele quarto escuro. Seria demais esperar que todos nos deixassem em paz, para que eu pudesse passar o resto do dia ali dentro?

Murmúrios surgiram no corredor, eu suspirei. Claro que seria pedir demais. A CRAH continuava na ativa, e graças a Micah poderíamos chegar tarde demais para salvar os Reboots de Rosa.

Wren se espreguiçou, e um sorriso tomou conta dos seus lábios assim que ela abriu os olhos. Aproximou-se ainda mais de mim, pousando o rosto no meu pescoço.

— Bom dia — murmurou ela.

— Bom dia — respondi, beijando sua bochecha.

— Será que é tarde demais para aceitar sua oferta de partir e esquecer tudo? — perguntou ela, com uma pitada de humor no tom de voz.

Eu ri.

— Nunca é tarde demais. Vamos embora agora mesmo.

Ela sorriu para mim, pois nós dois sabíamos que era tarde demais para isso.

— Bom dia, Callum 22 está por aqui? — perguntou alguém, gritando ali perto.

Eu suspirei e passei as pernas para fora da cama:

— Sim?

— Tem gente esperando por você na entrada. Dizem ser os seus pais.

Pisquei os olhos, surpreso. Embora David tenha me dito que meus pais queriam me ver, eu não acreditava que eles me procurariam.

Wren rolou para fora da cama e procurou suas roupas.

— Quer que eu vá com você?

— Ah, sim. Por favor.

Vesti minhas roupas e meus sapatos tão lentamente que Wren ficou parada, ao lado do lençol estendido, observando enquanto eu amarrava os cadarços.

— Poderíamos sair por outra porta — sugeri, meio de brincadeira. — Ou poderíamos saltar do telhado.

— Quebrar as pernas para evitar seus pais seria um pouco de exagero.

Deixei escapar um suspiro exasperado e fiquei de pé.

— Tudo bem.

Wren pegou minha mão e me conduziu para fora do quarto. Nós descemos as escadas ao térreo. Ela abriu a porta, e a luz invadiu as escadarias.

Meus pais e David estavam sentados no canto mais escondido, como se esperassem por um encontro com oficiais da CRAH. Dei um passo incerto à frente, e meu irmão ficou de pé ao me ver, com um grande sorriso no rosto. Meus pais também se levantaram e começaram a caminhar na minha direção.

Nós nos encontramos no centro da recepção. Minha mãe parecia a ponto de chorar, mas eu não sabia se seria um bom momento para isso. Meu pai também parecia nervoso.

— Essa é Wren — apresentei, feliz por ter algum assunto para iniciar a conversa.

Ela soltou minha mão para cumprimentar meus pais. Meu pai foi o primeiro, e seu olhar caiu diretamente no código de barras.

— É um prazer conhecê-lo — disse ela, percebendo seu olhar. — Meu número é 178.

Minha mãe arregalou brevemente os olhos, mas apertou a mão de Wren e abriu um sorriso forçado.

— Nós ouvimos... — começou minha mãe, pigarreando. — Nós ouvimos muitas histórias.

— Espero que algumas delas positivas — comentei.

Meu pai riu.

— Claro... — disse ele.

Era estranho vê-los me olhando como se eu fosse um herói. No entanto, a sensação era melhor do que na última vez, quando me enxergaram como se eu fosse um monstro.

Eu apertei a mão de Wren com força.

— Está tudo bem em casa? David me disse que vocês não foram muito atingidos pelos ataques.

Minha mãe assentiu.

— Fomos ligeiramente atingidos, mas apenas em um cômodo. Nada que não possa ser consertado.

— Que bom — comentei, aliviado, embora não planejasse voltar a morar com eles.

A porta principal se abriu, e Riley e Addie entraram na recepção, junto a vários outros Reboots. Ele fez um gesto para Wren, que olhou para mim.

— Pode ir — disse eu, soltando sua mão. — Eu já vou.

Meus pais a observaram se afastar, e minha mãe me encarou com uma pergunta estampada no rosto.

— Ela estava lá, naquela noite em que você veio nos ver?

— Estava. Nós vivíamos juntos nas instalações de Rosa. Ela me ajudou a fugir.

— Ah — disse minha mãe, sorrindo. — Que bom, eu não sabia que os Reboots fugiam.

Meu pai ficou olhando para meu código de barras.

— Rosa? E como são as coisas por lá?

— Rosa é... uma bagunça. Aqui é melhor.

— Você vai ficar aqui? — perguntou minha mãe. — Hoje de manhã, as pessoas comentavam que, se salvássemos os Reboots das últimas instalações, poderíamos nos livrar da CRAH para sempre...

Tombei minha cabeça, surpreso. Eu não sabia com quem ela conversara, mas tudo indicava que os humanos estariam mudando de ideia.

— Eu poderia dar uma olhada no plano que eles têm — disse eu, fazendo um gesto em direção a Wren e Riley. — Há vários humanos reunidos na escola. Vocês estiveram por lá?

Meu pai fez que não com a cabeça e respondeu:

— Ainda não.

— Vocês deveriam perguntar a eles. A gente se encontra mais tarde.

Minha mãe fez que sim, dando um passo à frente, como se quisesse me abraçar. Mas parou, com uma expressão preocupada no rosto.

— Você ainda abraça?

Eu dei uma risada, mas logo cobri a mão com a boca, estirando os braços.

— Sim, eu ainda abraço.

Ela me envolveu com os braços e me apertou, rapidamente. Se algo parecia mudado, ela não comentou. Na verdade, seus olhos estavam cheios de lágrimas quando ela deu um passo para trás. Eu também recuei um pouco quando senti um nó na garganta.

Eles se prepararam para ir embora no momento em que cheguei ao lado de Wren. Ela envolveu minha cintura com seus braços e me beijou. Pousei uma das mãos no seu rosto e estendi um pouco mais a duração do beijo.

— Eles me aprovaram? — perguntou ela, quando interrompi o beijo. — Será que sou loira demais?

— Sim. Foi exatamente isso que eles pensaram. Você é loira demais.

Riley nos encarou, seu olhar era divertido.

— Terminaram de se pegar? Será que alguém gostaria de me acompanhar para descobrir como faremos para resgatar os Reboots de Rosa?

— Vamos — respondi, deixando escapar um suspiro exagerado, sorrindo para ele.

Ele seguiu à nossa frente, com Addie ao seu lado, e eu segurei a mão de Wren enquanto os seguimos, atravessando a porta principal. O dia estava ensolarado mas fazia frio, e nós atravessamos o gramado da CRAH em direção às favelas. O aspecto da cidade era pior à luz do dia, com muitas casas e edifícios destruídos, e nenhum humano à vista. Meus pais poderiam estar enganados, e os humanos poderiam estar se reunindo para matar os Reboots de Rosa. Poderiam estar querendo revidar o ataque de Micah.

Riley parou quando dobrou uma esquina.

— O que foi? — perguntou Addie.

Corri para o outro lado, dando uma olhada na cena à minha frente.

Havia humanos por todos os lados. A maior quantidade que eu vira na vida. Eles tomavam conta da entrada da escola e seguiam por um quarteirão inteiro.

E todos giraram os corpos para nos olhar.

Senti uma vontade repentina de voltar quando Tony e Desmond apareceram na frente da multidão e vieram na nossa direção. Tantos humanos na frente de quatro Reboots poderia ser uma imagem aterradora.

— Ei — disse Tony, com um sorriso cansado quando parou à nossa frente, ao lado de Desmond. — Cadê o resto dos Reboots?

— Continuam nas instalações — respondeu Wren. — O que está acontecendo por aqui?

— Há rumores de que resgataríamos Austin das mãos da CRAH. Após a CRAH ter matado os Reboots das cidades, grande parte dos humanos decidiu vir para cá, em vez de viajar a Nova Dallas ou Rosa.

— Para fazer o quê? — perguntei.

Desmond enfiou as mãos nos bolsos, olhando para mim, depois para Wren.

— Para nos unirmos à 178 e lutarmos contra a CRAH.

— O quê? — perguntou ela, deixando escapar uma risada de incredulidade.

— Wren, os oficiais de Nova Dallas não ficaram de boca fechada no que diz respeito à sua fuga. Todo mundo sabe. E, quando ficaram sabendo que Micah e sua equipe tinham chegado a Austin, finalmente descobriram quem eram os malvados da história.

— Nossa — comentei, em tom seco, olhando para Desmond.

No dia anterior, ele me olhara de maneira altamente perplexa quando o salvei dos escombros, pois não acreditava que eu estaria disposto a salvá-lo.

— Todos já sabemos quem são os malvados e os bonzinhos dessa história — disse Desmond, em tom baixo.

Assenti, tentando não lançar um olhar de quem diz *eu avisei*.

Tony sorriu ao ver a expressão cada vez mais perdida de Wren.

— Eles vieram até aqui para se juntar aos Reboots e acabar com a CRAH.

TRINTA E SEIS

WREN

— ISSO É UMA ARMADILHA — AVISOU ADDIE.

Olhei para ela, assustada, quando libertamos o último Reboot das instalações e instruímos a todos que fossem para o edifício da escola.

— Se for uma armadilha, é das boas — comentei, e a segui pelo corredor; passamos juntas pelos quartos envidraçados.

— Sim, é brilhante. Eles vão nos levar a uma cidade inteiramente diferente, mentindo sobre nos ajudar, para depois nos entregar de bandeja à CRAH.

— Isso não me parece nada provável — comentei, erguendo as sobrancelhas e imaginando se ela não estaria brincando.

Ela sorriu.

— Se você for capturada novamente, eu vou embora. Não haverá resgate dessa vez.

— Combinado.

Abri a porta no final do corredor e segui em direção às escadas. Nossos passos ressoaram no edifício vazio.

— Ouvi dizer que você decapitou Micah — disse ela. — E achei ótimo. Porém, se pudesse, eu o atiraria de uma aeronave.

Olhei para ela assim que chegamos à recepção da CRAH.

— Não sei... O que fiz não me parece muito... correto.

— Por quê? Ao fazer isso, você salvou metade dos humanos deste lugar.

Dei de ombros.

— Estou cansada de me livrar de pessoas. Faço isso há cinco anos. Eu quero...

Na verdade, eu não sabia o que queria fazer.

— Será que você quer produzir pessoas novas? — perguntou Addie, tentando manter um tom de voz normal. — Será que você quer ter bebês?

— Não! — grunhi.

— Tem certeza? Você poderia fazer sua parte e salvar a raça Reboot. Tenho uma faca aqui, poderia arrancar seu chip de controle de natalidade se quiser...

— Se você pegar essa faca, eu enfio na sua barriga.

Ela sorria quando saímos ao sol.

— Quer dizer que você e Callum estão praticando? — perguntou ela, me olhando, maliciosa. Eu acenei como quem não queria tocar no assunto. — Tudo bem, posso fazer uma pergunta que não é sobre matar pessoas?

— Por que não?

— Você seria capaz de ficar com um humano?

— O que você quer dizer?

— Ficar, tipo... — Ela moveu os braços, descontrolada, procurando as palavras certas. — Juntos, como... você e Callum.

— Não sei. Acho que seria um pouco estranho.

Addie chutou uma pedra.

— É...

Tombei a cabeça para o lado, pensando no que Callum me dissera sobre Addie estar protegendo Gabe quando me resgataram.

— Gabe? — perguntei.

— É — respondeu ela, com um olhar assustado. — Ele me beijou ontem à noite.

— E foi estranho?

— Não, foi bom. Mas fiquei pensando no futuro. Se ganharmos e os Reboots começarem a viver entre os humanos, o que vai acontecer? Todos vão namorar com todos? Ter filhos juntos? Como seria um bebê meio humano meio Reboot?

— Não sei. Nunca pensei nisso — respondi, dando de ombros. — Talvez Micah estivesse certo.

— Isso é horrível.

— Não que ele tivesse razão sobre tudo, mas sobre a evolução... Ele tinha razão ao dizer que os Reboots são humanos evoluídos. E agora chegamos à parte mais complicada. Em algum momento, surgirá um super-humano Reboot.

— Um Rehumano ou Huboot.

— Huboot? — perguntei rindo, no exato momento em que giramos uma esquina e vimos o edifício da escola. Callum estava conversando com um grupo de humanos, segurando um mapa nas mãos.

Fiquei um momento sem respirar quando nossos olhos se encontraram. Callum abriu um sorriso. Sempre que ele me olhava, eu não sabia se disfarçava meu rosto vermelho ou saltava em seus braços. Imagens da noite anterior não paravam de invadir minha mente. E parecia ridículo que, enquanto todos à minha volta se envolviam nos problemas de sempre, eu ficasse pensando em coisas frívolas.

Addie socou meu braço, me tirando do transe. E sorriu quando eu olhei para ela. Ela ergueu uma das sobrancelhas e eu fiquei corada, seguindo para onde Riley e Isaac conversavam com alguns Reboots.

— Como andamos de munição? — perguntei.

— Nada mal — respondeu Riley. — Micah e seus colegas tinham uma boa quantidade, que pilhamos. E temos também o que os humanos conseguiram nas cidades. É bastante.

Callum se aproximou, abrindo o enorme mapa que carregava nas mãos sobre a mesa, em frente à Riley.

— Já temos um plano? — perguntei. Desmond e Tony estavam ali perto, conversando. — Os humanos estão de acordo com ele?

— Estão — respondeu Riley, pousando um dedo no mapa. — Nós estamos aqui. — E moveu o dedo, seguindo um rio. — Ao norte, a uns 50 quilômetros, está Rosa. — E seguiu traçando uma rota com o dedo. — A uns 40 quilômetros de Rosa, fica Nova Dallas. Todos concordaram que primeiro devemos ir a Rosa e resgatar os Reboots, já que a CRAH instalou seu quartel-general por lá. Se conquistarmos Rosa, conquistaremos Nova Dallas. Aparentemente, a CRAH está muito enfraquecida, e grande parte do que resta permanece em Rosa. — Ele pousou as mãos na cintura. — Tony entrou em contato com Leb, e eles acham que conseguiríamos o apoio dos humanos daquela cidade.

— Sério? — perguntei, duvidando. — Os humanos de Rosa não são muito amigos dos Reboots.

— E ainda tenho cicatrizes do momento em que eles me capturaram no meio da rua — disse Callum.

Riley rolou os olhos.

— Você não tem cicatrizes.

— Emocionais, claro — disse Callum, com um leve sorriso no rosto.

Riley deu uma risada.

— Segundo Leb, eles estão trabalhando com os humanos de Rosa, sobretudo ultimamente. E mais importante: eles conseguiram o apoio de uns poucos oficiais da CRAH. Por conta disso, não devemos matar ninguém, a menos que nos ataquem.

— Os humanos também vão entrar nas instalações?

Riley fez que não com a cabeça.

— Vamos posicionar alguns deles do lado de fora, para evitar que novos oficiais entrem antes que vocês consigam sair. Pretendemos retirar todos os Reboots das instalações rapidamente e lutar contra a CRAH na rua. Será fácil. Pelo menos relativamente fácil. — Ele ergueu uma sobrancelha, olhando para mim. — Segundo Leb, o oficial Mayer está em Rosa novamente. Imaginei que você gostaria de saber disso.

Senti um jorro de excitação invadir o meu corpo ao pensar que teria uma chance de eliminar o oficial Mayer. Olhei para Callum, que teve uma chance de matar o oficial, mas não o fez, e sua expressão era neutra.

— Eles sabem que todos esses humanos vão nos ajudar? — perguntei.

— Não tenho a menor ideia — respondeu Riley. — Nós suspeitamos de que a CRAH saiba onde esses humanos estão, mas não sabe que estão nos ajudando.

Addie olhou para o mapa, depois para Riley.

— Qual é o plano para os humanos? Se ganharmos, quero dizer. Não é realista pensar que eles gostariam de morar conosco.

Riley deu de ombros.

— Não sei. A ideia de nos dividirmos pelas cidades foi mencionada.

— Tipo um lado *rico* e outro de favelas? — perguntou Callum, em tom seco.

— Nós poderíamos prender todos os humanos em algum tipo de edifício — sugeriu Addie.

— Ah, claro. E eles poderiam nos ajudar em tarefas como policiamento e captura de criminosos — comentou Callum. — Mas talvez não gostem nada desse plano, pois poderíamos mantê-los sob estrito controle.

Riley me olhou como quem diz *por favor, faça com que eles parem de falar besteira*, e eu gargalhei.

— Deveríamos instalar rastreadores neles, para o caso de tentarem dar meia-volta e fugir — disse Addie, e sua expressão séria começava a falhar.

— E não deveríamos nos livrar deles quando começarem a envelhecer? Vocês sabem como são os humanos quando envelhecem... — sugeriu Callum, fazendo um sinal de tagarela com as mãos. — Blá, blá, blá, rebelião. Blá, blá, blá, vamos retaliar. E eles perdem a força quando envelhecem.

— Essa conversa está sendo muito produtiva. Obrigado, pessoal — disse Riley, fazendo que não com a cabeça e enrolando o mapa.

— Ah, por favor! — exclamou Addie, no momento em que Riley começou a caminhar, com um sorriso aberto no rosto. — Eles terão direito a uma ótima alimentação!

Riley virou o rosto para nós, se divertindo.

— Callum, conte a eles o seu plano.

— Você tem um plano? — perguntei, surpresa.

— Um plano brilhante! — gritou Riley, olhando para trás.

302

— Não sei se é brilhante — retrucou Callum, dando de ombros. — Mas estive pensando no que aconteceu em Nova Dallas com o sistema de comunicadores. A CRAH surgiu, disse três palavrinhas, e os Reboots fizeram tudo o que foi pedido. Portanto, acho que deveríamos conseguir um sistema de comunicadores e falar diretamente com os Reboots.

— Sim, esse plano *é* brilhante — comentei, sorrindo para Callum.

Ele passou um dos braços pela minha cintura, aproximando-me do seu corpo.

— Eu planejo, você dá soco na cara das pessoas. Isso me parece perfeito.

TRINTA E SETE

CALLUM

AQUELA NOITE, FIQUEI PARADA AO LADO DA MAIOR AERO-
nave, observando enquanto nossos aliados humanos subiam
a bordo, logo após os Reboots. Tony e Desmond também
subiram, e Desmond olhou na minha direção. Ele assentiu e
curvou a cabeça para entrar na aeronave.

Não tínhamos nem de longe aeronaves o suficiente para
levar todo mundo a Rosa. Portanto, os pilotos teriam que fazer
duas viagens. A primeira praticamente só com Reboots, além
de alguns poucos humanos entre nós.

Olhei para a outra aeronave e vi Wren caminhando na
minha direção. Ela abriu os braços ao se aproximar. Dei um
passo à frente e a abracei, erguendo-a do chão. Ela envolveu
minha cintura com as pernas. Wren passou as mãos na minha
nuca e pressionou seus lábios contra os meus.

— Você não pode morrer — disse ela, baixinho, com um
leve sorriso estampado no rosto. — Isso é uma ordem. E espero
que você obedeça sua antiga instrutora.

— Entendido — respondi, dando-lhe um novo beijo. — E você também. Não seja capturada ou algo parecido.

Ela se aproximou ainda mais de mim. Nossas testas quase se tocaram.

— Se nos separarmos, e se essa expedição der sinais de que não vai funcionar, se ficarmos com a impressão de que vamos perder, quero que você saia correndo. A gente se encontra no meio do caminho entre Rosa e Austin. No mesmo lugar que paramos para comer. Lembra?

Fiz que sim com a cabeça.

— Mas só se a situação ficar péssima.

Ela fez que sim, concordando comigo, e mais uma vez me beijou. Eu a abracei com força, e lentamente começamos a nos separar. Ela pousou os pés no chão.

Nossa aeronave estava quase completa. Wren sorriu para mim, o mesmo tipo de sorriso que fazia minhas entranhas se revolverem.

— Eu provavelmente amo você — confessou ela.

Deixei escapar uma risada de surpresa.

— Provavelmente?

Ela entrelaçou seus dedos nos meus, e entramos juntos na aeronave, olhando para trás.

— Sim, provavelmente... No meu caso, é sempre muito complicado afirmar, entende?

— Eu também provavelmente te amo — retruquei, gargalhando.

— Já percebi.

Eu queria agarrá-la e beijá-la novamente, mas apenas abri um sorriso e nós dois entramos na aeronave. Quando a porta se fechou, eu acariciei o rosto de Wren, que sorriu para mim assim que o motor ganhou vida.

*

No dia em que cheguei nas instalações de Rosa, no meu primeiro dia como Reboot ativo, fui custodiado pelo transporte terrestre. E me sentei na parte traseira de uma van da CRAH, algemado, com um guarda de cada lado.

Ouvindo as batidas do meu coração, percebi que até então nunca me perguntara se os Reboots tinham coração. Eu entendia a ideia geral sobre o processo de transformação em Reboot (o corpo se desliga e revive mais forte), mas nunca pensei no que o corpo continuava fazendo (ou deixava de fazer) quando a transformação acontecia.

Eu me lembro de estar sentado na van quando a cerca de Rosa se abriu. As palmas das minhas mãos estavam suadas, eu me sentia mal. Em menos de um minuto, percebi que era um Reboot, mas que mantinha as mesmas emoções e sentimentos de quando era humano.

Eu não sabia se deveria me sentir aliviado ou aterrorizado. Aliviado por ser a mesma pessoa, mas aterrorizado por ser obrigado a agir como um Reboot da CRAH, com a mesma consciência e as memórias felizes dos tempos de humano.

Desta vez, nos aproximamos da cerca a pé, pois a aeronave parou uns poucos quilômetros antes. O meu medo, porém, era o mesmo.

Não. Não era o mesmo. O medo continuava existindo, mas não era medo da CRAH nem preocupação frente ao meu futuro. Era um temor por Wren, um medo de meter os pés pelas mãos, um medo do plano dar errado e de todos os Reboots terminarem mortos. Porém, naquele momento, eu pude controlar o medo, e não fiquei com as mãos suadas nem com o coração a mil.

Olhei para Wren, que olhava para a frente, sem expressão legível no rosto. Eu talvez não fosse tão bom quanto ela na hora de manter as emoções sob controle, mas admirava sua capacidade de fingir que não estava nem um pouco preocupada. E nunca imaginei que gostaria disso em uma pessoa.

Ela parou. Os Reboots e os humanos que nos seguiam também. Riley, Addie e Isaac estavam bem atrás de nós, junto a uns vinte Reboots. O grupo de humanos, que seguia na retaguarda, era menor. Umas dez pessoas, mais ou menos.

Estávamos tão perto do portão que eu conseguia enxergar as torres. O ambiente era silencioso, o costumeiro ruído da cerca desaparecera. Ela estava desligada, como Riley nos dissera que estaria. Parecia um bom sinal. Talvez realmente tivéssemos um bom apoio humano em Rosa.

Wren fez um gesto para que nos preparássemos, e seguiu em direção à cerca. Sem hesitar, ela envolveu seus dedos em um arame e ficou parada por um momento. Grunhi, pensando na descarga que poderia ter tomado conta do seu corpo.

Ela fez que sim para Riley, e Addie se aproximou carregando cortadores de arame. O corte foi rápido. Os arames caíram no chão. Quando havia espaço suficiente para que passássemos, Wren foi a primeira a entrar, seguida pelos Reboots, depois pelos humanos.

Meus olhos foram atraídos pelas torres assim que formamos um semicírculo, com os humanos no centro, e saímos correndo em direção à cidade. Entramos por aquele lado pois nos disseram que os guardas das duas torres fariam vista grossa, mas, ainda assim, me protegi de balas enquanto corríamos.

No entanto, as balas não vieram. O ambiente era silencioso quando passamos pelas torres e seguimos em direção ao edifício da CRAH, que brilhava à nossa frente.

TRINTA E OITO

WREN

NÃO HAVIA CERCA AO REDOR DAS INSTALAÇÕES DE ROSA, já que se localizava bem distante das favelas. Eu raramente via as instalações daquele ângulo, embora as tenha visto durante certos trabalhos que fiz.

Os humanos desapareciam nas favelas ao nos aproximarmos. Dei uma olhada nos arredores. A área em volta das instalações estava deserta, mas a impressão de que não havia controle por ali era ilusória, especialmente naquele momento.

Ergui os olhos. Eles poderiam ter posto guardas no teto. Atiradores, provavelmente. Além de sentinelas em todas as portas. Em Austin, não encontramos guardas nem apoio oficial (os rebeldes da CRAH que viviam lá dentro limparam a área para nós), e era estranho pensar que deveríamos nos aproximar de um oficial da CRAH e pedir para entrar.

Demos a volta na esquina, e todos diminuíram o passo quando vimos as instalações de frente. Tudo o que havia eram uns poucos metros repletos de poeira entre nós e a portaria.

Dei um passo à frente.

Ouvi um disparo.

Contraí o corpo, olhei imediatamente para o teto. No entanto, o disparo vinha das favelas, e logo veio outro.

— Devemos correr? — perguntou Callum.

Fiz que sim, e saímos correndo, driblando toda a sujeira espalhada pelo chão. Havia dois guardas parados na porta. Eles olhavam em nossa direção. Nenhum deles empunhava suas armas.

Diminuí o ritmo, erguendo minhas mãos, no mesmo momento em que Riley erguia sua pistola.

— Esperem.

E parei nas frente dos guardas, suas expressões sérias e iluminadas por uma lâmpada forte.

Um deles era familiar, mas eu não sabia seu nome. Era possível que eu também conhecesse o outro, mas nunca prestei muita atenção aos oficiais da CRAH dentro das instalações de Rosa, apenas em Leb. Em geral, eles costumavam se postar rente às paredes, tentando não estabelecer qualquer contato visual.

Naquele momento, porém, os dois me encaravam. O mais alto tirou um cartão de acesso do bolso, que deslizou em um aparelho ao lado da porta.

— Rápido — disse ele, segurando a porta aberta. — Leb só será capaz de distraí-los das câmeras por uns poucos minutos.

Entrei correndo na recepção, dando uma olhada para trás.

— Obrigado.

Se falhássemos, eles também seriam punidos. A câmera tinha registrado tudo. Aqueles guardas tinham deixado um bando de Reboots entrar nas instalações.

As luzes continuavam acesas na recepção. Era hora do jantar, e, se tivéssemos calculado certinho, os Reboots estariam no refeitório.

O homem no balcão da recepção nos olhou despreocupado. Mas seus olhos se arregalaram ao perceber quem éramos. Ele pegou o comunicador que mantinha sobre a mesa.

— Mãos aos alto — exigiu Riley, apontando sua arma e se aproximando do homem.

O homem ficou paralisado, o dedo quase tocando o botão do comunicador.

— Vou atirar — disse Riley. — Deixe o comunicador na mesa.

— E com calma — completou Callum, passando ao lado de Riley.

O humano obedeceu quando Callum se aproximou, deixando o comunicador sobre a mesa e erguendo as mãos.

— Sente-se no chão — disse Riley, com um gesto rápido. — Se fizer um único som, você será um homem morto.

Um alarme tocou na recepção. Eu contraí o corpo.

— É tarde demais.

Callum pegou o comunicador e apertou um botão. Depois atirou o aparelho para mim.

— Vou ficar com os guardas — avisou Callum, erguendo sua arma. — Podem ir.

Todos os Reboots nos seus quartos, imediatamente.

O aviso nos alto-falantes fez Addie dar um salto. Ela me encarou, preocupada.

Coloquei o comunicador na boca e corri às escadarias, dizendo:

— Reboots. Parem. Não voltem aos seus quartos.

Eu subia dois degraus de cada vez, seguindo em direção ao sétimo andar, onde ficava o refeitório. Os quartos dos Reboots

310

estavam logo acima, no oitavo andar, mas com sorte ainda não teriam chegado lá.

— Aqui quem fala é a 178 — continuei. — A CRAH está perdendo o controle das cidades. Eles vão matar todos vocês quando entrarem nos seus quartos.

Virei em um corredor e entrei no sétimo andar, onde vi os Reboots amontoados na porta do refeitório. Seus olhos estavam tão arregalados quanto os meus, e ficaram ainda mais arregalados quando Riley e os demais Reboots surgiram atrás de mim.

Armas foram acionadas no refeitório.

Gritos.

— Corram! — gritei, afastando-me da porta e fazendo um gesto para que descessem as escadas. Voltei a empunhar meu comunicador. — Temos vários aliados humanos. Confirmem se são hostis antes de atacar qualquer um.

Isso produziu alguns olhares suspeitos. Porém, eu os encarei com uma expressão amigável e olhei para o refeitório, de onde surgiram novos disparos. Empunhei minha arma e engoli em seco enquanto lembranças de Ever vinham à minha mente.

Senti alguém empurrando meu capacete para baixo, me forçando a curvar o corpo, e várias balas passaram zunindo acima da minha cabeça.

— Cuidado com a cabeça, novata! — gritou Riley, sorrindo ao me soltar.

Olhei para ele, grata, antes de girar o corpo e começar a atirar nos guardas que vinham em nossa direção.

Hugo saiu pela porta do refeitório, agarrando um Reboot mais baixo. Ele abriu um sorriso ao me ver, dizendo:

— Eu sabia que você não estava morta!

Um guarda surgiu em uma esquina e rapidamente apontou sua arma para cabeça de Hugo. Eu atirei, e o guarda caiu no chão.

— Pegue essa arma — gritei para Hugo. — Algum Reboot voltou aos quartos?

— Alguns, talvez — respondeu ele, com a arma na mão.

— Deixa comigo — disse Riley, fazendo um gesto para que um punhado Reboots o seguisse.

Tranquem o edifício. Funcionários, reúnam-se no térreo.

Ao ouvir essa voz de comando, guardei meu comunicador no bolso e corri até as escadas. O som de gritos e tiros era cada vez mais intenso. Eu estava me aproximando do térreo, empunhando minha arma com mais força.

Balas atingiram meu peito quando entrei no térreo. Callum veio correndo na minha direção assim que me viu. Eu o agarrei e o atirei no chão. As balas passavam zunindo acima de nossas cabeças.

A recepção estava repleta de oficiais da CRAH. Havia corpos sem vida espalhados pelo chão, muitos deles de Reboots, e cartuchos de balas por todos os lados, além de várias voando pelo ar, em todas as direções, enquanto eu tentava me aproximar da entrada do edifício.

Os oficiais da CRAH estavam alinhados na recepção. Eles formavam um muro sólido cercando todas as saídas, atirando sem parar.

— Para trás, Reboots! Para trás!

A voz de Issac mal podia ser ouvida no meio do caos, e os oficiais se afastavam do edifício com as mãos na cabeça.

Callum agarrou minha cintura quando uma explosão sacudiu o prédio. Nós caímos juntos no chão. Seu corpo cobriu o meu quando as janelas explodiram e os estilhaços tomaram conta do ambiente.

Outra explosão sacudiu a recepção, e os gritos ao meu redor se calaram, sendo substituídos por um apito bem alto em meus ouvidos. Curvei o corpo contra o de Callum, que segurava minha mão, tentando me ajudar.

As janelas estavam completamente destruídas, e a fumaça impedia que víssemos com nitidez o lado de fora. Corpos de oficiais da CRAH tomavam conta do chão, e os Reboots saltavam sobre eles, tentando escapar.

Vários Reboots pararam ao encontrar um muro de armas. Eram humanos.

Tony estava à frente da multidão e abaixou sua arma lentamente, ao mesmo tempo em que tombava a cabeça.

— Vamos! Saiam daí!

Agarrei a mão de Callum e corri para a saída. Os demais Reboots me seguiram, e Callum sorriu quando sentimos o ar fresco em nossos rostos.

Um som familiar me fez erguer a cabeça. Uma enorme aeronave CRAH vinha na nossa direção. No chão, um grupo de pelo menos cem oficiais da CRAH fortemente armados surgiu em uma esquina do prédio.

Eles se aproximavam, e eu me postei à frente da linha de humanos.

— Reboots sem capacete, escondam-se atrás com os humanos! — gritei.

Alguém agarrou meu braço, e eu girei o corpo, cravando meus dedos no rosto de um oficial. Ele me agarrou novamente, e eu atirei no seu peito.

Ao meu lado, Riley lutava contra um oficial, e eu procurei Callum. Ele desaparecera.

— Wren!

Virei o rosto ao ouvir meu nome, mas não via nada além de um mar de corpos.

Alguém gemeu logo atrás de mim. Olhei a tempo de ver um oficial da CRAH agarrando o capacete de Addie e tentando arrancá-lo da cabeça. Ergui minha perna e o chutei com toda a força. Ele soltou a cabeça de Addie e caiu no chão, alguns metros à frente.

Ajudei Addie a ficar de pé e ouvi o som de um disparo. Saíam chamas do edifício da CRAH e também de várias construções das favelas.

Dois corpos enormes se chocaram contra o meu, e eu caí, quase perdendo minha arma. Mas a segurei firme quando um dos oficiais da CRAH que me deram um encontrão apontou sua arma para meu rosto.

Eu o chutei com os dois pés e fiquei de joelhos, agarrando o outro oficial da CRAH pelo colarinho.

— Não, não, não! Sou eu, 178! — gritou Leb, com os olhos arregalados e as mãos erguidas, como quem se rende.

Soltei seu colarinho e fiquei de pé, oferecendo-lhe a mão.

— Obrigado — disse ele, suspirando longamente e arrumando o capacete na cabeça. Assim como todos os oficiais da CRAH, ele estava perfeitamente paramentado.

Sua expressão foi alterada quando ele viu algo atrás de mim. Eu me virei e vi Addie de costas para nós, com a arma preparada para um novo ataque.

— Addie! — gritei, agarrando seu braço. Ela girou o corpo, e sua expressão de pânico mudou completamente ao ver o pai. Addie correu e abraçou o pescoço de Leb.

Evitei um sorriso ao saltar na frente deles, bloqueando um ataque da CRAH.

— Não é hora de abraços!

— É verdade — disse Addie, afastando-se do pai. — Volte e fique com os rebeldes! Você vai ser baleado se ficar por aqui. Tire essa camisa da CRAH, pelo menos!

Ele sorriu, mas fez o que ela pediu, abraçando-a rapidamente antes de sair correndo em direção a Tony e Desmond.

Corri no meio da multidão, olhando para todos os lados, procurando por Callum. Mas acabei encontrando Riley, que arrastava um oficial da CRAH, preso às suas costas, e tentava arrancar uma pistola das mãos de outro. Gritos ecoavam ao meu redor enquanto eu me aproximava dele. Ao chegar, agarrei a cintura do oficial preso às costas de Riley e consegui soltá-lo. Ele saiu correndo assim que me reconheceu, olhando para trás com uma expressão de terror.

Riley, ofegante, postou-se em cima do outro oficial, que estava morto.

— Obrigado.

Eu ia começar a dizer *de nada* quando Riley piscou os olhos, pousando uma das mãos na nuca. Havia sangue entre seus dedos, e eu comecei a procurar quem teria atirado.

Um oficial de aeronave que eu só vira uma vez estava parado, perto da gente. Ele me obrigara a tirar a camiseta, em busca de armas, e ficara com nojo das minhas cicatrizes.

Parti para cima dele, com um pente de balas na mão. Seus olhos brilhavam como se ele estivesse a ponto de vencer alguma coisa.

Meu coração parou quando olhei para trás. Riley estava caído no chão, com uma bala cravada na testa.

Pousei a mão na boca e engoli minhas lágrimas. O mundo começava a ficar enevoado, e eu voltei a empunhar minha arma, mas dois Reboots se aproximaram e lutaram contra o oficial de aeronave, que acabou no chão.

Eu me curvei quando uma rajada de balas passou sobre minha cabeça, ajoelhando-me ao lado de Riley.

Levanta! Agora!

A voz de comando de Riley retumbou na minha mente, abafando o restante dos sons.

Mas eu estava colada ao chão, com os dedos em volta de seus pulsos sem vida. Fiquei imóvel, sem conseguir afastar aquela voz de comando da minha mente. Seus olhos brilhavam para o céu, mas eram vazios.

Um Reboot se chocou contra as minhas costas no momento em que atirou um oficial da CRAH ao chão. Fechei os olhos e respirei fundo. Acariciei a mão de Riley e a apertei, dizendo um silencioso obrigado, coisa que deveria ter feito várias vezes antes de sua morte.

Eu me forcei a levantar e esfreguei as costas de uma das mãos nos meus olhos. Eu precisava encontrar Callum, ou pelo menos saber que ele estava bem.

Girando meu corpo, finalmente o encontrei em um mar de rostos. Callum fora levado para perto do edifício da CRAH. Estava ajudando um jovem Reboot, que perdera uma perna, a atravessar uma pilha de escombros e corpos. Não encontrei ameaças por perto dele e respirei aliviada.

No entanto, uma porta se abriu na outra ponta do edifício da CRAH. Franzi meus olhos, tentando enxergar em meio à fumaça, e vi uma figura gordinha emergindo.

Era o oficial Mayer.

Ele carregava uma arma enorme nas mãos. Passei no meio de todos os Reboots e oficiais, querendo chegar até ele.

Mayer ficou parado na entrada do edifício, com a respiração pesada, observando a cena. Depois olhou para os Reboots que abandonavam o prédio. E olhou para Callum.

— Callum! — gritei, mas ele não ouviu.

Atirei várias vezes na direção do oficial Mayer, mas ele nem notou. Eu estava longe demais.

O oficial Mayer ergueu sua pistola. Ele atingiu o jovem Reboot bem na cabeça, o que foi fácil, já que ele não usava capacete.

Callum se virou, pegando sua arma.

O oficial abriu fogo. A cabeça de Callum tombou para trás. Seu corpo ficou paralisado por um milésimo de segundo, e meu coração veio à boca. Eu esperava um movimento seu. Ele caiu no chão, paralisado.

TRINTA E NOVE

CALLUM

QUARENTA

WREN

MINHA VISÃO FICOU TURVA, E EU NÃO CONSEGUIA RESPIRAR. Fiquei imóvel.

Tinham se passado vários segundos, e Callum continuava completamente paralisado, caído no chão. Eu não conseguia me aproximar dele. Se me aproximasse, veria que ele estava morto. E Callum não poderia estar morto.

Desmond apareceu e ficou com uma expressão de horror ao se ajoelhar ao lado de Callum. Ele me olhou. Depois voltou a olhar para Callum.

O pânico começou a tomar conta das minhas pernas. Engoli um soluço quando Desmond me encarou. Sua expressão era de choque.

Atirei no oficial Mayer.

Ele saiu correndo, movendo os braços o mais rápido que pode. Girou o corpo para trás e atirou na minha direção; não me acertou por muito pouco.

Ergui minha pistola. Eu poderia atingir suas costas sem muita complicação, mas nunca imaginei que o mataria dessa forma. Na minha cabeça, tal situação seria mais íntima.

E eu queria que ele sofresse.

Ele não escaparia de mim. Afinal de contas, ele me treinara pesado para isso. Saí correndo e, ao ficar ao lado dele, agarrei seu braço com tanta força que ele deu um estalo. Mayer gritou quando chutei seu estômago.

Ele caiu no chão, atirando novamente e mais uma vez errando o alvo. Agarrou minha camisa e me puxou, mas eu agarrei seu pescoço com mais força. Ele gritou e começou a sacudir as pernas.

Seu rosto ficou vermelho.

Eu apertei ainda mais os meus dedos.

Ele soltou minha camisa, abaixando as mãos e me encarando, desesperado. Ele se rendia.

Eu não me importava.

Eu não me importava.

Eu não me importava.

E deixei escapar um grito de frustração ao soltar seu pescoço, curvando-me ligeiramente para trás. O oficial Mayer ficou sem ar, rolando no chão, o corpo trêmulo, em choque.

Passei uma das mãos pelos olhos e percebi que estavam úmidos. O oficial Mayer me encarava, e sua expressão era um misto de horror e surpresa.

Pensei em matá-lo, mas desisti novamente, sendo vítima da mesma sensação nojenta. Eu poderia matar alguém simplesmente por ser mais forte? Eu era esse tipo de pessoa?

Chutei a arma para longe do oficial Mayer e peguei duas algemas no seu cinto. Algemei seus tornozelos e pulsos.

Não. Eu não era esse tipo de pessoa.

Meu corpo estava pesado quando me movi, e me forcei a olhar para trás, para o local onde Callum caíra.

Desmond continuava agachado ao seu lado. Havia algo sangrento em sua mão. Uma bala.

Lentamente, Callum se sentou, com sangue minando do olho esquerdo.

Eu gritei, correndo em meio à sujeira com extrema rapidez, e, ao chegar, envolvi seus ombros nos meus braços. Callum sorriu, e eu o abracei com mais força.

— Sinto muito — murmurei, apoiando minhas mãos em seu rosto. O olho de Callum estava arrasado, mas já começava a curar, e afastei sua mão quando ele tentou tocá-lo. — Não. Vai curar mais rápido se você não tocar.

Olhei para Desmond, que se livrava da bala.

— Estava alojada no olho dele? — perguntei.

Desmond assentiu, contraindo o corpo.

— Muito nojento — disse Desmond.

— Obrigado — agradeceu Callum, com um sorriso.

Um grito alto e o som de um tiro me obrigaram a olhar para trás. A cena à frente das instalações era outra, e vários oficiais da CRAH estavam de joelhos. Um pequeno grupo de oficiais atirava nos rebeldes. Outro pequeno grupo vinha na nossa direção, e me levantei quando balas começaram a voar.

Desmond ficou ao meu lado. Eu me postei à sua frente, mas era tarde demais. Ele dobrou o corpo quando sua barriga ficou coberta de sangue, depois seu ombro. Callum o segurou antes que ele caísse no chão.

Ergui minha arma, mas uma boa quantidade de humanos envolveu os oficiais, atirando-os ao chão.

Em segundos, Tony apareceu ao meu lado, e Callum se afastou quando ele se ajoelhou ao lado de Desmond. Salvá-lo seria impossível. Girei o corpo, procurando a mão de Callum.

O tiroteio na frente do edifício cessou, mas eu ainda ouvia disparos nas favelas. Os humanos estavam sujos, sangrando, e a imagem dos Reboots não era muito melhor.

Eu sabia que deveria ir às favelas e deter a violência por lá, ou então conter os oficiais da CRAH, mas essas coisas pareciam grandes demais para o momento que vivíamos. Guardei minha arma e abracei a cintura de Callum, pressionando meu rosto contra seu peito e deixando escapar um longo suspiro.

QUARENTA E UM

CALLUM

AS INSTALAÇÕES DA CRAH EM ROSA PARECIAM A PONTO DE ruir. Por conta disso, resolvemos nos certificar de que não havia Reboots presos em seus quartos e afastamos todo mundo da área. Os corpos sem vida foram espalhados pelo gramado, e, quando o sol começou a nascer, o cenário era grotesco.

Um bando de rebeldes reuniu os prisioneiros da CRAH, incluindo o oficial Mayer, e, em vans pertencentes à CRAH, os levaram a Austin. Isaac e outros Reboots foram a Nova Dallas para checar a situação por lá, e nos enviaram uma descrição: grande parte dos oficiais da CRAH fugiram ou abandonaram seus postos quando eles chegaram. Muitos se misturaram à população humana, deixando de lado suas obrigações, sem protestar.

Wren acompanhou Addie e Leb em uma supervisão pela cidade, e voltaram com mais alguns humanos e oficiais da CRAH que abriram fogo contra eles. Leb nos disse que estavam utilizando as celas do capitólio de Austin como prisão, até decidirmos o que faríamos com toda aquela gente. Pensei em perguntar quem supervisava essa prisão, e quem poderia decidir qual seria a punição ideal, mas talvez fosse melhor não saber. Pelo menos não naquele dia.

Wren tinha desaparecido, mas eu a encontrei no gramado, sentada ao lado do corpo de Riley. Ela estava com os joelhos sobre o peito, abraçando as pernas. Sua cabeça estava baixa, e ela não fazia qualquer movimento, nem mesmo quando me ajoelhei ao seu lado.

— Você quer enterrá-lo? — perguntei, baixinho.

Ela fez que não com a cabeça, passando as costas das mãos sobre os olhos, antes de me olhar e responder:

— Não, Riley consideraria isso uma estupidez. Deveríamos cremá-lo junto aos demais.

Assenti, segurando seu braço e apertando-o, querendo ser gentil. Fiquei de pé, para deixá-la sozinha, mas ela também se levantou e segurou minha mão. Nós caminhamos pelo gramado, aproximando-nos do ponto em que estavam Leb e Addie, junto a um grande grupo de Reboots.

Leb olhou para Wren, e sua expressão era de surpresa, com uma pitada de simpatia. As roupas de Wren estavam banhadas em sujeira e sangue, e seus ombros caídos deixavam claro seu estado de exaustão. Era impossível não perceber que ela chorara. Por isso Leb estaria surpreso, pois até quem a conhecia parecia se surpreender com a capacidade de Wren de expressar suas emoções.

— Obrigado — disse Leb, e ficou olhando para ela, como se quisesse abraçá-la, mas hesitasse.

— Por quê? — perguntou Wren.

Ele fez um gesto em direção a Addie.

— Eu nunca pensei que você conseguiria libertá-la.

Wren quase ficou surpresa e disse:

— Eu imagino.

— E obrigada por salvar minha vida uma vez — disse Addie, com um sorriso. — E depois outra.

Wren abriu um leve sorriso.

— Tudo bem. Acho que agora estamos quites.

Addie apontou para uma aeronave estacionada por perto.

— Vocês vão voltar para Austin? Aquela aeronave vai decolar em pouco tempo.

Wren me olhou e perguntou:

— Vamos?

— Vamos — respondi.

— Vão ficar por aqui? — Wren perguntou a Addie e Leb.

— Estamos pensando em pegar algumas coisas e passar um tempo em Austin — disse ela. — Segundo papai, eles devem começar a eleger líderes e estabelecer um governo por lá. E nós gostaríamos de estar por perto.

Era provável que ele estivesse certo, e fiquei feliz ao saber que permaneceríamos juntos, pois precisávamos nos certificar de que os Reboots formassem parte desse processo. Pensei em Riley, mas logo me lembrei de que ele estava morto, e engoli em seco.

— Eu vou ficar para ajudar minha família a organizar suas coisas — disse Addie. — Em poucos dias estaremos por lá. — E mordeu o lábio inferior. — Vocês poderiam avisar isso ao Gabe?

— Claro — respondeu Wren.

— Quem é Gabe? — perguntou Leb, olhando para as duas.

Addie bateu no ombro do pai, o que só fez aumentar seu estado de alarme. Depois olhou para Wren e disse:

— Eu procuro por vocês quando chegarmos a Austin.

Wren fez que sim. Soltei sua mão quando Addie se aproximou e a abraçou. Wren retribui o abraço, e Addie se curvou e murmurou algo em seu ouvido. Eu não fui capaz de ouvir, mas Wren ficou com lágrimas nos olhos de novo. Ela sorriu para Addie, depois pegou minha mão e apertou firme.

Wren me levou em direção à aeronave.

— Vamos para casa — disse ela.

QUARENTA E DOIS

WREN

HAVIA GARGALHADAS QUANDO VIRAMOS A ESQUINA DA antiga casa de Callum. Um grupo de adolescentes humanos estava sentado à minha esquerda. Quando me viram, ficaram calados. Uma das meninas curvou o corpo e murmurou algo para um menino, que arregalou os olhos.

Instintivamente, procurei minha arma na cintura, mas não havia nada por lá. Dias antes, eu tinha entregado todas as armas a Addie.

O menino abriu um sorriso quando olhei para eles.

— E aí, 178? Sempre me disseram que você era mais alta do que é de fato.

Eu ri e, quando voltei a olhar para Callum, ele estava de pé na entrada de casa, observando-nos.

— Ei! — gritou ele, em um tom divertido. — Ela não é capaz de controlar a própria altura.

Subi as escadas e dei um beijo em Callum. Fiquei sorrindo quando ele pousou uma das mãos nas minhas costas.

327

— Realmente diziam que você era mais alta — murmurou ele, com a boca colada à minha.

Eu me afastei, tentando me manter o mais ereta possível.

— Melhor assim? — perguntei.

— Não.

Ele me beijou rapidamente, depois abriu a porta de casa, agarrando meu braço para que eu entrasse à sua frente.

Respirei fundo ao entrar. Eu não via a família de Callum desde o dia em que eles foram às instalações da CRAH. Callum já estivera por ali, mas eu não o acompanhei. Quando me convidou para jantar, Addie bateu palmas, animada. Mas eu fiquei um pouco desconfortável.

A casa não mudara nada desde minha última visita, mas um cheiro de comida vinha da cozinha. O pai de Callum estava ao lado da mesa, já posta.

A senhora Reyes girou o corpo, com uma colher na mão. Ela sorriu ao me ver. E seu sorriso parecia verdadeiro.

— Oi, Wren — disse ela, deixando a colher sobre a mesa e atravessando a cozinha, com as mãos estendidas. — Que prazer em vê-la novamente.

— O prazer é todo meu.

As mãos da mãe de Callum estavam quentes, e seu sorriso era idêntico ao do filho.

David entrou correndo na cozinha, no exato momento em que o senhor Reyes me cumprimentava. Ele levantou o nariz e perguntou:

— O que é? — E olhou por cima do ombro da mãe. — Onde você conseguiu carne?

— Foi Callum quem trouxe, é carne de cervo — respondeu ela, voltando ao forno.

Eu o encarei, surpresa.

328

— Você foi caçar?

— Sim. O Isaac permitiu, já que estamos ajudando muito com as construções.

Assenti. Callum e eu estávamos trabalhando na reconstrução de Austin, já que eu me recusara a patrulhar as ruas ou visitar outras cidades do Texas. Havia muitos Reboots (e até alguns humanos) dispostos a aceitar esse tipo de trabalho, mas eu estava cansada. Cheguei a abandonar os treinamentos. Antes eu gostava, mas meu estômago passou a ficar embrulhado só de pensar em treinar mais Reboots para combates. Já tinha visto lutas suficientes.

Eu já nem gostava de carregar armas, por isso entreguei todas a Addie. O mundo ficou diferente desde o momento em que decidi não matar o oficial Mayer. Após matar uma pessoa, eu costumava sentir uma espécie de falsa culpa, como se soubesse que deveria senti-la, mas não conseguisse. Porém, quando não matei Mayer, senti um orgulho repentino dessa decisão, como se ela fosse completamente minha.

E Callum me olhou como se eu fosse uma heroína. Nesse momento, resolvi deixar minhas armas de lado.

— Carne de cervo é gostosa? — perguntou David, incerto.

— Não tenho a menor ideia — respondeu Callum, sentando-se à mesa e fazendo um gesto para que também me sentasse.

— É sim — respondi. — Eu gosto.

A mãe de Callum pareceu gostar do meu comentário, embora eu não entendesse por quê.

David se sentou à minha frente, olhando para mim e para Callum.

— Vocês já decidiram onde vão morar? — perguntou a Callum.

329

— Estamos nas instalações neste momento, até os Tower Apartments serem reformados. Eu aluguei um pequeno apartamento em frente ao de Wren e Addie.

Seu pai olhou para nós dois, preocupado.

— Você tem certeza? Aquela não é uma área muito boa.

— É melhor do que as instalações da CRAH — respondeu Callum, suspirando. — Além do mais, as favelas não são tão ruins, sobretudo agora, que a CRAH desapareceu.

— Vocês poderiam ficar por aqui — disse o senhor Reyes, em tom calmo.

Eu sabia que esse convite já tinha sido feito, mas que Callum não aceitara. Ele me disse que seria muita loucura, além de claustrofóbico, após ter passado tanto tempo sozinho. Eu o entendia. Nós viveríamos em quartos separados, pelo menos enquanto nos ajustássemos à vida longe da CRAH, embora certamente fôssemos passar mais tempo juntos que separados. Ainda assim, eu nunca tivera um quarto só para mim, e a novidade era interessante.

— Estamos bem assim — disse Callum, sorrindo para o pai. — Muito obrigado.

Callum abraçou minha cintura, beijou minha testa, e nós saímos da casa dos seus pais. O céu estava escuro, as ruas, praticamente desertas.

— Acho que eles gostaram de um pouquinho de mim — comentei, olhando para ele.

Callum sorriu.

— Sim, eles gostaram. Mas não se surpreenda tanto — disse ele, curvando o corpo para me beijar.

Nós andávamos de mãos dadas, balançando os braços.

— Uma nova leva de Reboots vindos da reserva deve chegar hoje — comentei, olhando para Callum.

— Sério?

— Sério. E eles parecem céticos quanto ao que estamos fazendo por aqui. No entanto, qualquer coisa é melhor do que ser controlado por Micah, certo? — E sorri. — Você deveria ter visto o rosto de Tony quando ele conheceu um bebê Reboot. Duvido que já tenha se recuperado.

— É possível que alguns deles queiram nos ajudar no capitólio. Os encontros do governo sempre envolvem a mim e às vezes outro Reboot, junto a vários humanos.

— A culpa é sua se estamos nos dando bem com os humanos — comentei, sorrindo.

Ele fingiu parecer chateado, mas eu sabia que Callum gostava de formar parte de um governo que reunisse Reboots e humanos.

Eram poucos os humanos e Reboots nas ruas quando nos aproximamos da escola, mas o número de habitantes de Austin era menor do que antes, pois muita gente decidira voltar às cidades de origem. Além disso, alguns humanos foram para Nova Dallas, que diziam ser composta praticamente só de humanos. Tony me disse que estavam de olho nisso. Mas eu não me surpreendia. Nunca imaginei que os humanos aceitariam muito bem a oportunidade de conviver com os Reboots.

Havia uma fogueira acesa no terreno em frente às instalações da CRAH, como acontecia todas as noites desde que voltamos de Rosa. Os Reboots se reuniam por lá quase todas as noites, às vezes na companhia de alguns humanos. Naquela noite, Gabe estava sentado ao lado de Addie, com um dos braços ao redor dos seus ombros.

Addie sorriu ao nos ver, depois se levantou, puxando o braço de Gabe.

— Como foi o jantar?

— Ótimo. Comemos carne de cervo.

— Eu não estava perguntando isso...

Eu sorri, revirando os olhos.

— Foi bom. Eu me comportei normalmente.

Callum fez um gesto indicando "mais ou menos". Eu bati no seu braço, e ele riu.

Um movimento repentino chamou minha atenção. Virei o rosto e vi Hugo entrando nas instalações com outro Reboot, os dois com expressões duras no rosto.

— Volto já, tudo bem? — perguntei. — Vou dar uma olhada na situação dos Reboots recém-transformados.

Callum assentiu, suspirando levemente ao olhar para as instalações. No dia anterior, uma aeronave vinda de Nova Dallas deixara um punhado de jovens doentes na cerca de Austin, e já tínhamos três novos Reboots.

— Quer que eu vá com você? — perguntou ele.

— Não precisa — respondi.

E eu sabia que ele preferia assim, pois estávamos juntos no dia anterior, quando um dos jovens se transformou em Reboot, e eu percebi que ele não gostou nada do que viu.

— A gente se vê no seu quarto, mais tarde? — perguntou ele, passando seus dedos entre os meus e me puxando para perto.

Assenti e fiquei na ponta dos pés, beijando-o. Ele abraçou minha cintura, praticamente me levantando do chão, e eu ri quando nos afastamos.

Dei um passo para trás, resistindo à tentação de beijá-lo novamente, e ele sorriu. Faríamos mais disso depois.

Segui em direção às instalações, atravessando a recepção escura e deserta, e subi correndo ao segundo andar. Ao abrir a porta, fui atingida pelo barulho e pela forte luz. Alguns Reboots me reconheceram de Rosa. Eles sorriam ao passar ao meu lado, seguindo em direção às escadas.

Hugo estava junto a outros rapazes, no meio do corredor, e acenou ao me ver.

— Dois acabaram de morrer. Uma das meninas de Nova Dallas morreu quando vocês foram embora, mas nada indica que se transformará em Reboot. Está demorando muito.

— Quanto tempo? — perguntei.

— Umas três horas.

— Poderia demorar até quatro horas, nunca se sabe — comentei, olhando para o corredor. — Qual é o quarto?

— Terceiro à esquerda.

Desci o corredor e abri a porta. Aquele andar, que antes era utilizado para pesquisas e experiências, tinha espaços muito similares à sala na qual fui torturada em Nova Dallas, embora tentássemos deixá-los mais aconchegantes. Os computadores e demais equipamentos tinham sido postos contra a parede, e cobrimos a mesa no centro da sala com algumas toalhas. Uma menina com cerca de 15 anos permanecia parada em cima da mesa, com um jovem Reboot sentado ao seu lado.

— Pode ir embora — sugeri. — Eu fico com ela.

— Talvez seja tarde demais — disse ele, estirando o corpo ao se levantar.

— Eu sei.

Ele foi embora, fechando a porta sem fazer ruído. Eu me sentei na cadeira posta ao lado da cama improvisada, dando uma rápida olhada em seu rosto. Ela estava pálida, seus cabelos escuros espalhados pelo travesseiro. Eu a vira no dia anterior, quando chegou, mas ela estava muito doente e não conseguimos conversar. Os demais não sabiam o seu nome.

Suspirei e passei uma das mãos na testa. Será que sua família a entregara aos líderes humanos de Nova Dallas? Ou eles não estariam permitindo que ninguém com o vírus KDH permanecesse na cidade? Nós teríamos muito o que discutir com eles.

De repente, o corpo da menina se moveu. Eu respirei fundo e me levantei. Não a toquei, pois provavelmente não desejaria que ninguém me tocasse enquanto eu me transformava em Reboot. No entanto, a presença de alguém teria sido interessante. Isso sem dúvida.

Seu corpo se moveu várias outras vezes. Depois, ela abriu os olhos verdes brilhantes, cravou os dedos nos lençóis e deixou escapar um arquejo. Sua cabeça girava para todos os lados. Finalmente, ela fixou seus olhos em mim. Sua expressão era de pânico.

Eu me preparei para ouvir seu grito, mas ele não veio. O peito da menina se movia freneticamente, mas ela simplesmente me encarava, em silêncio.

Deixei escapar um suspiro de alívio e sorri para ela.

— Wren. — Eu me apresentei, mantendo um tom de voz calmo, e quase disse meu número, mas me calei. Nós tínhamos deixado os números para trás.

Ela passou uma das mãos pelo braço, a expressão em seu rosto era de preocupação.

— Como... Há quanto tempo eu...?

— Não importa — respondi. — O importante é que você acordou.

Este livro foi composto na tipologia Swift LT
Std, em corpo 10/15, e impresso em
papel off-white no Sistema Cameron da
Divisão Gráfica da Distribuidora Record.